Mörderisches Verlangen

Alia Cruz

SIEBEN VERLAG

FSC
www.fsc.org
MIX
Papier aus verantwortungsvollen Quellen
Paper from responsible sources
FSC® C105338

ISBN-Taschenbuch: 978-3-864431-41-8
ISBN-eBook-PDF: 978-3-864431-42-5
ISBN-eBook-epub: 978-3-864431-43-2

www.sieben-verlag.de

1

Rebecca drehte sich vor dem Spiegel in der kleinen Boutique. Seufzend ließ sie die Schultern hängen. Ein Blick auf ihre Armbanduhr sagte ihr, dass es kurz vor Ladenschluss war und sie hatte immer noch kein Kleid für die Singleparty gefunden. Was bei ihrer Größe immer ein schwieriges Unterfangen war. Die Kleider waren einfach nicht für einsachtzig große Frauen gemacht. Sie versuchte, ihre kurzen braunen Haare zu glätten, die durch das ständige Anprobieren ganz zerzaust waren.

Sie hörte Schritte hinter sich. Genervt drehte sie sich um und hatte schon den passenden Spruch auf den Lippen, um die Verkäuferin wegzuschicken, aber sie konnte sich gerade noch stoppen. Es war nicht die Verkäuferin, sondern ein Mann im Nadelstreifenanzug.

„Kann ich Ihnen helfen?"

„Ich glaube, ich gebe die Suche auf." Rebecca hatte das Namensschild an seinem Anzug bemerkt, also arbeitete er auch in der Boutique. Gesehen hatte sie ihn in dem kleinen Laden aber noch nicht, so ein Mann wäre ihr aufgefallen. Sie seufzte erneut, dieses Mal nicht wegen der Kleidersuche, sondern wegen Gregor. So hieß er laut Schild auf seinem Anzug. So stellte sie sich ihren Traummann vor. Groß, schlank, mit einem umwerfenden Lächeln und dunklen Haaren. Rebecca merkte, dass sie ihn zu lange anstarrte. Er hatte die Augenbrauen ein wenig nach oben gezogen, lächelte aber immer noch. Das ließ ihn jünger aussehen. Sie straffte die Schultern. Für einen Flirt war keine Zeit. Sie brauchte dringend ein Kleid und überhaupt waren Männer derzeit in ihrem Leben nicht eingeplant. Zu viel Arbeit. Die Karriere hatte Vorrang. Immer.

„Wie wäre es mit einem Glas Sekt?", fragte er.

„Ich … ja warum nicht."

Mit dem roten und ihrer Meinung nach viel zu kurzen Fummel folgte sie ihm nach vorn. Die Verkäuferin war nicht mehr da. Wahrscheinlich hatte sie Feierabend gemacht. Sie war also mit Gregor allein. Im Verkaufsraum stand eine gemütliche

Sitzecke und Rebecca nahm darauf Platz. Gregor verschwand hinter einer Tür mit der Aufschrift „Privat“ und war kurze Zeit später mit zwei Gläsern Sekt wieder da. Das Sakko hatte er ausgezogen.

„Es tut mir leid, dass ich Sie aufhalte, Sie wollen sicher den Laden schließen.“ Er schien zwar nicht der Typ zu sein, der sich von einer Kundin zu Überstunden drängen ließ und schließlich hatte er ihr den Sekt angeboten, aber Rebecca wollte höflich sein. So war sie immer. Höflich und distanziert. Ihr selbst kam es zwar nicht so vor, aber ihre Freundin Kathrin hatte oft genug darauf hingewiesen. Erst vor ein paar Tagen, als sie sich entschlossen hatten, auf diese Singleparty zu gehen. Kathrins Worte hallten jetzt noch in ihren Ohren: „Du musst mal ein bisschen auftauen, immer nur Versicherungen vermitteln kann doch nicht dein ganzer Lebensinhalt sein. Fang an, mal ein bisschen Spaß zu haben!“

Aber sie hatte Spaß. Ihr Job bereitete ihr Freude. Sie verdiente verdammt gutes Geld, hatte ein schönes Häuschen und ihr Traumauto, den Porsche Boxster, vor der Tür. Was wollte sie mehr?

„Da ich der Inhaber des Ladens bin, habe ich bereits geschlossen.“ Gregor lächelte sie erneut unwiderstehlich an.

„Oh.“

„Keine Angst, du kannst jederzeit gehen, ich dachte nur, dass du vielleicht einen Sekt vertragen könntest und du siehst so nachdenklich aus. Ich kann gut zuhören.“

Kein direkter Annäherungsversuch. Er war einfach nur umwerfend nett. Warum sollte sie ihm nicht vertrauen? Rebecca nahm einen großen Schluck Sekt und entspannte sich endlich.

„Ich weiß nicht, irgendwie fühle ich mich in letzter Zeit ein wenig leer und lustlos. Ich habe einen tollen Job als Versicherungsmaklerin und ab Montag bin ich für zwei Wochen in Baden-Baden in einem Rennstall, um dort alles zu versichern. Mein Leben ist aufregend. Morgen Abend gehe ich mit einer Freundin auf diese Singleparty hier in der alten Oper in Köln. Aber …“

„Aber?“

Sie konnte es nicht aussprechen. War sie einsam? Das war es, was ihr auf der Zunge gelegen hatte. Stattdessen sagte sie: „Ich hatte noch nie Sex in einer Umkleidekabine."

Verdammt. Sie stürzte den restlichen Sekt hinunter. Was hatte sie da gerade gesagt? Was war nur in sie gefahren?

Gregor lachte kurz, stand auf und hielt ihr die Hand hin. „Das können wir ändern."

Rebecca zögerte. Sie hatte in der letzten Zeit nur gearbeitet. Natürlich war sie keine Jungfrau mehr mit ihren 27 Jahren und Affären mit Kunden hatte sie durchaus gehabt. Gregor setzte sich wieder. „Hey. Ich würde es gern tun, aber ich glaube, das ist nicht das, was du brauchst."

Sie sah ihn an. Sie kannte den Mann nicht und er kannte sie nicht. „Woher willst du wissen, was ich brauche?"

„Menschenkenntnis. Was du brauchst, ist ein gutes Essen und ein Gespräch." Er lächelte. „Und ein Kleid für die Party."

Er stand auf und verschwand zwischen den Kleiderständern. Schon nach einer Minute war er wieder da. „Das hier ist das Richtige!"

Er hielt ein schwarzes Cocktailkleid in die Höhe. Es war schlicht, aber elegant und gefiel ihr auf Anhieb. Sie musste es gar nicht erst anprobieren, um zu wissen, dass es ihr hervorragend stehen würde.

„Ich nehme es. Und auch dein Angebot essen zu gehen nehme ich an." Warum sollte sie es leugnen? Einen weiteren einsamen Abend auf der Couch oder am PC zu verbringen war nicht gerade verlockend. Sie hätte zu Kathrin fahren können, aber soweit sie wusste, hatte die heute eine Verabredung mit einem Typen. So war ihre Freundin. Sie konnte sich immer und überall einen Mann aufreißen, schlief einmal mit ihm und das war es dann. Wie sich eben herausgestellt hatte, tat Rebecca sich schwer damit. Gregor packte das Kleid ein, weigerte sich aber, Geld anzunehmen. Sie einigten sich darauf, dass Rebecca wenigstens das Essen bezahlen durfte und schon kurze Zeit später saßen sie beim Italiener um die Ecke.

Es wurde ein netter Abend. Als Rebecca kurz vor Mitternacht ihr Haus betrat, fühlte sie sich gelöst und viel besser. Aber kaum hatte sie die Tür hinter sich geschlossen, war da wieder dieses Gefühl. Die Stille in ihrem Haus, die Leere, brachte sofort das dumpfe Gefühl zurück. Sich über sich selbst ärgernd warf sie ihre Schlüssel mit einem lauten Knall auf das Schränkchen im Flur. Der Anrufbeantworter blinkte. Sechs Anrufe von Kathrin. Der letzte erst vor ein paar Minuten. Sie schnappte sich das Telefon und auf dem Weg ins Schlafzimmer drückte sie die Kurzwahl für Kathrins Nummer.

„Na endlich! Wo hast du dich denn rumgetrieben?"

„Ich habe mir ein Kleid gekauft. Du willst doch unbedingt auf diese Singleparty."

„Bis Mitternacht hat keine Boutique auf."

Rebecca antwortete nicht. Was hätte sie sagen sollen? Kathrin hätte sich nur über sie lustig gemacht. Sie hatte eine Gelegenheit für schnellen Sex mit einem attraktiven Mann sausen lassen, stattdessen war sie wie eine Langweilerin nur mit ihm essen gegangen.

„Hallo! Bist du noch dran?"

„Natürlich", beeilte sich Rebecca zu sagen. „Wie war dein Abend?"

„Großartig. Dieser Hugh Jackman-Verschnitt aus dem Computerladen war einsame Spitze. Er hat mich direkt auf meinem Küchentisch vernascht."

Rebecca schloss die Augen. Es folgte ein detaillierter Bericht mit allen Einzelheiten. Sie hörte sich geduldig die neueste Folge aus dem spannenden Sexleben der Kathrin Wendel an. Trotzdem liebte sie ihre Freundin. Kathrin hatte ein Kosmetikinstitut und Rebecca war ihre Kundin gewesen. Irgendwann hatten sie sich angefreundet und gingen gemeinsam aus. Sie konnte Kathrin vertrauen, dennoch schaffte Rebecca es auch heute wieder nicht, mit ihr über ihre Einsamkeit zu sprechen. Kathrin schien es auch nicht wirklich zu bemerken, im Gegensatz zu Gregor.

„Wirst du ihn wiedersehen?"

„Rebecca, du weißt doch, dass ich nicht an einer Beziehung interessiert bin, natürlich nicht."

Die ernsthafte Entrüstung in der Stimme ihrer Freundin brachte Rebecca zum Lachen. Kathrin war eine Nummer für sich.

„Und warum müssen wir dann Sonntagabend unbedingt auf

diese Singleparty?“

„Weil man da die besten Sexbekanntschaften macht. Kein Mensch geht auf eine Singleparty, um nach einer ernsthaften Beziehung zu suchen.“

Kathrin hatte wohl ein Abo auf den entrüsteten Tonfall. „Du weißt aber, dass ich Montagmorgen nach Baden-Baden aufbrechen muss?“

„Natürlich, aber ich verstehe nicht, dass du das wirklich durchziehen willst. Zwei Wochen in einem Rennstall. Nicht, dass du da Boxen ausmisten musst.“

Das Abo lief weiter. „Es ist ein lukrativer Auftrag und ich komme mal raus.“ Vielleicht war es wirklich das Beste, Köln mal für ein paar Tage zu verlassen. Danach würde es ihr sicher besser gehen. „Ich werde nichts trinken und am Montag gleich früh losfahren.“

„Wie du willst, Süße. Wir sollten so gegen 21:00 Uhr da sein. Nicht zu früh, denn die besten Gäste kommen nie pünktlich, aber auch nicht zu spät. Ich will nicht, dass man mir die besten Männer vor der Nase wegschnappt. Und Rebecca …?“

„Ja?“

„Du reißt dir dieses Mal auch einen Typen auf. Das wird dir guttun. Versprich mir das.“

„Mal sehen. Ich gehe jetzt schlafen.“

Kathrin gab sich mit einem Seufzer zufrieden und sie verabschiedeten sich. Jetzt war Rebecca wirklich schlecht drauf. Diese dämliche Singleparty rückte immer näher. Hätte sie sich doch nie darauf eingelassen.

2

Es war eine der größten Singlepartys in Köln.

Rebecca und Kathrin waren durch Beziehungen an die Eintrittskarten gekommen. Als sie eintraten, war es bereits brechend voll.

„Ich hätte gedacht, dass es noch ein wenig leerer wäre“, sagte Kathrin und schnappte sich ein Glas Champagner vom Tablett des vorbeieilenden Kellners. Rebecca hielt nach einem Wasser Ausschau. Sie hatte sich entschlossen, mit dem Auto zu fahren. Morgen hatte sie eine lange Fahrt vor sich, da wollte sie heute auf Alkohol verzichten.

Sie sahen sich ungeniert um. Aber da waren sie nicht die Einzigen. Die Männer waren in der Überzahl, wie Kathrin zufrieden bemerkte. Rebecca nestelte immer wieder an diesem Button herum, den sie am Empfang bekommen hatten. „Ich finde diese Dinger albern.“

„Das ist nun mal eine Singleparty. Außerdem hilft es mir. Wenn ich betrunken bin, brauche ich nur auf den Button zu schauen und ich weiß wieder, wie du heißt.“

Rebecca lachte. Leider hatte sie bisher noch keinen Typen entdeckt, der ihr gefallen hätte und an Kathrins unruhigem Blick erkannte sie, dass es ihrer Freundin wohl genauso ging. Sie konnte sich auch keinen schön trinken, da sie mit dem Auto hier war. Nicht, dass sie das jemals getan hätte.

Sie betrachtete das Ambiente. Die Party fand in der ehemaligen Oper statt, die jetzt nur noch für solche Events öffnete. Dank der Horroreintrittspreise konnten sich die Betreiber der ehemaligen Oper wohl leisten, nur noch viermal im Jahr die Pforten zu öffnen. Jede Party stand unter einem anderen Motto. Die heutige hieß „Picasso“. Alles war mit Bildern des Malers dekoriert. Aber nicht nur Kunstdrucke von Picasso dienten der Dekoration, man hatte auch einen Künstler der Stadt gewinnen können, auf der Party auszustellen. Soweit Rebecca wusste, war ‚Robert Eagle‘ der neue Stern am Kunsthimmel. Er hatte den Kubismus, der von Picasso und Georges Braque begründet worden war, wieder aufleben lassen. Außerdem zeichnete sich Eagle durch Vielseitigkeit aus. Ebenso wie Picasso malte er, war aber auch Grafiker und Bildhauer. Rebecca vermutete, dass sein Name ein Künstlername war. Er war auf jeden Fall Deutscher, das hatte sie gelesen, und dass er heute hier erwartet wurde. Leider war in keinem der Berichte, die sie gegoogelt hatte, ein Bild von ihm gewesen. Kathrin schien die gleichen Gedanken zu haben.

„Sag mal, glaubst du, dass dieser Robert Eagle wirklich auftaucht? Der lebt doch angeblich total zurückgezogen." Rebecca zuckte mit den Schultern, während Kathrin fortfuhr: „Ich mag seine Kunst, besonders seine Skulpturen. Ich würde den Typen zu gern mal kennenlernen."

„Seit wann stehst du auf Künstler?"

„Findest du nicht, dass seine Werke sehr erotisch sind?"

Rebecca hob die Augenbrauen. Sie kannte natürlich nicht alles von Eagle, aber was hier ausgestellt war, war ihrer Meinung nach nicht besonders erotisch. „Kann es sein, dass du jedes Kunstwerk der Welt irgendwie erotisch findest? Für dich ist doch sogar die Freiheitsstatue ein Sexsymbol."

Kathrin lachte. „Na ja, wie sie da den Arm mit der Fackel in die Höhe reckt … als hätte sie gerade einen Orgasmus gehabt."

Rebecca schüttelte den Kopf, musste aber auch grinsen. In Zusammenhang mit der Freiheitsstatue hatte sie noch nie an einen Orgasmus gedacht. Ob Kathrin wohl dabei den Arm hochwarf?

Kathrin organisierte sich einen weiteren Champagner und war dann sofort wieder bei Rebecca. „Sag mal, hast du schon was Brauchbares entdeckt?"

„Nein, aber du wolltest doch hier unbedingt ein sexuelles Abenteuer anleiern. Ich bin ab morgen sowieso unterwegs."

„Stimmt ja. Aber mal eine Frage, wann hast du eigentlich zuletzt Sex gehabt? Ich habe dir schon so oft gesagt, dass dir ein kleines Abenteuer guttun würde. Du gefällst mir in letzter Zeit nicht mehr."

„Nicht alle Probleme der Welt lassen sich mit Sex lösen."

Kathrin tat den Einwand mit einer lässigen Handbewegung ab. „Du siehst umwerfend in dem schwarzen Kleid aus. Mach was draus, Süße!"

Rebecca lächelte und schwieg. Im Gegensatz zu Kathrin sprach sie nicht gern über ihre sexuellen Eskapaden. Selbst wenn sie mit Gregor geschlafen hätte, wäre es ihr nie in den Sinn gekommen, es Kathrin in jeder Einzelheit zu erzählen. „Lass uns tanzen gehen, bevor ich hier festwachse."

Kathrin stellte ihr noch volles Champagnerglas beiseite. „Gute Idee."

Auf der Tanzfläche hatten sich schon einige Pärchen eingefunden. Rebecca fragte sich, ob sich die Leute hier kennengelernt hatten. Dann wären sie ja recht flott gewesen.

Wie immer bewegte Kathrin die Hüften äußerst aufreizend. Ihr ganzer Körper strahlte pure Erotik aus. Rebecca war da etwas zurückhaltender, außerdem fiel es ihr auf ihren High Heels recht schwer, vernünftig im Rhythmus der Musik zu bleiben. Hoffentlich machte sie sich nicht zum Affen.

Das war die reinste Fleischbeschauung hier. Männer standen um die Tanzfläche herum und begafften die Frauen. Einer schaute auf Kathrin und verfolgte gierig jede ihrer Bewegungen. Der Typ war groß, schlank, mit breiten Schultern. Er hatte einen grauen, geschmackvollen Anzug an. Seine dunkelbraunen Haare waren streng zurückgegelt. Eigentlich mochte sie so etwas nicht, aber dem Typen stand es. Selbst im schummrigen Licht konnte Rebecca erkennen, dass er strahlend hellblaue Augen und einen leichten Silberblick hatte. Aber auch das stand ihm hervorragend. Sie beugte sich ein wenig zu Kathrin runter.

„Hey, sieh dich jetzt nicht so auffällig um, aber links von dir an der Säule steht ein Typ im grauen Anzug und beobachtet dich die ganze Zeit."

Kathrin tanzte erst mal weiter und nach einer halben Minute drehte sie sich beim Tanzen unauffällig. „Wow, was ist das denn für ein Highlight?"

„Hab ich mir doch gedacht, dass er dir gefällt."

„Der trägt aber keinen Namensbutton."

„Vielleicht hat er ihn abgemacht, würde ich ja auch am liebsten tun."

Kathrin drehte sich so, dass sie ihn genauer ansehen konnte und Rebecca entfernte sich ein wenig von ihr. Sie wollte ihre

Freundin nicht bei der Jagd stören.

Durch die kleine Drehung konnte sie jetzt zum ersten Mal das DJ-Pult richtig sehen. Und jetzt hatte auch sie jemanden gefunden, der ihr gefiel. Sie beschloss, weiter zu tanzen und den Typen ein wenig näher zu betrachten. Sie hatte nicht vor, sich etwas aufzureißen, aber einen schönen Menschen zu beobachten, war ja nicht verboten. Kathrin würde sicher für den Rest des Abends beschäftigt sein.

*

Kathrin steigerte ihren Hüftschwung noch ein wenig und war zufrieden, als sie bemerkte, dass der Mann im grauen Anzug seinen Blick von ihr nicht abwendete.

Zwischendurch wurde er von zwei Männern und einer Frau angesprochen. Er gab zwar eine Antwort, sah aber Kathrin weiter dabei an. Das ermutigte sie, ihn anzulächeln. Seine Reaktion war, sein Sektglas anzuheben, und ihr zuzuprosten.

Sie schritt langsam und sinnlich auf ihn zu. Er grinste und Kathrins Herz machte einen mächtigen Hüpfer. Den Typen ins Bett zu kriegen, wäre ein absoluter Traum.

„Guten Abend." Er küsste sie rechts und links auf die Wange.

Er roch so verdammt gut. Das musste „Fahrenheit" sein. Für sie immer noch das männlichste Parfum auf Erden. Aber sie würde sicher Genickstarre bekommen, denn er war mindestens einsneunzig und Kathrin nur einsachtundfünfzig. Aber sie liebte nun mal große Männer. Er trug tatsächlich keinen von diesen Buttons.

„Möchtest du ein Glas Champagner, Kathrin?"

„Sehr gern … und wie ist dein Name?"

Er winkte einen Kellner heran. Schnell hatte sie ein Glas in der Hand und stieß mit ihm an.

„Du machst eine verdammt gute Figur beim Tanzen."

Sein Lächeln haute sie aus den Schuhen. Normalerweise war sie die Flirtexpertin und im Aufreißen von Sexdates machte ihr so schnell keiner was vor. Hier war auf einmal alles anders. Sie fühlte sich unsicher. Tanzten da tatsächlich Schmetterlinge in ihrem Bauch? So hatte sie sich schon seit Ewigkeiten nicht mehr gefühlt.

„Danke.“ Mehr brachte sie nicht heraus und nahm schnell einen extragroßen Schluck aus der Champagnerflöte.

„Ich bin Robert Eagle.“

Kathrin hustete. Der dritte Schluck Champagner blieb ihr fast im Hals stecken. Das konnte doch wohl nicht wahr sein.

Lachend klopfte er ihr leicht auf den Rücken und sie beruhigte sich. Die Berührung seiner Hand prickelte ihre Wirbelsäule entlang.

„Freut mich, dich kennenzulernen“, konnte sie nach einigen Sekunden sagen. „Ich bewundere deine Arbeit.“ Auf einmal hatte sie einen Heidenrespekt vor ihm. Er schien das zu bemerken.

„Hey, ich bin inkognito hier und das soll auch so bleiben. Ich wollte ehrlich sein bei meiner Vorstellung, aber ich wollte dich nicht beeindrucken und in Ehrfurcht erstarren lassen.“

War sie in Ehrfurcht erstarrt? Wahrscheinlich schon. Wie peinlich, Heinrich! Erst jetzt bemerkte sie, dass sie einen Schritt nach hinten gegangen war. Ihr fiel nichts anderes ein, als zu lächeln. Verdammt, sie war doch sonst nicht auf den Mund gefallen. Ihr Kopf war wie blockiert.

„Sollen wir irgendwohin gehen, wo es nicht ganz so laut ist?“ Er fasste sie sanft am Arm.

„Ja, gern.“ Rebecca würde sicher allein zurechtkommen. Die Berührung an ihrem Arm brannte wie Feuer. Vielleicht konnten sie irgendwohin gehen, wo sie sich löschen konnte. Sie schüttelte den Kopf über ihre wirren Gedanken.

„Alles in Ordnung?“

„Ja, natürlich.“ Sie folgte ihm eine Treppe hinauf. Früher waren hier die Logenplätze für die Operngäste, jetzt konnte man hier sehr gut die Tanzfläche beobachten. Sie ließen sich in die Sessel fallen und er zog den Vorhang zu. Erst jetzt bemerkte sie, dass er unterwegs wohl irgendwo eine Flasche Champagner mitgenommen hatte. Gut. Bei dem Typen musste sie sich Mut antrinken.

*

Rebecca taten sehr schnell die Füße weh. Sie sah sich um und stellte fest, dass Kathrin und der Anzugtyp verschwunden waren. Bei so einem heißen Kerl konnte Kathrin auch auf keinen Fall Nein sagen.

Der DJ war auf einer kleinen Bühne untergebracht und um sein Pult standen ein paar Tische und Cocktailsessel. Rebecca bahnte sich den Weg durch die tanzenden Menschen. Die Tanzfläche wurde immer voller und einige knutschten wild. Sie fragte sich, wie viele sich hier heute verliebten und wie viele One-Night-Stands es heute Nacht gäbe. Wahre Liebe fand man selten auf einer Singleparty oder in einer Disco, da war sie sicher.

Sie ließ sich in einen der Sessel fallen und sofort eilte ein Kellner auf sie zu. Eins musste man diesem Event lassen, der Service war erstklassig.

Sie versuchte, es sich so bequem wie möglich zu machen, was ein wenig schwierig war in dem engen Kleid. Mit dem Wasserglas in der Hand beobachtete sie weiter den DJ. Natürlich war sie da nicht die Einzige. Er war sich durchaus bewusst, dass er verdammt gut aussah und die Frauen nicht zufällig um sein Pult standen. Zum Ende des Events würde er sich sicher eine von ihnen aufreißen. Ob er sich fühlte wie ein Rockstar mit seinen Groupies?

War sie jetzt zum Groupie eines DJs mutiert?

Aber was hätte sie sonst anfangen sollen? Kathrin würde sie sicher heute nicht mehr wiedersehen.

Sie beobachtete, wie er geschickt an seinem Rechner rumhantierte. Den Kopfhörer hatte er nur an einem Ohr. Rebecca saß seitlich von ihm, sodass sie hauptsächlich sein Profil zu sehen bekam. Zwischendurch drehte er sich ein wenig zu ihr, denn dort stand seine Cola, von der er ab und zu einen Schluck nahm. Er war mindestens fünf Jahre jünger als sie, also Anfang zwanzig. Aber wenn sie sich die Frauen um ihn herum ansah, waren die sicher alle in ihrem Alter, wenn nicht sogar noch älter. Da konnte sie auf jeden Fall mithalten. Wieder musste sie sich in Erinnerung rufen, dass sie nicht hier war, um sich einen Mann aufzureißen. Das Motto lautete: Nur schauen, nicht anfassen.

Er griff relativ häufig zu seiner Cola. Täuschte sie sich oder schielte er jedes Mal dabei zu ihr herüber?

Eine Idee nahm in ihrem Kopf Gestalt an. Sie wartete, nach zwanzig Minuten war es so weit. Die kleine Flasche war leer. Rebecca stand auf und beugte sich über die kleine Theke an seinem Pult.

„Soll ich dir eine neue Cola holen? Du scheinst sehr durstig zu sein."

Er lachte. Schlagartig verwandelte sich sein Gesicht auf eine sexy Weise, sodass sie ihn am liebsten geküsst hätte. Als hätte er auf diesen Einsatz von ihr gewartet. „Wie wäre es, wenn ich dich begleite?"

Rebecca war überrascht, mit dieser Antwort hatte sie nicht gerechnet. „Musst du nicht am Pult bleiben?"

„Hey, auch mir steht eine Pinkelpause zu und ich kann den Rechner hier so einstellen, dass er Songs hintereinander abspielt."

„Na dann." Rebecca trat einen Schritt zurück und er klappte die Theke auf. „Wo soll es hingehen?"

„In den Backstagebereich. Da gibt es die Cola umsonst."

Wahrscheinlich nicht nur die Cola. Sie folgte ihm. Mit Genugtuung stellte sie fest, dass die restlichen Frauen sie neidisch ansahen. Ha! Gewonnen!

Er führte sie über die kleine Bühne und steuerte eine Eisentür an. Mit einem Schlüssel, den er aus der Hosentasche seiner knallengen Jeans kramte, öffnete er. Galant ließ er ihr den Vortritt. Der Backstagebereich bestand aus einem Flur, in dem Tische mit Getränken und einem Buffet aufgebaut waren. Türen gingen von diesem Flur ab. Wahrscheinlich waren das früher die Garderoben der Künstler gewesen. Er ging nun wieder vor und an der vierten Tür auf der linken Seite blieb er stehen. Mit einem weiteren Schlüssel öffnete er. Rebecca trat ein. Ein Rucksack stand auf einem Frisiertisch mit Spiegel. An der Garderobe hing eine Lederjacke, und eine Couch gab es in diesem Raum. Sie hörte, wie er hinter ihr die Tür abschloss. Für einen Moment war ihr ein wenig mulmig zumute.

Was tat sie hier bloß? Gestern noch wäre sie fast mit Gregor in der Umkleidekabine gelandet und jetzt verschwand sie mit einem jüngeren Mann in dessen Garderobe. Sie drehte sich um und schon waren alle Bedenken fortgewischt. Eine kleine Lampe in der Ecke tauchte den Raum in angenehmes Licht, und ehe sie sich versah, küsste er sie.

Der Kuss war zärtlich und das gefiel ihr. Er ließ sich viel Zeit und das bescherte ihr ein gutes Gefühl. Kein Rumgezupfe an ihr, es fühlte sich nicht an, wie eine schnelle Nummer. Rebecca war sich trotzdem bewusst, dass es genau das war. Noch könnte sie die Sache beenden, schoss es ihr durch den Kopf. Aber wie würde sie dann dastehen? Sie war eine erwachsene Frau und keine Sechzehnjährige. Vielleicht hatte Kathrin ja auch recht und nach der schnellen Backstagenummer würde es ihr endlich besser gehen.

Seine Hände wanderten an ihrem Körper entlang. Er streichelte hier, und da, und Rebecca tat es ihm gleich. Sie griff ihm in die vollen dunkelbraunen Haare, glitt mit dem Finger seinen Nacken hinab und fühlte, wie er erschauderte. Sie zog ihm das schwarze T-Shirt aus der Jeans und freute sich, als sie seine harten Bauchmuskeln fühlte. Mit den Fingerspitzen wanderte sie weiter zu seinem Rücken und glitt mit den Nägeln seine Wirbelsäule hinunter. Ihre Zungen wollten sich einfach nicht voneinander lösen. Im Gleichschritt und sich immer noch küssend gingen sie zur Couch und erst dort löste er sich von ihr.

Er ließ seinen Blick über ihren Körper schweifen und sagte: „Du bist so wunderschön. Seit du dich in die Nähe des Pults gesetzt hast, wollte ich wissen, wie du nackt aussiehst."

Das konnte er haben. Rebecca zog ihr Kleid aus. Bis auf einen Tanga hatte sie nichts darunter. Ehrfürchtig stand er vor ihr.

„Wow."

Dieses Wort löste in ihrem Körper ein wohliges Prickeln aus. Seine Muskeln am Bauch wurden durch das Licht hervorgehoben. Rebecca hätte stundenlang darauf starren können. Er fasste sie sanft unter dem Kinn an und strich zärtlich mit dem Daumen über ihre Haut. Dann zog er ihr Gesicht heran und küsste sie wieder. Rebecca verlor fast die Selbstbeherrschung. Mit dieser Zärtlichkeit machte er sie wahnsinnig. Dieser Moment war wunderschön.

Während ihre Zungen sich eingehender unterhielten, öffnete sie seine Jeans und befreite seine Erektion aus den engen Boxershorts. Eine kleine Stimme in ihrem Hinterkopf warnte sie, danach würde sie sich nicht besser, sondern eher schlechter fühlen. Aber da war auch dieses kleine Teufelchen auf ihrer Schulter und die Stimme von Kathrin in ihrem Kopf, dass sie endlich mal lernen musste, den Moment zu genießen. Denn dieser Moment war perfekt. Sie wollte diesen Mann und noch viel mehr wollte sie die Gefühle, die er in ihr auslöste. Dennoch fehlte hier etwas, darüber machte sie sich keine Illusionen. Das war reiner Sex, sonst nichts. Die Gefühle waren rein erotischer Natur. Weder er noch sie würden nachher Nummern austauschen und sich wiedersehen. Er musste ihren Konflikt bemerkt haben, denn er fragte: „Was ist? Möchtest du lieber aufhören?"

Verdammt noch mal, sie war eine erwachsene Frau!

„Nein." Und dann übernahm sie das Kommando. Sie wollte nicht länger warten, nachdenken und nachher doch einen Rückzieher machen. Sie delegierte ihn sanft auf die Couch. Ihr Tanga war vollkommen durchnässt, sie war schließlich scharf auf ihn, und sie musste es jetzt einfach für sich selbst tun. „Hast du ein Kondom hier?"

Er deutete mit dem Kinn zu seinem Rucksack auf dem Frisiertisch. „Du hast es aber eilig."

Rebecca kramte in seinem Rucksack, fand eine ganze Packung und kam mit einem Kondom wieder zurück. Während sie es ihm überstreifte, sah sie ihm in die braunen Augen. Jetzt wusste sie auch, was ihn so attraktiv machte. Seine Augen waren groß und hatten einen jungenhaften, naiven Ausdruck. Der Typ hatte es faustdick hinter den Ohren, das wusste Rebecca, aber man musste ihn einfach lieb haben. Zumindest für eine Nacht.

Wieder mit einer unglaublichen Zärtlichkeit befreite er sie aus ihrem Tanga. Seine Berührungen waren federleicht, im Grunde nur eine Andeutung, sie waren ein Hauch, der ihre Nerven vibrieren ließ. Sie lechzte nach mehr. Er umfasste sie an den Hüften und langsam ließ sie sich an ihm hinabgleiten. Sie überlegte kurz, ob noch mehr Leute hier im Backstagebereich waren, sie wollte ihn nicht in Schwierigkeiten bringen. Also unterdrückte sie ein Stöhnen. Sie saß auf ihm und stützte sich mit den Armen an der Couchlehne ab. Er lächelte und das ließ ihn noch jünger aussehen. Sie konnte es nicht abstreiten, es gefiel ihr, was sie hier tat, obwohl da irgendwo in ihrem Inneren ein negatives Gefühl war. Jetzt fühlte sie sich großartig, aber was würde in ein paar Stunden sein? Sie verbot sich, weiter daran zu denken und diesem Gefühl nachzugeben.

„Das sieht so gut aus. Du bist so schön."

Seine Stimme war rau. Sein Blick wurde unruhig, schweifte in die Ferne und sie wusste, dass er nur noch wenige Sekunden benötigen würde.

Sie schaute auf seine Bauchmuskeln. Die waren es, die sie bei Männern so antörnten und das half auch jetzt. Sie hatte den perfekten Männerbody unter sich und es lief alles zu ihren Bedingungen. Ihr Tempo, ihre Lieblingsstellung.

Sie kam. Zwei Sekunden nach ihm. Dieses Mal war es ihr egal, sie schrie auf. Der Orgasmus war kurz, aber heftig. Erschütterte sie einen Moment bis in ihr tiefstes Inneres.

Wieder küsste er sie zärtlich. Rebecca erwiderte den Kuss. Es war wunderschön gewesen.

Schweigend zogen sie sich an. Erst an der Tür zum großen Saal ließ er ihre Hand los. Noch ein sanfter, zärtlicher Kuss.

„Danke."

Seine Stimme war immer noch rau. Er schloss auf und Rebecca folgte ihm noch zwei Schritte, dann blieb sie stehen und er ging weiter zum DJ-Pult. Einmal drehte er sich noch um und trotz der Dunkelheit konnte sie erkennen, dass er ihren Namen mit den Lippen formte.

Dabei hatte sie ihm gar nicht gesagt, wie sie hieß.

Doch dann hob er kurz ihren Button in die Luft und lächelte. Er hatte sich also ein Andenken von ihr mitgenommen. Rebecca lächelte zurück, nur seinen Namen, den wusste sie nicht.

*

Kathrin begann, sich zu entspannen.

Fernab der Tanzfläche und den anderen Menschen saß sie

mit Robert Eagle im Separee. Ein weiteres Glas Champagner hatte zu ihrer Beruhigung beigetragen. Robert hatte sein Sakko ausgezogen und das weiße Hemd ließ erahnen, wie perfekt seine Oberkörpermuskulatur sein musste. Das war alles zu schön, um wahr zu sein. Künstler hatte sie schon immer bewundert und nun saß sie hier mit einem. Noch dazu war dieser Künstler so perfekt wie ein Männermodel.

„Da du ja weißt, was ich beruflich so treibe, wie wäre es, wenn du mir verrätst, welcher Tätigkeit du nachgehst?"

Okay, er wollte sich also ganz normal mit ihr unterhalten. Kathrin hätte nichts dagegen gehabt, wenn er direkt hier über sie hergefallen wäre, aber das war wohl nicht seine Absicht. Zumindest nicht in nächster Zeit. Oder wäre es möglich, dass sie ihm so gut gefiel, dass er sich tatsächlich ernsthaft für sie interessierte? Er konnte doch bestimmt tausend Frauen haben. Vielleicht hatte er das auch.

„Ich betreibe ein kleines Kosmetikinstitut in der Stadt."

„Oh, das ist ja interessant. Nur für Frauen?"

Seine Mimik und Körpersprache signalisierten ernsthaftes Interesse. Kathrin hatte mal einen Kurs zu diesem Thema belegt.

„Nein, auch für Männer. Vor Jahren noch war es für Männer uncool, ein Kosmetikstudio aufzusuchen. Aber die Zeiten haben sich geändert und ich bin froh darüber. Männer machen einen großen Teil meiner Kundschaft aus."

„Das kann ich mir vorstellen, besonders seit jedes Kind mit dem Begriff Metrosexualität was anfangen kann."

„Ja, das stimmt. David Beckham hat uns noch mal neue Kundschaft beschert." Kathrin fühlte sich immer sicherer, das war ihr Terrain, ihr Thema.

„Vielleicht komme ich mal vorbei und lasse mir das Gesicht peelen."

Bei jedem anderen hätte sie vermutet, dass es nur so dahergesagt war, aber sein Tonfall ließ keinen Zweifel offen, dass er es ernst meinte.

„Sehr gern. Einfach vorher anrufen."

„Hast du eine Visitenkarte für mich?"

Kathrin kramte in ihrer Abendtasche. Zum Glück hatte sie als Geschäftsfrau immer und überall ihre Visitenkarten dabei.

Auch das hatte sie in einem Seminar gelernt. Als er die Karte entgegennahm, fiel ihr auf, dass er wunderschöne Hände hatte. Sehr gepflegt, mit schlanken Fingern. Ob das typisch für Künstler war? Da sie noch keinen persönlich kennengelernt hatte, wusste sie nicht, ob es überhaupt typische Merkmale für Künstler gab.

„Darf ich fragen, was du auf dieser Singleparty machst? Wenn ich dich so ansehe, denke ich nicht, dass du unbedingt mit so einem Button durch die Gegend laufen musst."

Kathrin lachte. „Na ja, es ist eines der bekanntesten Events der Stadt. Da sollte man nicht fehlen, oder?"

„Du bist also nicht auf der Suche nach deinem Traummann?"

„Ich denke, dass suchen generell der falsche Weg ist."

„Aber sagt man nicht: Wer suchet, der findet?"

„Ich denke, dann möchte ich lieber von einem Suchenden gefunden werden."

Jetzt lachte er und entblößte ebenmäßige weiße Zähne. Kathrin fragte sich, ob wirklich alles an diesem Kerl perfekt war. Kein Wunder, dass er sie eingeschüchtert hatte.

„Ich mag es, wenn Frauen mit sich und ihrem Leben zufrieden sind. Und ich gebe dir recht, man sollte nicht krampfhaft suchen, das artet irgendwann in Verzweiflung aus."

„Sprichst du aus Erfahrung?" Kathrin musste einfach fragen.

Er zögerte ein wenig. „Ich glaube, ich hatte mir irgendwann mal eingeredet, dass ich die perfekte Frau finden muss. Ein Haus bauen, Kinder zeugen und was man sonst so tut. Aber die Kunst hat mir gezeigt, dass es viele Wege gibt, um glücklich und zufrieden zu leben. Falls mir also doch noch die Frau meines Lebens begegnet, würde ich mich freuen, ansonsten wird es mich aber nicht ins Unglück stürzen."

Das Gespräch nahm immer interessantere Formen an. „Ich gebe dir vollkommen recht. Mein kleiner Laden bedeutet mir wahrscheinlich genauso viel wie dir die Kunst, wenn ich das mal vergleichen darf."

„Natürlich. Es ist dein Lebensinhalt, es macht dir Spaß, du tust es aus dem Wunsch nach Selbstverwirklichung heraus. Selbstverständlich lässt sich das mit meinem Schaffen als

Künstler vergleichen. Auch du erschaffst etwas. Du holst das Beste aus den Menschen heraus und machst sie glücklich."

So hatte sie es noch nie betrachtet. Aber wenn sie darüber nachdachte, gab es ihr ein gutes Gefühl, zu denken, dass sie Menschen glücklich machen konnte. Aber vielleicht waren ihre Hochgefühle auch dem Champagner zuzuschreiben. Und dieser war mit Sicherheit schuld daran, dass sie nun fragte: „Aber was ist mit Sex, wenn man solo ist? Alles kann der Beruf nicht kompensieren, oder?"

Lässig schlug er die Beine übereinander und sah sie lange an. Er nickte. „Stimmt. Nichts auf dieser Welt ist mit gutem Sex vergleichbar. Jeder Orgasmus ist einzigartig. Im Grunde ist jeder Orgasmus ein Kunstwerk."

Das führte Kathrin zu der Frage, ob er im Bett ebenfalls ein Künstler war, sie traute sich aber nicht, sie auszusprechen.

Er goss Champagner nach und sie bemerkte, dass sie schon eine ganze Weile hier saßen. Er war der Ehrengast dieses Events. Musste er sich nicht unten zeigen und Small Talk führen? Stattdessen verbrachte er seine Zeit mit ihr. „Sag mal, wirst du unten nicht vermisst?"

„Die Veranstalter kennen mich. Ich lasse mich nicht gern vorführen. Ich habe einige meiner Werke zur Verfügung gestellt und bin hier. Mit wem ich meine Zeit verbringe, da lasse ich mir nicht reinreden."

Kathrin freute sich, es sah alles danach aus, als wolle er den gesamten Abend mit ihr verbringen. Aber da war noch etwas anderes. Dieser Mann strahlte Macht aus. Vielleicht war er deshalb so erfolgreich. Er bekam, was er wollte, das Leben lief nach seinen Spielregeln. Ob das im Bett auch so war? Gedanklich kam sie immer wieder auf dieses Thema zurück. Der Typ machte sie scharf. Rasiermesserscharf. „Hast du neben der Kunst auch Hobbys?"

„Ich liebe schnelle Autos und verpasse kein Formel-1-Rennen, aber noch mehr interessiert mich der Galoppsport. Ich habe mehrere Rennpferde."

Mit beiden Themen kannte sich Kathrin nicht wirklich aus, aber falls sie sich wiedersähen, würde sie sich vorab damit auseinandersetzen. „Meine beste Freundin fährt morgen nach Baden-Baden in einen Rennstall. Sie ist Versicherungsmaklerin und soll dort sozusagen versicherungstechnisch alles auf den neuesten Stand bringen."

„Baden-Baden, soso."

Mehr sagte er nicht dazu und Kathrin fragte sich, ob sie das Thema in die falsche Richtung gelenkt hatte. Aber schon im nächsten Moment verflogen ihre Bedenken.

„Wie wäre es, wenn du mich mal zu einem Rennen begleitest, in dem eins meiner Pferde läuft?"

„Sehr gern! Lässt du sie hier in Köln auf der Rennbahn laufen?"

„Auch. Das kommt auf die Rennen an, die angeboten werden. Manchmal sind sie auch im Ausland im Einsatz."

Das wurde ja immer besser. Vielleicht würde er sie ja sogar ins Ausland mitnehmen. „Und wo werden sie trainiert? Hier in Köln?"

„Nein, in Baden-Baden."

„Das ist aber ein Zufall!"

„Du meinst wegen deiner Freundin? In Baden-Baden gibt es zwar nur eine Bahn, aber dort trainieren mehrere Trainer."

„Ach so."

Er beugte sich nach vorn und nahm ihre Hand. Ein Blitz fuhr durch ihren Körper und ihre Wangen wurden heiß. Seine Hände waren angenehm warm und ihr Geschlecht fing an zu pochen, als er mit dem Daumen über ihren Handrücken strich.

„Ich freue mich sehr, dich hier heute getroffen zu haben. Ehrlich."

Seine blauen Augen strahlten und sein Blick traf sie mitten ins Herz. Verdammt, sie war doch wohl nicht dabei sich zu verlieben?

„Ich freue mich auch, Robert. Werden wir uns wiedersehen?" Er hatte zwar schon über einen Termin im Kosmetikinstitut und einen Besuch auf der Rennbahn gesprochen, aber sie musste einfach fragen. Es war ihr wichtig. Robert Eagle hatte auf einmal absolute Priorität.

„Wenn du mich wiedersehen willst, gern. Ich würde mich sehr freuen."

Er hielt sie immer noch an der Hand und mit sanftem Druck

zog er sie ein Stück zu sich. Kathrins Herz fing wild an zu pochen. Gleich würde er sie küssen. Sie öffnete leicht die Lippen. Eine Hand griff in ihr Haar.

Ein Räuspern direkt neben ihnen machte die Situation kaputt. Er löste sich von ihr und mit herrischem Tonfall sagte er zu dem Mann, der ins Separee getreten war: „Was zum Teufel gibt es?"

„Entschuldigung, aber der Veranstalter sucht Sie. Ich konnte ihn nicht länger abwimmeln."

Kathrin betrachtete den dünnen Mann im schwarzen Anzug. Er hatte schütteres graues Haar und war um die sechzig.

„Das ist Walter, mein Chauffeur, Sekretär, manchmal auch Lebensretter, mein Terminkalender, einfach der Mann für alles."

Kathrin nickte dem wandelnden Terminkalender zu und lächelte freundlich. „Guten Abend."

Walter verzog keine Miene, seine Augen hatten einen missbilligenden Ausdruck und er nickte nur kurz. Er war wohl nicht von ihr begeistert. Hoffentlich hatte sein Wort nicht auch noch Gewicht, wenn es um Frauen ging.

„Ich sollte mich dann mal kurz darum kümmern."

„Tu das. Und ich sollte dann langsam nach Hause. Morgen erwartet mich ein normaler Arbeitstag." Normalerweise hätte Kathrin gewartet, aber es schien unpassend. Es ging hier schließlich nicht um schnellen Sex. Nein, darum ging es ganz und gar nicht mehr.

„Dann lass mich dich noch zum Ausgang begleiten." Er bot ihr galant seinen Arm an und sie ergriff ihn.

*

Rebecca hatte sich noch ein wenig auf der Party umgesehen. Kathrin hatte sie nicht mehr entdecken können und vom namenlosen DJ wollte sie sich lieber fernhalten. Es wäre absolut unpassend gewesen, weiter in seiner Nähe zu bleiben.

Sie entschied, nach Hause zu fahren. Morgen hatte sie schließlich eine lange Autofahrt vor sich. Auf dem Weg zur Garderobe fragte sie sich, was eigentlich mit ihr los war. Natürlich war sie sexuell gesehen kein unbeschriebenes Blatt. Aber das, was sie eben getan hatte, war nicht so ganz ihre Art. Das wäre eher typisch Kathrin. Vor allen Dingen hatte sie immer die Meinung vertreten, dass Gespräche und zumindest ein näheres Kennenlernen sein mussten. Intelligente Gespräche mit attraktiven Männern törnten sie an. In den letzten Stunden hatte sich dies wohl geändert. Zum Glück war sie für die nächsten zwei Wochen beruflich voll und ganz gefordert. In Baden-Baden würde sie Professionalität an den Tag legen und Sex einfach Sex sein lassen. Das war der Plan.

„Da bist du ja."

Rebecca hatte ihre Jacke in Empfang genommen und drehte sich überrascht um, als sie Kathrins Stimme hinter sich vernahm. Sie war in Begleitung des attraktiven Mannes mit dem grauen Anzug.

„Darf ich dir Robert Eagle vorstellen? Und das ist meine Freundin Rebecca Volkmer, die Frau, die morgen nach Baden-Baden fährt."

Rebecca reichte Eagle die Hand. Irgendetwas blitzte in seinen Augen auf. Etwas, das ihr nicht gefiel. Oder war sie misstrauisch, weil Kathrin etwas über sie erzählt hatte? Warum war sie überhaupt misstrauisch?

Kathrin hatte sich den Stargast des Abends aufgerissen. Attraktiv war er obendrein und, wenn man den Zeitungen glauben konnte, auch reich. Sie beobachtete, wie Robert Kathrin einen sanften Kuss auf die Lippen drückte und ihr eine Karte mit einer Nummer gab, Rebecca nickte er noch einmal zu, dann verschwand er in der Menge.

Kathrin hatte ein seliges Lächeln auf den Lippen. „Wir werden uns wiedersehen, der Typ ist ein Traum! Und er hat so was wie einen Butler. So ein dünnes Männchen im Anzug. Er nimmt mich demnächst mit zum Pferderennen. Wenn du also erst mal in Baden-Baden Fuß gefasst hast, musst du mich unbedingt darüber aufklären, ich will ja nicht dumm dastehen. Außerdem interessiert er sich für Formel 1 und seine Lippen, die sind so weich!"

Kathrin plapperte aufgeregt weiter. Rebecca kam nicht mehr zu Wort. Erst als Rebecca an Kathrins Haustür hielt, stoppte der Redeschwall.

„Du hörst dich an, als hättest du dich Hals über Kopf verliebt.“

„Und wenn es so wäre? Du klingst so skeptisch .“

„Das wolltest du doch nie.“

„Ach, was kümmert mich mein Geschwätz von gestern.“ Kathrin strich sich die Locken aus dem Gesicht. „Süße, ich wünsche dir eine gute Fahrt. Sobald du angekommen bist und Zeit hast, solltest du mich anrufen. Ich will wissen, wie es da so ist und vielleicht habe ich ja auch schon Neuigkeiten.“ Sie drückte ihre kleine Handtasche an die Brust und seufzte. „Der Typ ist zu schön, um wahr zu sein.“

„Sei aber lieber vorsichtig, Kathrin.“

„Ach was. Siehst du wieder Gespenster?“

„Beim letzten Mal hatte ich recht. Der Kerl wäre fast mit deinem Geld abgehauen.“

„Ja, und ich habe daraus gelernt. Außerdem hat Robert Eagle mit Sicherheit mehr Geld als ich.“ Sie gab Rebecca einen Kuss auf die Wange, stieg aus und rief noch einmal: „Ruf mich an!“

Rebecca nickte, winkte und fuhr los. Sie musste dringend ins Bett. Sie hatte Kathrin noch mehr ins Gewissen reden wollen, aber wer war sie, dass ihr das zustand? Sie hatte schließlich erst vor einer Stunde einfach so mit einem unbekannten Kerl herumgevögelt. Das war auch nicht besser oder vorsichtiger. Oder war sie etwa neidisch, dass Kathrin Schmetterlinge verspürte? Und wie sie schon im Backstagebereich geahnt hatte, stellte sich jetzt ein schaler Nachgeschmack ein. Was hatte sie vom Sex mit dem DJ gehabt? Ein paar schöne Minuten, aber schlafen würde sie allein. Sie drückte auf das Gaspedal.

3

Robert konnte sich nicht aufraffen, aufzustehen. Montagmorgen und es gab nichts zu tun. Zufrieden grinste er. Es lief fantastisch und ganz von allein. Gestern zur Party zu gehen, war eine gute Entscheidung gewesen. Walter hatte ihm zwar abgeraten, aber er musste einfach öfter unter Leute. Dieses Image des einsiedlerisch lebenden Künstlers war zwar hervorragend und sicher, ging ihm aber in letzter Zeit auf den Keks.

Er warf einen Blick auf die Visitenkarte, die auf dem Nachttisch lag. Kathrin Wendel, die Frau war eine echt heiße Nummer. Wie sie getanzt hatte, das war pure Erotik gewesen. Sie hatte es an dem Abend auf ein sexuelles Abenteuer angelegt gehabt. Das hatte er sofort gemerkt. Eigentlich hatte er vorgehabt, sie in dem Separee zu vernaschen, aber nach der Unterhaltung und der Erwähnung ihrer Freundin, erschien ihm eine Umdisponierung besser. Er musste herausfinden, in welchen Rennstall die Maklerin fuhr. Schnüffler konnte er nicht gebrauchen, und falls die Versicherungstante in seinen Angelegenheiten wühlte, hatte er durch Kathrin eine direkte Verbindung. Außerdem war Kathrin wirklich attraktiv. Er mochte kleine Frauen mit Locken und üppigen Kurven. Ihre Freundin dagegen war nicht sein Typ. Viel zu groß und dann hatte sie auch noch kurze Haare. Eine Frau musste eine Frau sein und kein halber Geschäftsmann.

Er griff in seine engen, schwarzen Boxershorts und schloss die Augen. Kathrins Gesicht erschien vor ihm. Ihre leuchtend grünen Augen, ihre vollen, sinnlichen Lippen. Er stellte sich vor, wie ihre Zunge über seine Lippen gefahren war, und umfasste seinen Schwanz. Seine Eier waren dick und nur eine leichte Berührung reichte und er wurde so richtig steif. Er stellte sich wieder vor, wie sie getanzt hatte. Wie anmutig sie ihre Hüften geschwungen hatte und ihr praller Hintern jede Bewegung mitmachte. Wie wohl ihre Muschi aussah? Gott, wenn sie jetzt hier wäre, würde er seinen Schwanz so was von in sie reinrammen.

Diese Frau musste man einfach in Besitz nehmen.

Sein Blut kochte und er fuhr automatisch an seinem Schwanz auf und ab und steigerte das Tempo, während er sich immer weiter in die Fantasie hineinsteigerte.

Er hätte gestern auf die Tanzfläche gehen und seinen Körper im Rhythmus an ihren pressen sollen. Aber dann hätte sich seine Anzughose wie ein Zirkuszelt aufgeblasen. Blasen! Mhm, das war ein weiterer erotischer Gedanke. Nackt musste sie einfach perfekt sein. Die richtigen Rundungen an den richtigen Stellen. Seine andere Hand wanderte ebenfalls in die Shorts und massierte seine Eier. Er hörte die Musik, er sah Kathrin vor sich mit den halb geschlossenen Augen. Sie tanzte an einer Stange für ihn, ihr Kleid rutschte die Schenkel hinauf. Robert schwitzte und biss sich auf die Lippen. Sein Körper verlangte nach Befriedigung, verlangte nach ihr, aber er konnte nur noch heftiger seinen Penis reiben.

Es kam ihm, sein Unterleib zuckte, Sterne tanzten hinter seinen geschlossenen Lidern. Er versaute seine Shorts, hatte nicht mehr dran gedacht, sie schnell herunterzuziehen, aber das war ihm scheißegal. Ein heiserer Aufschrei begleitete die unglaubliche Welle, die ihn erfasste, während er vor sich sah, wie sie es sich beim Tanzen selbst besorgt hatte.

Eine Weile lag er einfach nur da und ließ die Nachwehen seines Orgasmus über sich ergehen.

Träge stand er auf und ging unter die Dusche. Was für eine Sauerei. Seine Shorts flogen in den kleinen Abfallbehälter im Bad. Er hatte genug davon. Walter musste diese Sauerei nicht in die Waschmaschine befördern.

Gründlich wusch er sich die Haare und seifte seinen Körper ein. Sein Schwanz meldete sich schon wieder. Verdammtes Teil, seit er Kathrin gesehen hatte, schien er keine Ruhe geben zu wollen. Aber da Walter gleich in seinem Schlafzimmer auftauchen würde, um das Bett zu machen und die kommende Woche mit ihm durchzusprechen, musste Mr. Ständer warten.

*

Rebecca parkte den Porsche und schaute auf die Uhr. Erst

zwei. Sie hatte sich für 15:00 Uhr angekündigt, aber sie war schneller durchgekommen, als sie gedacht hatte. Okay, an die Geschwindigkeitsbegrenzungen hatte sie sich auch nicht immer gehalten. Aber wozu kaufte man sich einen Porsche?

Das Anwesen war riesig – um nicht zu sagen gigantisch. Und das sollte auch ihr Auftrag sein. Nicht umsonst hatte sie sich überreden lassen, für zwei Wochen in diesem Gestüt, Rennstall oder was auch immer alles hier untergebracht war, zu leben. Sie sollte alles von Grund auf neu versichern, einschließlich Beratungsgespräche mit den Mitarbeitern über Renten-, Kranken- und Unfallversicherungen und vieles mehr. Pferde und Gebäude mussten versichert werden. In den zwei Wochen konnte sie so viel verdienen wie in einem Jahr.

Die Auffahrt, die sie eben entlanggefahren war, hatte sie an die Southfork Ranch aus der Serie Dallas erinnert. Wiesen erstreckten sich zu beiden Seiten, auf denen Pferde grasten. Ihr Wagen parkte nun neben einer Reihe von anderen Autos. Rechts mussten sich die Ställe befinden. Es waren unzählige, allerdings nicht gleichmäßig angeordnet, sondern verschachtelt. In der Mitte vor ihr gab es so einen Round Pen, so was hatte sie schon mal im Fernsehen gesehen bei diesem Pferdeflüsterer. Pferde konnten hier auf der abgegrenzten Runde eingeritten werden. Dahinter befand sich das Haupthaus, das sich bis nach links erstreckte. Sie hatte im Internet schon ein wenig recherchiert und wusste, dass sich hinter dem Haupthaus noch weitere Gebäude befanden. Dort war Platz für die Pferde des Gestüts und die Zucht. Der vordere Bereich, wo sie sich befand, gehörte den Rennpferden. Irgendwo musste es auch einen Sandweg geben, der zu einer Trainingsbahn führte. Das alles musste Millionen wert sein. Rebecca zuckte es in den Fingern und sie hätte gern direkt die ersten Versicherungsformulare in die Hand genommen. Sie war gespannt auf den Mann, der hinter all dem steckte. Auch über ihn hatte sie im Internet recherchiert.

David Waldmann, 39 Jahre, hatte das Gestüt geerbt und innerhalb von zehn Jahren auch den Trainingsbetrieb hinzugefügt. Was er anfasste, wurde zu Gold, wie es in einem Bericht über ihn hieß. In der Vollblutzucht äußerst erfolgreich, hatte er auch als Trainer zahlreiche Sieger gesattelt. In Erinnerung geblieben war ihr ein Foto. Er hatte in Hamburg ein siegreiches Pferd im Anzug von der Bahn geholt und sah dabei aus wie ein Ritter. Groß, breitschultrig, mit langen blonden Haaren und einem kantigen Kinn.

Rebecca war gespannt auf ihn. Langsam stieg sie aus. Ihr Gepäck ließ sie im Auto. Erst mal musste sie jemanden finden, der ihr sagen konnte, wo sie hinmusste. Sie lief um den Round Pen herum und hielt angestrengt nach jemandem Ausschau. Sie wollte erst zum Haupthaus gehen, entschied sich dann aber, lieber bei den Pferden nachzusehen. Die Wahrscheinlichkeit, dass sie dort jemanden treffen würde, war sicher höher.

Sie lugte um die Ecke und bemerkte das Schild *‚Unbefugten ist der Zutritt verboten'*, als sie eine Stimme hinter sich vernahm.

„Entschuldigung, kann ich irgendwas für Sie tun?"

Rebeccas Herz setzte aus. Sie hatte nicht gesehen oder gehört, dass jemand hinter ihr gewesen war. Und die Stimme war angenehm tief mit leichtem englischen Akzent. Sie drehte sich um und ihr stockte der Atem. Sie musste sich auf die Zunge beißen, um kein Wow loszulassen.

Der Typ konnte mit Sicherheit einiges für sie tun, wenn er schon fragte.

Aber es war nicht David Waldmann, denn dieser Mann war schwarzhaarig, mit ihr auf Augenhöhe, also um die einsachtzig, und hatte so strahlend grüne Augen, wie mit Photoshop aufgepeppt.

„Ich … äh, also ich wollte nicht unbefugt … also …" Verdammt, sie war eine Geschäftsfrau, die mit beiden Beinen im Leben stand, seit wann stammelte sie vor sich hin? Sie räusperte sich. „Mein Name ist Rebecca Volkmer, Herr Waldmann erwartet mich." Ihr entging nicht sein leicht amüsierter Blick. War sie etwa rot geworden?

„Dann sind Sie die Versicherungsvertreterin."

Er schüttelte ihre Hand, die sie ihm hingestreckt hatte. Sein Griff war fest und warm. Sehr angenehm.

„Versicherungsmaklerin", verbesserte sie automatisch.

Seine Augen glitzerten immer noch amüsiert. „Oh, Entschuldigung, natürlich. Maklerin." Er sah auf seine Armbanduhr.

„Wir haben Sie aber erst um 15:00 Uhr erwartet."

„Ich bin gut durchgekommen."

„Kein Problem. David ist noch in einem Meeting. Aber ich kann Ihnen gern im Haus einen Kaffee machen und ihr Gepäck zumindest schon mal in die Küche bringen. Ich weiß leider nicht, welches Zimmer er Ihnen zugedacht hat."

„Wenn es keine Umstände macht."

„Nein überhaupt nicht, ich habe Feierabend und meine Tochter kommt erst um 16:00 Uhr aus dem Kindergarten."

Sie folgte ihm zu ihrem Auto. Er hatte also ein Kind. War ja wohl klar, dass so ein Kerl in einer Beziehung steckte.

Während er ihre zwei Koffer, mit denen sie sich heute Morgen abgemüht hatte, mit Leichtigkeit aus dem Auto holte, beobachtete sie das Spiel seiner Armmuskeln. Die fünfzig Meter zum Haus schienen ihm trotz der schweren Koffer nicht das Geringste auszumachen.

Die Eingangstür war nur angelehnt. Automatisch machte sie sich einen Vermerk, dass sie darauf hinweisen musste, dass bei einem Einbruch mit Diebstahl die Versicherung nichts zahlen würde, wenn die Türen hier nur angelehnt wurden.

Sie folgte ihm in den Eingangsbereich, der den Blick auf eine riesige Treppe freigab, die nach rechts und links in die erste Etage führte. Er bog nach links ab und sie betraten eine riesige, gemütliche Küche. Ein Tisch, der Platz für mindestens fünfzehn Personen gab, war das Prunkstück in der Mitte. Drum herum gab es eine durchgehende Anrichte mit Industriekaffeemaschine, zwei Spülmaschinen, Ofen, Mikrowellen und noch anderen technischen Geräten. Diese Küche hätte jedem Restaurant Konkurrenz machen können. Dieses Mal schaffte sie nicht, das Wow nur zu denken, sie musste es laut ausgesprochen haben, da sie seine Stimme vernahm.

„Es leben ziemlich viele Leute auf dem Anwesen. Alle Angestellten sind hier untergebracht. Ist praktischer."

„Verstehe." Sie betrachtete ihn, wie er die Koffer in eine Ecke stellte, zwei Becher aus einem der zahlreichen Schränke nahm und zu einem kleineren Kaffeeautomaten ging.

„Setzen Sie sich doch."

Er deutete mit dem Kopf auf einen der Stühle am Tisch und

eine Strähne seines schwarzen Haares fiel ihm in die Stirn. Am liebsten hätte sie die zurückgestrichen.

Stattdessen setzte sie sich, faltete ihre Hände brav in ihrem Schoß und rief sich wieder ins Gedächtnis, dass der Mann Familie hatte. Es gab einen Grundsatz in ihrem Leben. Niemals eine Affäre mit einem Mann anfangen, der in einer Beziehung ist und schon mal gar nicht, wenn Kinder im Spiel sind.

Dieser Gedanke führte sie für einen Moment zurück ins Wochenende. Vielleicht hatte sie diesen Grundsatz ja bereits gebrochen. Was wusste sie schon über den DJ?

Bevor sie sich wieder fragen konnte, was am Wochenende mit ihr los war, riss er sie aus den Gedanken.

„Milch und Zucker?“

„Schwarz, danke.“

Er stellte den Becher vor ihr ab und sie bemerkte, dass er seinen Kaffee ebenfalls schwarz trank.

„Ich habe mich noch gar nicht vorgestellt. Ich bin Marc Farrell, Davids Assistent.“

„Freut mich, Sie kennenzulernen.“ Sie nahm einen Schluck, der Kaffee war super. Exklusive Bohnen. „Was genau machen Sie als Assistent? Wenn ich so neugierig sein darf.“

Er lehnte sich zurück und sein T-Shirt spannte über den stattlichen Brustmuskeln.

„Klar dürfen Sie fragen. Ich bin Trainer und da David der Oberboss ist, bin ich nur der Assistenztrainer.“ Er schien es nicht zu bedauern und strahlte Zufriedenheit aus. „Außerdem vertrete ich ihn, wenn er im Ausland ist, und helfe ihm beim Bürokram.“

Rebecca mochte sein Lächeln. Es war offen und natürlich. „Also praktisch der zweite Boss.“

Er zwinkerte. „Sozusagen.“

„Ah, habe ich doch richtig gehört, dass jemand in der Küche ist.“

Rebecca hätte fast den Kaffee verschüttet, seit wann war sie so schreckhaft? Hatte sie den Mann, der in der Tür stand, nicht kommen hören, weil sie so vertieft in die Betrachtung von Marc Farrell gewesen war? Der andere Typ war aber auch nicht übel. Sie schätzte ihn auf Ende zwanzig, er hatte kurze, blonde

Haare, die ein wenig strubbelig wirkten. Er war etwas kleiner, vermutlich einssiebzig, also nicht so groß wie sie selbst, aber mit einer sportlichen Figur und breiten Schultern. Was ihr sofort auffiel, waren seine schmalen Lippen, normalerweise stand sie nicht darauf, aber sie passten zu ihm. Sein Mund gefiel ihr auf Anhieb. Sein Grinsen verlieh ihm einen jungenhaften, aber auch selbstgefälligen Ausdruck.

„Das ist Drew O'Donaghue, unser Mädchen für alles."

„Halt die Klappe, Farrell."

Drew kam auf sie zu, schüttelte ihr die Hand und nahm sich dann auch einen Kaffee. „Ich bin hier sozusagen der dritte Mann. Und die Betonung liegt auf Mann."

Marc verdrehte die Augen, grinste aber. „Nehmen Sie sich vor ihm in Acht."

Rebecca erwiderte das Lächeln. „Danke für den Tipp."

„Marc übertreibt mal wieder, ich bin lammfromm. Und gestreichelt werde ich auch gern."

Rebecca musste lachen. Das konnte ja heiter werden in diesem Haus voller Kerle.

„Wer lebt noch alles hier, damit ich mir schon mal ein Bild machen kann, wen ich alles versichern muss?"

Drew ließ sich auf einen Stuhl fallen. „Das Einzige, was du bei mir versichern musst, sind meine Kronjuwelen. Der Rest ist schöne Beilage."

„Gewöhn dich schon mal dran, seine Kronjuwelen sind Drews Lieblingsthema." Marc zuckte entschuldigend mit den Schultern. „Also hier im Haupthaus wohnen David, Drew, meine Tochter und ich. Im Nebengebäude unser Futtermeister Werner und drei Arbeitsreiterinnen sowie drei Pferdepfleger. Praktikanten haben wir auch immer und die sind dann ebenfalls dort untergebracht, allerdings musst du die nicht versichern."

Rebecca war aufgefallen, dass Marc nun auch zum Du übergewechselt war. Ihr sollte es recht sein. Außerdem hatten sie beide denselben Akzent. Aber richtig englisch hörte sich der nicht an.

„Wo kommt ihr eigentlich her?"

„Ich komme aus Dundalk. Und Marc ist Nordire."

„Genau genommen aus Belfast."

„Und was hat euch nach Deutschland verschlagen?"

Drew hatte seinen ersten Becher Kaffee im Nu runtergestürzt und goss sich einen zweiten ein. „Ich hab nichts anderes gelernt, als mit Pferden zu arbeiten, aber in Irland wirst du ziemlich schlecht bezahlt. Deshalb habe ich es hier versucht und es nicht schlecht getroffen, würde ich sagen. Und die deutschen Frauen sind auch nicht übel."

Er grinste unverschämt und Rebecca bemerkte, dass er verschiedenfarbige Augen hatte, ein hellblaues und ein hellgrünes.

Marc stand auf. „Ich schau mal, ob David sein Meeting beendet hat."

Rebecca nahm dies als Aufforderung, ihm zu folgen. Zwei Dinge fielen ihr auf. Er war ihr die Antwort schuldig geblieben, warum er nach Deutschland gekommen war. Und: Bei der Aufzählung der hier lebenden Personen hatte er keine Frau erwähnt, nur seine Tochter. Aber jetzt musste sie sich auf das Gespräch mit David Waldmann konzentrieren.

*

Marc hatte Rebecca bei David abgeliefert.

Bis er seine Tochter vom Kindergarten abholen musste, hatte er noch eine Stunde Zeit. Sein Arbeitstag begann in der Regel um fünf in der Früh, sodass er sich nachmittags oft eine Stunde hinlegte. Er hätte auch abends früher ins Bett gehen können, aber das war nicht sein Ding. Er liebte den Abend und die Nacht. Das war schon immer so gewesen. Er ließ sich auf sein Bett fallen und verschränkte die Arme hinter dem Kopf. Das Bild von Rebecca erschien vor seinem inneren Auge. Die erste Frau, die ihm wirklich gefiel, zumindest äußerlich, er kannte sie ja noch nicht. Groß, schlank, mit einem wunderbaren Busen. Mal was ganz anderes als die Teenager oder kleinen Arbeitsreiterinnen, die hier herumliefen. Wieder mal wünschte er sich, dass er mehr wie Drew wäre. Einfach durchs Leben gehen, ohne immer das Für und Wider zu durchdenken. Einfach spontan seinen Impulsen folgen und Spaß haben. Vielleicht wäre er so geworden, aber die Umstände waren gegen ihn gewesen. Auch Rebecca musste er dringend aus seinem Kopf bekommen. Sie war rein geschäftlich hier und in zwei Wochen auch schon wieder weg. Das war gut so.

Er hatte eine Tochter, um die er sich kümmern musste und einen Job, der ihn voll und ganz ausfüllte. Alles andere würde das Leben nur verkomplizieren.

Unruhig warf er sich hin und her. Wann hatte er zuletzt Sex gehabt? Mit der Mutter seines Kindes vor ungefähr fünfeinhalb Jahren, Handbetrieb zählte nicht. Dann war Jessica geboren worden und Vanessa bei ihrer Geburt gestorben. Was hatte David letztens noch zu ihm gesagt? Du kannst noch einmal neu anfangen …

Marc schnaubte. Die Dinge waren noch komplizierter geworden als vor zehn Jahren, nachdem er hier ankam. Damals hatte er neu anfangen wollen und es hatte tatsächlich funktioniert. Aber das Glück war trügerisch. Die Vergangenheit hatte ihn mal wieder eingeholt. Seine Hand wanderte zu seinem Schritt. Verdammte Scheiße, er würde sich doch wohl jetzt mitten am Nachmittag keinen runterholen, nur weil eine attraktive Frau hier auf dem Anwesen aufgetaucht war. Genervt stand er auf und sprang unter die eiskalte Dusche.

*

Robert hasste es, wenn Walter diesen Blick drauf hatte. Das konnte er tagelang durchziehen, aber heute hatte er nicht die Nerven, dieses Spielchen mitzumachen.

„Walter, sag mir, was du zu sagen hast und dann lass uns zur Tagesordnung übergehen."

„Es ist alles in Ordnung, Sir."

„Lass den Scheiß mit dem *Sir* und kack dich aus."

„Ihre Wortwahl lässt heute sehr zu wünschen übrig, Sir."

Robert spielte kurz mit dem Gedanken, dem alten Mann an die Kehle zu gehen. Machte mal wieder einen auf armseligen, missbilligenden Butler. Da sollte man keine Wutanfälle kriegen. Am liebsten hätte er eins der Kunstwerke zertrümmert, damit konnte man Walter manchmal wachrütteln. Warum eigentlich nicht?

Langsam stand er auf, ging auf eine Skulptur zu, die in der Ecke seines Büros stand, umfasste sie mit einer Hand und schaute Walter provozierend an.

„Bitte nicht, die Skulptur ist 100.000 wert!"

Robert grinste. Immer noch sehr sparsam, der alte Walter. Was an dieser Skulptur 100.000 Mäuse wert sein sollte, verstand er zwar bis heute nicht, aber wenn die Leute so bekloppt waren, dafür so viel Geld zu bezahlen … Er hatte nichts dagegen.

„Können wir jetzt also reden, Walter?"

Die Miene des alten Mannes veränderte sich. Aus professionellem Butler mit steifer Haltung wurde ein normaler Mann.

„Was hast du mit dieser Frau vor?", fragte er schließlich.

Robert atmete auf. Die Siezerei war ja vielleicht in der Öffentlichkeit okay, aber zu Hause nervte es ihn. „Also darum geht es."

„Ja, genau darum."

„Sie gefällt mir. Seit wann ist es verboten, Frauen anzubaggern?"

„Gar nicht, Robert. Aber normalerweise wäre es folgendermaßen gelaufen. Du hättest sie in die Limousine gelotst, ihr hättet schnellen Sex gehabt, danach noch einen Drink mit einer Pille und sie hätte sich an nichts erinnert. Du hast ihr die geheime Handynummer zugesteckt!"

„Und deshalb bist du jetzt wütend auf mich?" Robert musterte den alten Mann. Sie kannten sich seit zweiundzwanzig Jahren. Mit sechzehn war er von Walter O'Brien unter dessen Fittiche genommen worden. Und sie hatten es seitdem weit gebracht. Verdammt weit. Vom Straßenjungen zum Millionär. Das sollte ihm mal einer nachmachen.

„Ich bin nicht wütend, ich bin besorgt. Du wirst unvorsichtig."

Robert lachte. Herzhaft und laut. Man konnte ihm vieles nachsagen, aber nicht, dass er unvorsichtig war. „Du bist der einzige Mensch, der mich wirklich kennt. Ich habe einen guten Grund, warum ich ihr die Nummer gegeben habe."

„Ach ja?" Walter zog die grauen Augenbrauen steil nach oben.

„Waldmann hat eine Maklerin für zwei Wochen auf dem Anwesen. Du weißt, was auf dem Spiel steht. Kathrin ist die beste Freundin dieser Maklerin. Ich halte es für einen klugen Schachzug, da am Ball zu bleiben."

Walter begann, auf und ab zu laufen. Seine runzlige Stirn warf noch mehr Falten. „Ist das denn wirklich nötig? Wir haben schließlich einen Mann dort postiert."

„Das ist richtig, aber zwei Eisen im Feuer zu haben, halte ich für klüger." Robert merkte, dass Walter sich entspannte. Dann nickte er.

„Du hast wohl recht, mein Junge."

Robert grinste zufrieden. Dass Kathrin ihn nebenbei noch aus den Schuhen gehauen hatte, musste Walter nicht wissen.

*

Drew hatte es nicht lassen können, dieser Rebecca auf den Arsch zu starren, als sie die Küche mit Marc verlassen hatte.

Durch und durch Geschäftsfrau in ihrer schwarzen Hose und der beigefarbenen Bluse. So was traf man hier auf dem Hof selten. Es sei denn, eine der Pferdebesitzerinnen – manche von ihnen stanken nur so vor Geld – schneite mal rein. Aber diese Damen waren tabu. David hätte ihm die Hölle heißgemacht und er war schließlich auf den Job angewiesen. Außerdem waren die meisten von ihnen zu alt, zu fett oder einfach nicht sein Typ. Zwei Wochen würde Rebecca sich hier um Versicherungen kümmern. Genug Zeit, sie ins Bett zu manövrieren und eine weitere Kerbe in seinem Bettgestell zu markieren. Im Gegensatz zu Marc tat er sich, was sein Sexualleben betraf, keinen Zwang an. Wenn Marc kein Kind gezeugt hätte, hätte man fast denken können, er sei vom anderen Ufer. Oder er hatte Vanessa tatsächlich so abgöttisch geliebt.

Drew trank den Rest seines Kaffees. Irgendwie war Marc heute anders. Zwischendurch waren da Blicke gewesen, immer wenn Rebecca ihn nicht angesehen hatte. Bewundernde Blicke. Marc würde ihm doch wohl nicht in die Parade fahren?

Musste er halt schneller sein. Während er sich so seine Gedanken gemacht hatte, war er rüber in den Anbau gegangen.

Bettina hatte er schon lang nicht mehr gehabt. Mein Gott, welcher Mann hatte schon seinen Privatharem direkt vor der Tür? Alle drei Arbeitsreiterinnen liebten ihn und standen ihm sexuell jederzeit zur Verfügung. Wenn es so lief, warum sollte man da eine feste Beziehung eingehen? Er klopfte an die Tür.

„Ja."

Drew trat ein. Er hatte am Morgen bei der Arbeit ihr gegenüber eine kleine Andeutung gemacht, dass er sie heute Nachmittag besuchen würde. Sie erwartete ihn ausgestreckt und splitternackt auf ihrem Bett liegend. Heute wäre ihm zwar lieber nach Auspacken gewesen, aber meckern wollte er jetzt nicht. Sie spielte bereits mit einem Dildo an sich herum. Wie er es liebte, ihr dabei zuzusehen. Die Zeit würde er sich jetzt auf jeden Fall nehmen. Er trat näher, zog sich einen ihrer Korbsessel ran und setzte sich. „Mach ruhig weiter, Süße, lass dich nicht stören." Er lehnte sich zurück und betrachtete sie. Die Vorhänge waren zugezogen, aber sie waren weiß und verdunkelten das Zimmer nicht. Bettina war klein, mit muskulösen, wohlgeformten Beinen. Sie hatte ein breites Becken und war einfach eine der heißesten Frauen, die er kannte. Und er kannte eine ganze Menge.

Ihr Bauch war flach und ein pinkfarbener Stein leuchtete in ihrem Nabel. Mit einer Hand knetete sie ihre Brüste. Die andere hatte den schwarzen Dildo fest im Griff. Ihre vollen Lippen waren gerötet und ihr Mund leicht geöffnet. Er liebte es, wenn sich ihre langen blonden Haare auf dem Kissen ergossen wie ein Heiligenschein. Ihre Zunge fuhr über die Lippen. Sie musste wohl schon vor einigen Minuten mit ihrem Tun begonnen haben, denn ihre Wangen hatten eine rosa Farbe. Unter halb geschlossenen Lidern sah sie ihn an.

„Drew, du bist so schön."

Schön war zwar nicht gerade der Ausdruck, den er selbst für sich benutzt hätte, aber dass er gut aussah, machte es bei der Damenwelt um vieles einfacher.

„Soll ich dich ein bisschen unterstützen, Baby?"

Sie grinste. „Aber klar doch."

Er öffnete seine Jeans, zog sie ein wenig herunter und machte es sich wieder breitbeinig im Sessel bequem. Wie fast immer hatte er sich die Unterhose gespart. Er musste wieder lächeln, die Spiele konnten beginnen.

*

Rebecca hatte ihn schon auf Fotos gesehen, aber als sie das Büro von David Waldmann betrat, stockte ihr kurz der Atem.

Er war zwar nicht ihr Typ mit den langen blonden Haaren, die er zu einem Zopf gebunden hatte, aber wegen seiner Größe und der blauen Augen hatte er eine unheimliche Ausstrahlung. Es war aber nicht nur das Aussehen. Diesen Mann umgab eine Aura der Macht und Selbstsicherheit, was durch sein kantiges, energisches Kinn unterstrichen wurde. Durch das Grübchen am Mundwinkel wirkten seine Züge aber nicht grob, sondern attraktiv.

Er stand auf, als sie eintrat, und Rebecca musste zu ihm aufschauen. Also musste er mindestens einsneunzig sein.

„Herzlich willkommen, Frau Volkmer." Er deutete auf den Besucherstuhl an seinem Schreibtisch.

Sie setzte sich. „Ich freue mich, hier zu sein. Ihr Mitarbeiter hat mich bereits sehr nett empfangen."

Ein kurzes Lächeln huschte über sein Gesicht. „Marc oder Drew?"

„Marc, aber Drew habe ich auch schon getroffen."

„Und sich schon ein Bild gemacht?" Er zwinkerte ihr zu.

Rebecca wusste nicht recht, was sie darauf antworten sollte, also lächelte sie nur.

„Bevor wir zum geschäftlichen Teil kommen, wir sind hier im Haus eine reine Männerwirtschaft – bis auf Marcs Tochter – ich hoffe, Sie werden sich die nächsten beiden Wochen wohl bei uns fühlen."

„Darüber mache ich mir keine Sorgen."

„Ich habe Ihnen unser größtes Gästezimmer hier im Haus zugeteilt. Ich gehe davon aus, dass Sie einen Laptop dabeihaben, aber dort ist auch ein Rechner und Sie können ihn jederzeit benutzen. Fühlen Sie sich ganz wie zu Hause."

„Danke, das ist sehr großzügig von Ihnen." Rebecca fühlte sich wohl in der Gegenwart von David Waldmann. Er war

Respekt einflößend, aber sie war Geschäftsfrau durch und durch. Mit dieser Situation konnte sie umgehen. Das war ihr Terrain. Warum also war sie eben in Gegenwart von Marc Farrell durcheinander gewesen?

Er lehnte sich in seinem schönen weißen Chefsessel zurück und ignorierte das Klingeln seines Handys.

„Wenn es wichtig ist, wird derjenige wieder anrufen", sagte er, als sie ihren Blick auf das Telefon richtete. „Ich dachte mir, Sie richten sich heute erst mal häuslich ein. Es gibt die nächsten zwei Wochen noch genug für Sie zu tun."

„Das glaube ich Ihnen aufs Wort. Das Anwesen ist wirklich riesig."

„Ich werde Ihnen noch alles zeigen. Wichtig sind die Gebäudeversicherungen. Suchen Sie mir die besten raus und sichern Sie alles ab. Achten Sie da nicht unbedingt auf den Preis. Ich will keine Stolperfallen, nur um ein paar Euros zu sparen, um dann hinterher feststellen zu müssen, dass ich bei einem Brand nicht richtig abgesichert bin."

Rebecca nickte. Der Auftrag gefiel ihr immer besser. Hier konnte sie eine Menge Provision einstreichen. Gebannt hörte sie ihm weiter zu.

„Innerhalb der zwei Wochen führen Sie bitte auch Gespräche mit Drew, Marc, Werner, dem Futtermeister, den drei Pferdepflegern und den drei Arbeitsreiterinnen. Wer etwas zusätzlich abschließen will, kann das selbst entscheiden. Kranken-, Berufsunfähigkeits- und Unfallversicherungen sind ein Muss. Da komme ich dann aber auch mit ins Spiel. Außerdem brauche ich Versicherungen für meine Pferde. Wir haben einige, die eine große Zukunft vor sich haben und natürlich auch welche, die als Deckhengste und Mutterstuten sehr wertvoll sind."

Das war zwar nicht ihr Fachgebiet, aber Rebecca hatte sich vorbereitet. „Trainieren Sie nur Ihre eigenen Pferde?"

„Zu diesem Punkt wollte ich gerade kommen. Ich trainiere auch die Pferde von Robert Eagle."

Rebecca fiel kurz die Kinnlade nach unten.

„Kennen Sie ihn?"

„Ich bin ihm gestern zum ersten Mal auf einer Party begegnet. Er lebt auch in Köln, wie ich. Sie meinen doch den Künstler?“

„Ja. Er kommt aus Irland. Er besitzt einige Rennpferde und lässt sie von mir trainieren. Ich hatte eigentlich nicht vor, Public-Trainer zu werden. Ich wollte nur meine eigenen Pferde trainieren, aber irgendwann kam er auf mich zu und sein Angebot konnte ich nicht ausschlagen.“

„Er ist Ire?“

„Ursprünglich. Fällt nicht auf, was? Der einzige Mensch, den ich kenne, der drei Sprachen akzentfrei spricht. Um auf das Thema zurückzukommen, sein Angebot war wie gesagt zu gut, sodass ich nun auch seine Pferde beherberge und trainiere. Was die Versicherungen angeht, habe ich noch nicht mit ihm gesprochen. Ich werde ihn kontaktieren, aber ich weiß nicht, ob ich Ihnen da noch mehr Aufträge zuschustern kann.“ Er zwinkerte wieder.

„Ich bin mit Ihnen erst mal ziemlich ausgelastet.“

„Dann zeige ich Ihnen jetzt am besten Ihr Zimmer.“

Er stand auf und sie folgte ihm. „Mein Gepäck müsste noch in der Küche stehen.“

Sie gingen den Flur entlang, der zur Eingangshalle führte, und er holte schnell ihre Koffer aus der Küche.

„Die Küche ist sozusagen unsere Zentrale. Hier treffen wir uns meistens zufällig. Ich habe hier unten mein Büro und gegenüber sind meine Wohnräume.“ Er ging die Treppe rauf und bog rechts ab. „Wenn Sie links rauf gehen, dann landen Sie bei Drew, hier rechts ist die Wohnung von Marc und seiner Tochter sowie das Gästezimmer.“

Rebecca hatte schon draußen bemerkt, dass der rechte Teil des Gebäudes größer war. Die erste Etage war genau wie die untere. Ein Flur, der rechts eine Tür hatte und links zwei. Also waren auf der linken Seite mehrere Zimmer, deshalb sprach er von Wohnungen.

„Das Gästezimmer ist genauso groß wie mein Büro und hat auch ein eigenes Bad.“ Er öffnete die Tür.

Rebecca atmete erleichtert auf, sie musste sich also nicht ein Bad mit Marc teilen. Er stellte ihre Koffer ab.

„Ich lasse Sie dann mal auspacken. Marc kocht heute. Das kann er ziemlich gut. Am besten Sie finden sich um halb sieben in der Küche ein.“

Er nickte ihr noch einmal zu und schloss die Tür hinter sich. Rebecca sah sich um. Das war mal ein Gästezimmer! Es wurde immer besser. Das Prunkstück war ein riesiges Himmelbett. Sie ließ sich darauf fallen. Die Bettwäsche roch frisch gewaschen und war weich. Ob sie eine Haushälterin hatten? Rechts neben dem Bett stand ein Nachttisch und an der Wand ein riesiger Kleiderschrank. Gegenüber ein kleiner Tisch mit einem Fernseher und DVD-Player. Sie stand auf. Drei DVDs standen aufgereiht dort. „Secretariat“, „Seabiscuit“ und „Phar Lap“, alles Filme über berühmte Rennpferde. Vielleicht sollte sie sich die mal ansehen. Links in der Ecke stand der Schreibtisch mit dem Rechner. Der Chefsessel war ergonomisch geformt und sicher nicht billig gewesen. Die Tür zum Badezimmer war links neben dem Bett. Es war größer, als sie erwartet hatte. Geschmackvoll in Schwarz gefliest, mit einer runden Badewanne, die mit Massagefunktionen ausgestattet war.

Rebecca schaute auf die Uhr. Erst kurz nach vier. Da hatte sie noch massig Zeit auszupacken und sich häuslich einzurichten. Sie trat ans Fenster, zuerst wollte sie die weiße Gardine zurückschieben, ließ sie dann aber so. Denn unten parkte ein Auto. Neugierig starrte sie raus und erkannte, dass es Marc Farrell war, der seine Tochter vom Kindergarten abgeholt hatte. Sie konnte es nicht lassen, sie musste einfach wie eine Spannerin hinter der Gardine stehen. Sie machte einen Schritt zur Seite und lugte seitlich durch das Fenster. Marc stieg aus und öffnete die hintere Tür seines Geländewagens. Ein kleines Mädchen sprang heraus. Dass es seine Tochter sein musste, war unverkennbar. Sie hatte die gleiche schwarze Haarfarbe wie er. Ihre Haare waren lang und dick und reichten ihr bis weit auf den Rücken. Sie konnte selbst von hier oben ihre strahlend blauen Augen erkennen. Diese Augen erinnerten sie allerdings eher an David Waldmann. Unverkennbar war aber, dass dieses fünfjährige Mädchen schon jetzt eine kleine Schönheit war. Wie würde sie erst aussehen, wenn sie ins Teenageralter kam?

Rebecca fühlte sich auf einmal unwohl. Mit Kindern hatte sie nie viel zu tun gehabt. Sicher würde die Kleine auch beim

Abendessen dabei sein. Marc strich seiner Tochter zärtlich über den Kopf und holte eine kleine Tasche mit einem Pferd darauf vom Rücksitz. Er sagte etwas und das Mädchen lachte.

Ein Stich traf sie ins Herz. Und wieder kam ihr kurz der Gedanke, dass sie irgendwann mal ein Kind haben wollte. Sie schüttelte den Kopf, was war nur los mit ihr? Sie war hier, um eine Menge Geld zu verdienen, ihr Job bedeutete ihr alles. Geld war wichtig. Ohne Geld war man aufgeschmissen.

Das Mädchen schob ihre kleine Hand in die ihres Vaters und sie verschwanden im Haus. Rebecca atmete tief durch und legte sich auf das Bett. Sie schloss die Augen und horchte. Die beiden kamen die Treppe hoch und das Mädchen erzählte etwas von einem Frosch, den sie im Kindergarten aus dem Sandkasten gerettet hatten. Dann hörte sie, wie die Tür gegenüber sich schloss und es herrschte Ruhe. Ein komisches Gefühl überkam sie. So etwas wie Heimweh. Vielleicht sollte sie einfach die Augen geschlossen halten und eine Stunde ausruhen.

4

Robert war stolz, ein Mann der Tat zu sein. Geplänkel oder um den heißen Brei herumreden waren nicht sein Ding, und Geduld gehörte auch nicht zu seinen Stärken. Warum sich also die Mühe machen, im Kosmetikinstitut anzurufen und womöglich nur mit einer Mitarbeiterin von Kathrin zu sprechen? Laut Visitenkarte hatte sie montags bis 18:00 Uhr geöffnet. Also betrat er exakt um 17:55 Uhr das Ladenlokal, unangekündigt.

Ein kleines Windspiel an der Tür machte darauf aufmerksam, dass jemand den Empfangsbereich betreten hatte. Es war nicht Kathrin, die hinter einem Vorhang hervortrat, sondern eine Frau Mitte vierzig. Sehr attraktiv und mit einem freundlichen Lächeln im Gesicht.

„Guten Abend. Haben Sie einen Termin?“

Wenn der Laden um 18:00 Uhr schloss, war es eigentlich logisch, dass er keinen Termin hatte, es sei denn, es war üblich, auch außerhalb der Geschäftszeiten behandelt zu werden. Robert wollte nicht unhöflich sein. „Nein, aber ich kenne die Inhaberin und es sollte ein Überraschungsbesuch sein.“

Die Mitarbeiterin lächelte. „Da freut sich Kathrin bestimmt. Sie ist noch in einer Behandlung, sollte aber gleich fertig sein. Setzen Sie sich doch so lange.“ Sie deutete auf eine kleine Sitzecke in einer Nische. „Kann ich Ihnen was zu trinken anbieten? Wasser, Tee, Kaffee oder einen frisch gepressten Orangensaft?“

„Danke, sehr freundlich, aber ich möchte nichts.“ Robert setzte sich auf einen der Sessel und schlug die Beine übereinander. Er sah sich um. Sie hatte Geschmack. Die Einrichtung war exquisit und auch die Deko passte. Ihr Institut hieß „Hatschepsut“ und Ägypten zog sich als Motto durch die Räume.

Die Mitarbeiterin entledigte sich ihres Kittels und schien hinter der Theke ihre Handtasche zu packen. Sie machte Feierabend. Das war gut so. Vielleicht hätte er noch ein oder zwei Tage mit seinem Besuch gewartet, aber er hatte Ablenkung gebraucht, nachdem dieser verdammte Waldmann heute Nachmittag nicht an sein Handy gegangen war und ihn auch nicht zurückgerufen hatte. Die Uhr an der Wand bewegte viel zu langsam ihre Zeiger.

Um drei Minuten nach sechs trat Kathrin mit einer älteren Dame in den Empfangsbereich. Da er in der Nische saß und eine Palme ihn verdeckte, bemerkte sie ihn nicht sofort. Ihre Mitarbeiterin trat auf sie zu.

„Sie haben Besuch im Wartebereich."

„Danke, Karla. Ich kümmere mich sofort. Du kannst dann gehen."

Sie drehte den Kopf und Robert sah ihr die Überraschung an. Er nickte ihr zu. Ganz professionell blieb sie hinter der Theke, fing sich schnell wieder und kassierte. Dann machte sie einen neuen Termin mit der Kundin und brachte sie zur Tür. Robert hörte, dass sie hinter der Dame abschloss. Er stand auf und ging ihr entgegen. Obwohl sie diesen weißen Arztkittel trug und ihre wunderschönen Haare zu einem Zopf zusammengebunden hatte, sah sie hinreißend aus. Ihre Wangen waren leicht gerötet und ihr sinnlicher Mund lud förmlich zum Küssen ein. Aber Robert entschied, ganz Gentleman zu bleiben. Erst mal. Er umfasste sie und hauchte ihr rechts und links einen Kuss auf die Wange.

„Schön, dich zu sehen, ich hoffe, es ist in Ordnung, dass ich einfach so reinschneie."

„Das ist vollkommen in Ordnung."

Ihr Lächeln raubte ihm den Atem. Wann hatte eine Frau ihn zuletzt so fasziniert? Im Grunde konnte er sich nicht daran erinnern, dass es überhaupt schon mal eine Frau geschafft hätte, allein durch ein Lächeln einen Ständer in seiner Hose zu verursachen. „Ich dachte, du hast nach Feierabend sicher Hunger. Lässt du dich von mir zum Essen einladen?"

„Sehr gern, wenn du dich vorher von mir zu einer kleinen Behandlung einladen lässt. Wo wir schon mal hier sind."

Das lief ganz so, wie er es sich vorgestellt hatte. „Und an was für eine Behandlung hattest du gedacht?"

„Wie wäre es mit einer Massage?"

Das Ding lief tatsächlich wie am Schnürchen. Und sein

Schwanz vollführte Freudentänze. „Das ist ein wunderbarer Deal.“

Sie nahm ihn an die Hand und führte ihn in einen der Behandlungsräume. Mit einer Fernbedienung schaltete sie einen CD-Player an und Entspannungsmusik erklang leise aus den Boxen.

„Zieh dich aus“, sagte sie, während sie den Kittel auszog und Massageöl für ihn aussuchte. „Hast du irgendwelche Allergien oder Überempfindlichkeiten?“

„Nein.“ Er zog sich aus bis auf den Calvin Klein Slip, der es kaum schaffte, seine Erektion zu beherbergen, und machte es sich auf der Massageliege bäuchlings bequem. Er schloss die Augen. Ihre Hände waren warm und geschickt.

*

Kathrin hatte gehofft, dass Robert sich melden würde, aber nicht damit gerechnet, dass er bereits einen Tag nach ihrem Kennenlernen vor ihrer Tür stehen würde.

Also erübrigte sich ihr Plan, den sie sich den ganzen Tag zurechtgelegt hatte. Zwei Tage verstreichen lassen und ihn dann auf dem Handy anzurufen. Kurz hatte sie überlegt, ob es zu forsch sei, ihm direkt eine Massage aufzuschwatzen. Aber sie war so verdammt gut darin und sie wollte ihn unbedingt erobern, also hatte sie diese Bedenken über Bord geworfen.

Gott, sein Körper war wirklich so perfekt, wie sie sich ihn erträumt hatte. Hart, muskelbepackt, ohne Makel lag er auf dem Bauch vor ihr. Sein rechtes Schulterblatt war mit einer Tätowierung verziert. Die fand sie ein wenig gewöhnungsbedürftig. Ein Kreuz mit dem sterbenden Jesus und darunter eine Reihe von Strichen. Ob er Katholik war? Aber was sollten die Striche bedeuten? Insgesamt waren es neun. Wobei immer vier nebeneinanderlagen und die ersten vier mit einem waagerechten, also dem fünften, durchgestrichen waren. Danach musste sie ihn unbedingt fragen. Es machte ihr Spaß, ihn zu massieren, er entspannte sich unter ihren Händen.

„Bitte umdrehen.“

Er tat, was sie sagte und Kathrin kam nicht umhin, zu bemerken, dass er einen Ständer hatte. Wenn sie die Sache richtig einschätzte, sah auch sein Geschlecht verdammt gut aus. Die Spitze seines Penis ragte ein gutes Stück aus dem knappen Slip und es schien ihm nicht mal peinlich zu sein. Ihre Hände waren feucht, Gott sei Dank konnte sie das mit dem Massageöl verbergen. Ihr war heiß, nicht wegen der Anstrengung, sondern weil ihr Körper jede Menge Signale an ihr Hirn sendete, was wiederum in ihrer Unterhose als Feuchtigkeit endete. Am liebsten hätte sie ihm das bisschen Unterhose heruntergezogen, sich auf ihn gesetzt und langsam an seinem Schwanz hinabgleiten lassen.

Sie machte weiter. Er lag mit geschlossenen Augen entspannt auf der Liege. Sie befasste sich mit seinen Beinen, seinen Armen, genoss vor allem seinen muskulösen Bauch anfassen zu dürfen und widmete sich dann noch seinem Gesicht. Seine Haare waren wieder streng zurückgegelt. Hätte ihr jemand vor ein paar Tagen gesagt, dass ihr das mal gefallen würde, hätte sie denjenigen ausgelacht. Aber es passte wunderbar zu ihm. Sie berührte sanft mit einem Finger seine Lippen. Perfekt. Und dann konnte sie nicht anders.

Sie beugte sich hinunter, und als sie kurz davor war, ihn zu küssen, schlug er die Augen auf. Diese hellblauen Augen mit dem leichten Silberblick waren so schön und sprühten vor Intelligenz und Lebenslust. Er öffnete leicht die Lippen und dann musste sie ihn küssen. Er hatte die Hand in ihren Nacken gelegt und zog sie noch weiter herunter. Der Kuss ließ sie alles um sich herum vergessen. Seine Zunge drang tief in ihren Mund und vereinigte sich mit ihrer. Ihr war nicht mehr nur heiß, ihr Körper stand in Flammen. Ein Ziehen, eine unerträgliche Sehnsucht machte sich zwischen ihren Beinen breit. Am liebsten hätte sie sich die Kleider vom Leib gerissen, aber dazu hätte sie diesen Kuss unterbrechen müssen und das kam nicht infrage. Ihre Knie wurden weich, er schmeckte so gut. Er schmeckte nach mehr.

Nach einer kleinen Ewigkeit gab er sie frei und für einen Moment sahen sie sich in die Augen. Er richtete sich auf und begann noch im Sitzen, sie auszukleiden. Auch sein Slip gesellte sich zu den herumliegenden Kleidungsstücken von ihr. Reden mussten sie nicht mehr. Es war klar, was nun passieren würde.

Sie hatte den Anfang gemacht, aber er übernahm nun die Initiative und es war ihr recht. Normalerweise behielt sie beim Sex die Kontrolle und war sich immer vollkommen bewusst, was sie tat, wie weit sie gehen wollte. Das war jetzt anders. Sie würde ihm überallhin folgen. Alles würde sie tun. Sie wollte nicht stark sein, nicht führen, hier war der Eine, der nun die Führung übernehmen durfte.

*

Die Massage hatte ihn an den Rand der Selbstbeherrschung gebracht.

Ihre knetenden, streichelnden Finger auf seinem ganzen Körper waren ein Traum. Wenn er sich dann noch ihre vollen Lippen vorstellte, die schönen Augen. Er hatte sich ganz still verhalten und seinen Schwanz auf die Liege gepresst, eine Bewegung, und er wäre gekommen, da war er sicher.

Auch das Umdrehen hatte ihn Selbstbeherrschung gekostet, aber dann war sie ihm nahegekommen. Sehr nah und es war um ihn geschehen. Der Kuss hatte alles, was er bisher an Süße gekostet hatte, in den Schatten gestellt. Und verdammt noch mal, er hatte schon viele Frauen gehabt, aber diese hier war eine Offenbarung.

Die Anziehungskraft zwischen ihnen war förmlich greifbar. Dieser Blick, wie sie ihn eben angesehen hatte. Voller Vertrauen und Naivität. Er liebte es, andere zu beherrschen und dieser Blick verhieß ihm das Paradies. Sie war sein. Mit Haut und Haaren und er musste sie jetzt und hier in Besitz nehmen. Kennzeichnen. Sie würde ihm gehören.

Sie stand nackt vor ihm und ihr Körper war noch schöner, als er es sich in seinen Fantasien hatte ausmalen können. Klein und schlank war sie, aber mit runden Hüften und einem Hintern, den er dringend massieren musste.

Sie drehte sich einmal im Kreis für ihn, so wie er es von ihr verlangt hatte. Ihre Beine waren perfekt, obwohl sie nicht lang waren. Aber ihr Busen war das Beste. Klein, aber so fest, dass er prall wirkte. Ihre Brustwarzen waren dunkelrot und hart. Er nahm ihre Nippel in die Finger und drückte sie. Sie schloss die Augen und sog die Luft ein.

„Wirst du mir folgen?“ Er erkannte seine eigene Stimme nicht wieder, so rau war sie vor Verlangen.

„Wohin du willst.“

Das war alles, was er hören wollte. Mit einer schnellen Bewegung nahm er sie auf die Arme und trug sie zu der kleinen Couch in der Ecke. Vorsichtig legte er sie ab und strich mit der flachen Hand an ihrem Bauch entlang. Sie erschauderte unter ihm und sein Ständer reckte sich durch die Antwort ihres Körpers auf seine Berührung weit in die Höhe. Der musste aber warten, denn er wollte erst ihre Nippel in den Mund nehmen. Fest an ihnen saugen, sie mit seinen Zähnen bearbeiten. Sie tat nichts und das war genau das, was er wollte. Frauen bekamen beim Sex die Befehle von ihm, und wenn er nichts sagte, dann hatten sie gefälligst auch nichts zu tun. Sie schien das instinktiv zu wissen.

Sein Mund wanderte nach unten. Er musste sie kosten, bevor er sie nahm. Er musste wissen, ob sie dort genauso süß schmeckte, wie bei ihrem Kuss. Ihr Geschlecht glitzerte, der süße Saft wartete nur darauf, von ihm aufgeleckt zu werden. Seine Zunge glitt einmal ganz über ihr Geschlecht, wieder zitterte sie. Sie schien die Kontrolle über ihre Beine zu verlieren. Das war wunderbar. Er drückte ihre Beine noch ein Stück auseinander und ließ seine Zunge um ihre Perle kreisen. Erst sanft, dann druckvoller. Ein Wimmern war von ihr zu vernehmen und er zögerte nicht, tauchte einen Finger ein. Heiße Nässe umfing ihn, ihr Geschmack war besser als die erlesenste Delikatesse. Er sah nach oben in die wunderschönen grünen Augen, die halb geschlossen waren. Sie war bereits auf einem Trip, aber wenn sie das hier schon zur Ekstase brachte, dann würde er sie gleich in andere Sphären mitnehmen.

Er drehte seinen Finger, zog ihn immer wieder ein Stück heraus, nur um dann wieder tief einzutauchen. Seine Zunge leckte weiter. Gleich würde sie kommen. Das war gut, denn dann konnten sie endlich zum eigentlichen Akt übergehen. Ihr Atmen wurde lauter, sie stand kurz davor, er leckte noch schneller und dann ergoss sich ein Schwall Feuchtigkeit über seinen Finger. Die Anspannung schien aus ihrem Körper zu weichen. Sie lächelte glücklich.

„Wir sind noch nicht fertig."

„Das dachte ich mir." Wieder dieses wunderschöne Lächeln.

Jetzt musste er sie haben. Er rutschte nach oben. Ohne Zögern rammte er seinen Schwanz in sie. „Ich bring dich jetzt an einen Ort, an dem du noch nie gewesen bist."

Überraschung stand auf ihren Zügen. Um sie dorthin zu bringen, wo sie beide eins sein würden, brauchte es noch mehr. Mit einer Hand stützte er sich ab, mit der anderen umfasste er ihren Hals und drückte zu. Mit noch mehr Überraschung auf dem Gesicht öffnete sie den Mund und schnappte nach Luft. Er sah ihr fest in die Augen. Da waren immer noch Vertrauen und Naivität. Er steigerte sein Tempo. Es tat so gut, sie war wie für ihn gemacht.

Er drückte weiter zu. Er hatte jetzt die Macht. Er hätte sie erwürgen können und sie hätte es geschehen lassen. Die Entscheidung lag bei ihm. Und das war es, was ihn zum Höhepunkt trieb. Die Macht zu haben, Macht über sie, über ihr Leben, über ihre Erregung. Denn erregt war sie. Ihr Körper reagierte auf seine Stöße. Er reagierte auf das Abschnüren der Luftzufuhr. Es trieb ihn an, Hormone auszuschütten. Ihre Nerven waren auf das Äußerste angespannt, das wusste er.

Sie kam und er ließ los. Sie schnappte nach Luft, gleichzeitig krallte sie sich an der Lehne der Couch fest, denn er wusste, dass dies ein Orgasmus war, der intensiver gewesen sein musste, als alles, was sie kannte.

Dieser Anblick, sie sich windend in ekstatischen Krämpfen, trieb auch ihn dahin, wo er hinwollte. Er rammte seinen Schwanz noch einmal in sie hinein und ließ alles raus, was er zu geben hatte. Grinsend sah er sie an. Sie hatte ja keine Ahnung, dass dies nur der Anfang war.

*

Rebecca hatte nicht schlafen können. Nachmittags konnte sie das sowieso nicht, also war sie aufgestanden und hatte ihre

Koffer ausgepackt und sich eingerichtet.

Ihr Kostüm und die Ballerinas hatte sie gegen Jeans, ein langärmeliges Shirt und Turnschuhe getauscht. Zum Abendessen trug hier wohl keiner elegante Kleidung. Überhaupt musste sie einen kleinen Spagat hinbekommen. Modisch gesehen. High Heels waren mit Sicherheit nicht angebracht. Hier wurde mit Pferden gearbeitet, und wenn sie die Gebäude besichtigte, waren sündhaft teure Kostüme fehl am Platz.

Ihr war ein wenig mulmig zumute, als sie die Treppe hinunterging und die Stimmen der drei Männer hörte. Warum bloß? Kurz kamen ihr wieder die Schandtaten des Wochenendes in den Sinn. Was war nur los mit ihr? Es konnten nur ihre Hormone sein, die verrückt spielten. Nach den zwei Wochen sollte sie dringend einen Frauenarzt aufsuchen und sich durchchecken lassen.

Sie betrat die Küche. Marc stand am Herd, der Tisch war gedeckt. Seine Tochter saß mit Drew über ein Bild gebeugt und die beiden schienen Spaß zu haben.

David tippte eine SMS in sein Smartphone und ließ es dann in der Brusttasche seines Hemdes verschwinden. Lächelnd verdrehte er die Augen, als er sie sah. „Unser Koch braucht mal wieder ein wenig länger."

Es duftete köstlich. „Sei froh, dass hier überhaupt einer vernünftig kochen kann. Morgen ist Drew dran und ich vermute, es gibt wieder Tiefkühlpommes aus dem Backofen."

„Wag dich." David ging zum Kühlschrank. „Was wollen Sie trinken?"

„Du willst ihr doch wohl keine Cola anbieten, oder? Vielleicht sollten wir zur Feier des Tages einen Wein aufmachen."

„Aber nicht extra für mich. Cola ist vollkommen in Ordnung." Obwohl Rebecca Drews Vorschlag lieber gewesen wäre. Aber wahrscheinlich hätte sie die ersten beiden Gläser runtergestürzt, um ihrer inneren Unruhe endlich Herr zu werden.

„Du bist die Frau, die hier alles sichert?"

Das kleine Mädchen hatte sie die ganze Zeit intensiv gemustert. Plötzlich war Rebeccas innere Anspannung dahin.

Sie lachte. „Na ja, wenn du es so ausdrücken willst."

„Hey, du kannst nicht einfach jeden duzen, das hab ich dir schon so oft gesagt“, tadelte Marc.

„Tut mir leid.“

Rebecca sah Marc an. „Das ist schon in Ordnung.“ Dann wandte sie sich seiner Tochter zu, streckte ihr die Hand hin und sagte: „Ich bin Rebecca und wie heißt du?“

„Jessica.“ Eifrig schüttelte die Kleine ihr die Hand, erhob sich dann und setzte sich neben Rebecca.

„Guck mal, das habe ich heute gemalt. Wir sollten den Beruf unserer Eltern malen.“

„Mmh, da sind ja nur Pferde drauf. Wo ist denn dein Vater?“

„Das ist die Bahn, da laufen die Pferde beim Training und Papa steht weiter hinten, das passte nicht mehr auf das Bild.“

„Ach so.“ Rebecca nickte, ihr fiel auf, dass das Bild für eine Fünfjährige außergewöhnlich gut war. Jessica schien ein Talent für das Malen zu haben. Hoffentlich würden die Männer es fördern. Im nächsten Moment fragte sie sich, warum sie sich Gedanken darum machte. Es ging sie nichts an und nach den zwei Wochen würde sie dieses Kind sowieso nicht wiedersehen.

Drew seufzte am anderen Ende des Tisches. „Kaum taucht mal eine Frau hier auf, bin ich abgemeldet.“

David grinste und meinte: „Tja, nicht jede Frau liegt dir zu Füßen.“

Marc stellte das Essen auf den Tisch. Rebecca lief das Wasser im Mund zusammen. Seit dem belegten Brötchen in der Raststätte am Vormittag hatte sie nichts mehr gegessen. Es gab Schnitzel, gemischtes Gemüse mit einer leckeren Sahnesoße und Kartoffeln. Es schmeckte perfekt. Die Soße war selbst gemacht, Rebecca hasste Fertigmenüs oder Soßen aus Packungen. Satt würde sie hier auf jeden Fall werden, zumindest wenn Marc kochte. „Habt ihr hier keine Haushälterin?“

„Wir hatten eine, aber sie ist in Rente gegangen und die letzten Bewerberinnen waren leider unfähig.“ David gab einen Seufzer von sich. „Im Moment haben wir eine 400-Euro-Kraft, die zumindest zweimal die Woche kommt, um sauber zu machen und Wäsche zu waschen.“

Fast wäre Rebecca die Frage nach Jessicas Mutter herausgerutscht, sie konnte sich aber im letzten Moment auf die Zunge beißen. Das war schon eine eigenartige Zusammenstellung hier. Der stinkreiche Gestütsbesitzer ganz locker mit einem vorlauten Weiberhelden aus Irland und einem stillen Mann mit fünfjähriger Tochter. Sie machten ganz und gar nicht den Eindruck, als bildeten sie ein Angestellten-Boss-Verhältnis, sondern benahmen sich eher wie eine Patchworkfamilie. Ihr Verdacht bestätigte sich noch weiter, als Jessica David mit „Onkel David“ bezeichnete. Drew nannte sie beim Vornamen, und da die beiden Männer altersmäßig nicht weit auseinanderliegen konnten, war David vielleicht wirklich Jessicas Onkel. Das würde auch die Ähnlichkeit ihrer Augen erklären. Aber das bedeutete, dass Jessicas Mutter Davids Schwester sein musste. Wo war die Frau?

Das Tischgespräch drehte sich hauptsächlich um Pferde. Dazu konnte sie nicht viel sagen.

„Kommen Sie am Wochenende mit uns auf die Bahn? Das Frühjahrsmeeting steht an. Wir haben einige Pferde am Ablauf.“ David schien sie in das Gespräch mit einbeziehen zu wollen.

Rebecca hatte schon über die Rennbahn in Baden-Baden gelesen. Die Renntage waren gesellschaftliche Ereignisse. Das wäre doch mal eine schöne Abwechslung.

„Sehr gern. Brauche ich einen Hut?“

„Würde dir bestimmt gut stehen.“

Das kam natürlich von Drew.

„Dann will ich aber auch einen!“

Marc sah seine Tochter traurig an. „Tut mir leid, ich muss dich Freitag zur Oma bringen. Ich hab viel zu tun am Wochenende.“

Traurig schaute sie auf ihren leeren Teller. David unterbrach das kurze Schweigen. „Ein Hut ist kein Muss, wir sind hier nicht in Ascot. Außerdem soll es am Wochenende stürmisch werden, ich empfehle also oben ohne.“

„Das sag ich doch immer.“

Rebecca musste lachen. Dieser Drew war ihr einfach sympathisch, auch wenn er wohl nur eine Sache im Kopf hatte. Plötzlich hatte sie eine Idee.

„Also wenn ich doch hier bin und am Wochenende freibekomme“, sie grinste in Richtung David Waldmann, „dann könnte ich mich doch um deine Tochter kümmern.“

Überrascht sah Marc sie an. Diese grünen Augen, das war der Wahnsinn. Rebecca hätte ihm stundenlang in die Augen sehen können. Nicht so ein helles Grün wie bei Kathrin, sondern ein richtig satter, leuchtender Farbton, der je nach Lichteinfall dunkler oder heller wurde.

„Nein, das … das geht nicht. Das …“

„Och bitte Papa!“

Und da war es dann auch schon geschehen. Jessica war Feuer und Flamme. Vielleicht auch froh, dass endlich mal eine Frau im Haus war.

Sie würde am Wochenende also den Babysitter geben. Als sich die Gruppe kurze Zeit später zerstreute und sie auf ihr Zimmer ging, fragte sie sich, welcher Teufel sie geritten hatte.

*

Leicht verwundert war Kathrin schon. Er war nicht einfach abgehauen nach der Nummer.

Einen Moment hatte er sie angesehen, war dann aufgestanden und hatte sie von der Couch auf die Füße gehoben. Ein sanfter Kuss wurde ihr auf die Lippen gedrückt, dann begann er, sich anzuziehen. Kathrin schnappte sich ihre Sachen und verschwand im Bad. Eine Weile stand sie vor dem Spiegel und ließ das Wasser laufen. Sie betrachtete ihren Hals. Es waren ein paar Abdrücke zu sehen. Gut, dass sie einen Seidenschal dabeihatte. Als hätte sie es heute Morgen geahnt. Aber wer konnte mit so etwas rechnen? Nie im Leben hätte sie sich träumen lassen, dass sie dabei mitmachen würde. Sex war gut und schön. Aber sich dabei würgen lassen, von einem Mann, den man so gut wie gar nicht kennt? Vor ein paar Stunden hätte sie noch *niemals* dazu gesagt. Jetzt war alles anders. Irgendwas war mit ihr passiert. In dem Moment, als er noch auf der Liege gelegen hatte und ihr in die Augen sah.

Würde sie es wieder tun? Ja! Wollte sie es wieder tun? Ja!

Der Orgasmus war überwältigend gewesen, vollkommen anders. Sie musste es wieder haben. Mit ihm. Punkt. Nichts wofür sie sich schämen müsste. Nichts worüber sie sich jetzt weiter den Kopf zerbrechen musste.

Sie erfrischte ihr Gesicht mit kaltem Wasser. Langsam kleidete sie sich an und horchte. Sie hörte gedämpft seine Schritte. Er war noch da. Natürlich. Sie wollten schließlich essen gehen. Nach einem tiefen Atemzug trat sie aus dem Badezimmer.

Er lehnte an der Wand. Die Hände lässig in den Hosentaschen seiner grauen Anzughose. Er war nicht nur Künstler, er sah selbst aus wie ein Kunstwerk.

Sie ging zur Garderobe und nahm den Seidenschal vom Haken. Ein wohliger Schauder kroch ihren Rücken hoch, als er hinter sie trat, ihr den Schal aus der Hand nahm und um ihren Hals legte.

„Du bist wunderschön."

Hatte sie eine Entschuldigung erwartet? Nein. Es war in Ordnung, so wie es war. Das Gefühl beschlich sie, dass er sie gerade wegen der Würgemale noch attraktiver fand. So, als hätte er sie gekennzeichnet. Markiert, was nun Sein war.

Sie unterdrückte den Impuls, sich den Schal vom Hals zu reißen und es allen da draußen zu zeigen. Sie gehörte jetzt ihm. Verdammt noch mal, und sie wollte es so.

Dass er einen nagelneuen Jaguar vor der Tür stehen hatte, trug natürlich auch zu ihrer Begeisterung bei. Da machte sie sich nichts vor. Als er ihr galant die Beifahrertür öffnete, fühlte sie sich wie eine Prinzessin.

„Wo möchtest du hin?", fragte er.

„Was hältst du von chinesisch?"

„Ganz wie du willst."

Kathrin sah auf seine Hände. Wieder fielen ihr die langen, schlanken Finger auf. Einer dieser Finger hatte tief in ihr gesteckt und ihr solche Lust bereitet.

Die Fahrt ging rasend schnell vorüber. Sie schwiegen, aber es war ein angenehmes Schweigen. Im Augenblick brauchten sie keine Worte.

Das Restaurant war teuer und eine der besten Adressen der Stadt. Kathrin seufzte leise, aber glücklich in sich hinein. Eigentlich musste man hier Monate im Voraus reservieren, aber man kannte ihn hier und sofort war ein Tisch in der Ecke frei. Sie bestellten Fisch und einen trockenen Weißwein.

Sie prosteten sich zu und dann nahm er ihre Hand. „Du faszinierst mich, Kathrin."

Was sollte man auf so einen Satz sagen? Robert war ganz anders als die Männer, mit denen sie normalerweise ihre Affären hatte. War dies überhaupt eine Affäre? War es weniger, war es mehr?

„Ich fühle mich wohl mit dir. Unglaublich, ich war nicht auf der Singleparty, um …" Sie verstummte.

„Sprich ruhig weiter." Als sie schwieg, fügte er leise hinzu: „Bitte."

Sollte sie es ihm tatsächlich sagen? Dass sie einfach nach Sex gesucht hatte und nicht nach einer Beziehung? Wenn sie dieses Wort jetzt in den Mund nähme, was dann? „Ich hätte nicht gedacht, jemanden wie dich dort zu treffen", sagte sie stattdessen. Sein Daumen streichelte ihren Handrücken und allein diese Berührung löste wieder ein Prickeln an ihrer Wirbelsäule und tiefer aus.

„Jemanden wie mich?"

„Du bist außergewöhnlich, Robert."

„Ich weiß."

Bei jedem anderen hätte es eingebildet oder arrogant geklungen. Bei ihm war es einfach nur eine Feststellung.

„Ist das eigentlich ein Künstlername?"

„Nein. Ich bin Ire."

„Aber du hast keinen Akzent."

„Ich lebe seit zehn Jahren in Deutschland. Wäre doch eine Schande, wenn ich es in der Zeit nicht geschafft hätte, perfekt Deutsch zu lernen."

„Wow. Nicht alle sehen das so." Sie nahm einen großen Schluck Wein. „Was hat dich hierher verschlagen?"

„Ich war neugierig. Außerdem habe ich einen Geschäftsmann kennengelernt, der an meinen Bildern interessiert war. Er meinte, dass er mich hier groß rausbringen könnte. Und das hat er getan."

Er war mit Kunst also so unermesslich reich geworden. Das war wie im Märchen.

„Ich hatte das Gefühl, dass Walter mich nicht leiden kann." Sie musste das loswerden.

Roberts Lachen war erfrischend. „Ach, mach dir um den keine Sorgen! Der wird dich schon noch mögen. Er ist seit Ewigkeiten bei mir. Ohne ihn würde ich mein tägliches Leben nicht geregelt kriegen. Wenn ich an einem Bild male, vergesse ich sogar zu essen."

„Arbeitest du derzeit an einem Bild?"

„Nein, ich brauche Pausen zwischen den Werken. Außerdem will ich mich voll und ganz auf die Auktion nächste Woche konzentrieren."

„Eine Kunstauktion?"

„Nein. Am Montag ist in Baden-Baden eine wichtige Auktion, auf der man Rennpferde erwerben kann. Ich habe vor, einzukaufen. Möchtest du mich begleiten? Kannst du dich freimachen?"

Ihr Herz schlug hart gegen ihre Brust vor Aufregung. Sie würde alles daransetzen, ihre Termine zu verschieben. „Natürlich! Das wäre großartig."

Das Essen wurde serviert und Kathrin hatte das Gefühl, dass sie noch nie so glücklich war.

*

Rebecca konnte nicht schlafen. Mehrfach hatte sie versucht, Kathrin zu erreichen. Aber sie ging weder im Geschäft ans Telefon noch zu Hause, geschweige denn an ihr Handy. Es war ausgemacht, dass sie sich melden sollte, wenn sie abends in ihrem neuen Domizil Ruhe hätte. Mittlerweile war es nach zehn.

Für einen Augenblick hatte Rebecca überlegt, sich eine der DVDs anzusehen, aber sie konnte sich nur schwer konzentrieren. Ihre Gedanken überschlugen sich. Der Job würde in den nächsten zwei Wochen volle Konzentration verlangen. Ein Konzept formte sich aber nicht in ihrem Kopf, denn ihre Gedanken schweiften immer wieder zum Abendessen ab und damit zu den drei Männern, mit denen sie vorübergehend zusammenlebte. Beim Kaffee nach dem Essen hatte David ihr endlich das Du angeboten und so war es eine gemütliche Runde geworden. Marc hatte seine Tochter ins Bett gebracht und war nicht zurückgekommen. Auf ihre Nachfrage hatte Drew erklärt, dass er die Abende meistens allein verbrachte. Auf dem Dachboden in seinem Hobbyraum. Was er dort tat, hatten die Männer nicht verraten. Ob sie es nicht wussten? Weitere Fragen über Marc hatte sie nicht zu stellen gewagt. Wozu auch? Es ging sie nichts an und interessierte sie nicht weiter. Okay, Letzteres stimmte nicht, aber das musste sie sich nur lange genug einreden.

Für die nächsten zwei Wochen sollte sie sich wohl auch daran gewöhnen, dass alle früh zu Bett gingen, denn der Arbeitstag hier begann um fünf Uhr morgens. So gar nicht ihre Zeit. Aber sie musste ja auch keine Pferde trainieren. Für sie würde es reichen, um acht aufzustehen, eine Kleinigkeit zu frühstücken und dann loszulegen. Für morgen hatte sie um zehn einen Termin mit David, der ihr das Anwesen zeigen wollte. Die Sache kam also ins Rollen.

Während ihre Gedanken um den morgigen Tag kreisten, wurde sie schläfrig. Sie fragte sich, ob die zweite Tür gegenüber auf dem Flur der Eingang zum Dachboden sein könnte oder ob es nur einen Zugang von Marcs Wohnung aus gab. Und wieder sagte sie sich ihr Mantra auf: *Es interessiert mich nicht!*

Das Klingeln ihres Handys ließ sie aus dem Halbschlaf hochfahren. Sie blinzelte und sah auf das Display. Kathrin, endlich! Mittlerweile war es kurz nach elf.

„Ja?"

„Oh, hab ich dich geweckt?"

„Na ja, ich hab ne lange Fahrt hinter mir."

„Vielleicht sehen wir uns nächste Woche."

Rebecca verstand nicht ganz. „Ich komme erst in zwei Wochen wieder."

„O sorry, ich bin so aufgeregt. Wie war die Fahrt? Bist du gut angekommen? Alles schön dort? Sind die Leute nett?"

Viele Fragen auf einmal, die sie mit einem einzigen Ja beantwortete.

„Erinnerst du dich an Robert Eagle?"

Das zweite Mal, dass sie heute diesen Namen hörte. „Klar.

Ich bin doch nicht senil, nur ein bisschen schläfrig."

„Er hat mich eingeladen, ihn nächste Woche nach Baden-Baden zu begleiten. Er will auf irgendeiner Pferdeauktion was kaufen. Wir fahren Sonntag tief in der Nacht los und sind Montagmorgen da. Voraussichtlich bleiben wir ein paar Tage."

„Hattest du heute ein Date mit ihm?" Rebecca ging das eindeutig zu schnell.

„Ja, er kam spontan in mein Geschäft und wir waren essen."

„Aha, und da hat er dich direkt eingeladen?"

„Rebecca, mir ist so etwas noch nie passiert. Ich glaube, er ist es. Verstehst du, der Eine!"

„Seit wann glaubst du an den Einen?"

„Seit ich Robert kenne."

„Du hast mit ihm geschlafen."

„Ja, und? Das hat doch damit nichts zu tun."

„Ich habe irgendwie kein gutes Gefühl." In dem Moment, wo sie es aussprach, wurde ihr klar, dass es tatsächlich so war. Schon gestern Abend im Auto war da etwas gewesen. Wie eine Alarmanlage, die nicht aufhören wollte zu blinken, wenn sie den Namen Robert Eagle hörte.

„Jetzt hör aber auf. Du kennst ihn doch gar nicht."

„Du auch nicht."

„Doch!" Kathrin hörte sich an wie ein bockiges Kind. „Ich kenne ihn."

„Natürlich, nach zwei Treffen und einmal Sex."

„Bist du neidisch?"

„Das ist doch Unsinn." Rebecca wollte nichts mehr hören. „Süße, ich bin furchtbar müde. Ich bin nicht neidisch und ich will dir auch nichts miesmachen. Ich will nur, dass du vorsichtig bist."

„Bin ich, keine Sorge. Vielleicht sehen wir uns ja nächste Woche."

„Gut möglich, er lässt seine Pferde bei David Waldmann trainieren."

„Was für ein Zufall! Okay, dann reden wir die Woche noch mal. Schlaf jetzt lieber."

„Mach ich, du aber auch."

Rebecca drückte die Taste, um das Gespräch zu beenden.

Am liebsten hätte sie das Handy gegen die Wand geschleudert. Wieder stellte sie sich die Frage, was mit ihr los war. Sie vermieste ihrer Freundin das Verliebtsein, mutierte zum Babysitter, hatte am Wochenende einen fremden Typen gefickt, und hatte das Gefühl, nicht sie selbst zu sein, wenn sie in die Nähe von Marc Farrell kam. Und zu allem Überfluss hatte sie jetzt auch noch ein ungutes Gefühl, wenn sie an diesen Robert Eagle dachte. Sie war echt ein Fall für die Klapse.

5

Rebecca hatte schlecht geschlafen und wirres Zeug geträumt. Erinnern konnte sie sich nur an Traumfetzen, in denen Marc, Robert Eagle und jede Menge Pferde vorkamen.

Nach einer ausgiebigen Dusche stand sie aber für den Arbeitstag bereit in der Küche. Zwei Kaffee hatte sie sich gegönnt und wartete nun auf David. Es war aber Marc, der um kurz nach zehn die Küche betrat. In der Hand hatte er Papierrollen.

„Morgen! Die soll ich dir übergeben, das sind die Pläne für das Anwesen. David sagte irgendwas von Größenordnung und dass du was ausrechnen müsstest."

Er ließ die Rollen auf den Küchentisch gleiten und machte sich einen Kaffee. Als er an ihr vorbeikam, nahm sie seinen Geruch wahr. Er war frisch geduscht und roch zum Anbeißen.

„Ich habe Drew meine Aufgaben für den Vormittag übertragen. David ist was dazwischengekommen. Ich hoffe, es ist in Ordnung, wenn ich dich rumführe?"

In Ordnung? Sie freute sich einen Ast, aber auf der anderen Seite schrie etwas in ihr, lieber wegzulaufen. Sie straffte die Schultern. Das musste endlich aufhören. Konzentration war angesagt. „Natürlich. Wollen wir direkt los?"

„Klar, die Pläne können wir nachher studieren."

Rebecca folgte ihm und sie liefen an den Weiden vorbei in Richtung Gestütsgebäude.

„David hat das alles hier in ziemlich schlechtem Zustand geerbt und eine echte Goldgrube draus gemacht."

„Dass das Unternehmen eine Goldgrube ist, ist mir schon aufgefallen." Irgendwie wusste Rebecca nicht wohin mit ihren Armen. Schlackerten die immer so rum, wenn sie lief?

„Wie alt bist du eigentlich?" Er sah sie von der Seite an, sodass sie das Gefühl hatte, ihre Frage erklären zu müssen. „Ich meine, weil ich dich ja versichern muss."

Er grinste. „Nein, ich hab alles an Versicherungen, was ich brauche. Tut mir leid für dich."

„Keine Sorge, mit dem Rest habe ich schon genug zu tun."

„Um deine Frage zu beantworten, ich bin 35."

„Seit wann lebst du hier?"

„Seit zehn Jahren."

Rebecca dachte an das erste Gespräch in der Küche, als Drew dabei war. Marc hatte im Grunde nicht viel über sich erzählt und auch jetzt waren seine Antworten kurz und knapp und irgendwie unverbindlich, oder bildete sie sich das ein? Was fragte sie ihn überhaupt aus? Er wollte nicht versichert werden, also gab es keinen Grund, persönliche Fragen zu stellen. *Es interessiert mich nicht!* Ihr Mund schien sich nicht an dem Mantra zu stören.

„Was hat dich nach Deutschland verschlagen?"

Wieder dieser Seitenblick. Er war nicht unangenehm. Ganz im Gegenteil, es sah so aus, als umspiele ein leichtes Lächeln seinen Mund. Rebecca hatte das Gefühl, dass es bis zu seiner Antwort Stunden dauerte.

„Der Verdienst ist hier besser."

Aha. Wieder absolut unverbindlich. Verdammt, das stachelte sie förmlich an, ihn weiter mit Fragen zu löchern. Schließlich *interessierte es sie ja überhaupt nicht.*

„Darf ich fragen, wo Jessicas Mutter ist?"

„Sie ist tot. Bei Jessicas Geburt gestorben."

Jetzt wäre sie am liebsten im Erdboden versunken. Warum hatte sie nicht an die Möglichkeit gedacht, dass seine Frau gestorben sein könnte? Vielleicht sogar an einer furchtbaren Krankheit mit langem Siechtum? Wie peinlich konnte sie eigentlich noch werden?

Seine Stimme war leise gewesen und ein wenig abgehackt, als wolle er diese Information so emotionslos wie möglich rüberbringen, was aber nicht gelang. Der Tod seiner Frau musste demnach fünf Jahre her sein. Aber seine Tochter lebte weiter und erinnerte ihn jeden Tag daran.

„Das tut mir sehr leid."

Er zuckte mit den Schultern. Er erinnerte sie an einen einsamen Wolf. Wunderschön, aber nicht erreichbar.

„Ich bewundere es, dass du allein für deine Tochter sorgst. Ist bestimmt nicht einfach.“ Irgendwie musste sie jetzt wieder aus dieser traurigen Nummer raus und dem Gespräch eine positive Wendung geben.

„Ist vielleicht eine ungewöhnliche Konstellation, in der wir zusammenleben, klappt aber ganz gut. Selbst unser Frauenheld Drew ist bei Jessica ganz zahm. Die beiden helfen mir, und auch unsere fest angestellten Arbeitsreiterinnen passen schon mal auf sie auf.“

„Das ist wirklich großartig.“

Eine Weile liefen sie schweigend nebeneinander her. Sie hatten die Gebäude fast erreicht. Dass er noch etwas zu diesem Thema sagen würde, damit hatte sie nicht gerechnet. „David ist ihr Onkel, ich war mit seiner Schwester verheiratet.“

Hatte sie also recht gehabt. „Das Bild, das sie gestern gemalt hat, war wirklich gut. Sie ist talentiert. Ihr solltet das fördern.“

Abrupt blieb er stehen. Sein Gesichtsausdruck wurde hart. „Ich denke nicht, dass man mit Malen sein Geld verdienen kann.“

Sein Tonfall war genauso abweisend wie sein Mienenspiel. Sie hatte nun wirklich nichts Falsches gesagt.

„Wir sind da.“ Er wollte die Tür zum ersten Gebäude öffnen, als sein Handy klingelte. „Entschuldige mich“, sagte er mit einem Blick auf das Display und entfernte sich ein Stück.

Rebecca wartete, es war nicht ihre Art zu lauschen, aber er war ein ganzes Stück von ihr weggegangen. Er diskutierte mit jemandem und hatte ihr den Rücken zugedreht. Leise ging sie ein paar Schritte näher ran und der Wind trug ein paar Gesprächsfetzen zu ihr.

„… ich habe schließlich noch meinen Job zu erledigen.“

Schweigen.

„Ja, ich weiß … ich mache es so schnell wie möglich.“

Wieder Schweigen.

„Nächste Woche ist utopisch. Wie soll ich das denn erklären … ja, ich weiß, ich erledige das.“

Dann legte er auf und Rebecca ging hastig einen Schritt zurück. Er kam auf sie zu und sah noch wütender aus als eben. Er sah sie an und Rebecca erschrak. In seinen grünen Augen war keine Wut, sondern Traurigkeit.

*

Marc stand in seinem Wohnzimmer und starrte die Wand an.

Er war nach der Besichtigung mit Rebecca raufgekommen, um aufzuräumen, stattdessen tat er gar nichts.

Als David angekündigt hatte, dass eine Versicherungsmaklerin vorübergehend einziehen würde, hatte er sich keine Gedanken gemacht. Dann war er ihr begegnet und sie ging ihm nicht mehr aus dem Kopf. Zu allem Überfluss schien seine Tochter sie ins Herz geschlossen zu haben. Als ob er nicht schon genug Probleme am Hals hatte. Eine Frau, die ihm den Kopf verdrehte, konnte er nicht brauchen. Schon gar keine, die ihn nach seinem Privatleben fragte. Warum interessierte sie sich dafür?

Er begann, wie ein Tiger im Käfig auf und ab zu laufen. Zum Glück hatte sie später nichts weiter gefragt und sich voll und ganz auf die Führung konzentriert. Was Rebecca wohl für ein Typ war? Welche Hobbys hatte sie? War sie gebunden? Was für ein Mensch war sie? Er hätte ihr ebenso gut ein paar private Fragen stellen können, um seine Neugier zu befriedigen, aber wozu? Das führte nirgendwohin. In zwei Wochen verließ sie den Betrieb und er würde sie nie wiedersehen. Was auch eindeutig besser war. Jessica sollte sich lieber nicht an sie als Babysitter gewöhnen. Er spielte erneut mit dem Gedanken, seine Tochter doch zu ihrer Großmutter zu bringen am Wochenende, aber er wusste genau, er brächte es nicht übers Herz. Jessica freute sich auf die beiden Renntage mit Rebecca. Verdammt!

Er riss sich wütend das T-Shirt vom Leib. Schon wieder war eine kalte Dusche fällig. Denn je länger er an Rebecca dachte, desto mehr erwachte sein Schwanz und wollte unbedingt ein Eigenleben führen. Was war so toll an der Frau? Erinnerte sie ihn an Vanessa? Nein, überhaupt nicht, die beiden sahen sich nicht ähnlich. Aber er war beim Äußeren nicht auf einen bestimmten Typ festgelegt. Er hatte andere Prioritäten. Vanessa war eine echte Schönheit gewesen, mit langen blonden Haaren und diesen wunderschönen blauen Augen, die seine Tochter geerbt hatte. Rebecca war hübsch, hatte aber kurze braune

Haare und braune Augen. Sollten Frauen nicht lange Haare haben? Außerdem war sie genauso groß wie er. Frauen sollten kleiner sein als ihre Männer.

Worüber machte er sich hier Gedanken?

Sie war nicht seine Frau, also war es völlig egal, ob sie die Größe eines Zwerges oder eines Riesen hatte. Wobei sein Schwanz gerade zu einem solchen mutierte.

Rebecca hatte ein schmales Gesicht, weshalb ihr der Kurzhaarschnitt gut stand. Als sie nebeneinander hergegangen waren, hatte er sich zweimal zusammenreißen müssen, um ihr nicht durch die Haare zu streichen.

Er hatte jetzt drei Möglichkeiten, kalt duschen, sich einen runterholen oder joggen gehen. So wie sein Schwanz gegen die Hose hämmerte, würde er wohl alles kombinieren müssen. Er blieb mitten im Raum stehen, riss sich wütend die Hose runter und befreite seine Erektion. Die Sache würde nicht lange dauern. Er schloss die Augen und sofort erschien Rebecca vor seinem geistigen Auge. Er sah sie neben sich hergehen, der Wind zerzauste ihr kurzes Haar und ihr großer, voller Busen wippte. Seine Hand rieb energisch seinen Schaft, er hätte lieber ihre Brüste berührt.

Wie sie wohl nackt aussah? Er taumelte ein Stück zur Wand und stützte sich dort mit einer Hand ab. Er wollte es nicht, wie armselig war er eigentlich? Stand hier im Wohnzimmer und würde gleich auf dem Parkett abspritzen. Er fasste sich härter an als nötig, aber seinem Schwanz war es egal. Als sie ihn nach seinem Telefonat angesehen hatte, hatten ihre Augen einen klugen, wissenden Ausdruck gehabt. Sie hatte Augen, in denen er sich verlieren würde, wenn er nicht aufpasste. Er durfte ihr nicht vertrauen, er musste nun mal für sich allein kämpfen.

Ein kurzer Aufschrei und er kam. Im Kopf immer noch ihren Blick.

Er ließ sein Sperma auf den Boden tropfen. Dann drehte er sich um und ließ sich langsam mit dem Rücken an der Wand herunter. Er legte seine Arme auf die angezogenen Knie und lehnte seinen Kopf an die Wand. Der Orgasmus hatte ihm nicht wirklich Erleichterung verschafft. Da war noch immer dieses Verlangen in seinem Inneren. Verlangen und eine unbeschreibliche Leere. Aber die war immer da, seit Vanessa gestorben war, es sei denn, er war mit seiner Tochter zusammen. Was er auf dem Dachboden tat, hatte ihm früher mal geholfen, jetzt nicht mehr. Jetzt machte es alles nur noch schlimmer.

Was ihn daran erinnerte, dass er zu tun hatte. Er stand auf, beseitigte die Sauerei auf dem Boden, duschte und zog frische Klamotten an. Bis er Jessica abholen musste, hatte er noch über eine Stunde Zeit, also ging er auf den Dachboden.

*

David saß an seinem Schreibtisch und erledigte den Bürokram. Er hätte heute Morgen gern selbst mit Rebecca die Führung gemacht, aber eine seiner Stuten hatte überraschend in die Klinik gemusst und es war gut gewesen, sie zu begleiten.

Aber auf Marc konnte er sich hundertprozentig verlassen. Er war nicht nur der Vater seiner Nichte, über die Jahre hinweg war er auch zu seinem besten Freund geworden. Eher der Bruder, den er nie gehabt hatte. Marc war auch ein Grund gewesen, warum er sich für eine weibliche Versicherungsmaklerin entschieden hatte und sie hier wohnen ließ. Vielleicht ging ja was zwischen den beiden.

Er wusste, dass Rebecca ledig war. Das war ein weiteres Auswahlkriterium neben ihrem guten Ruf. Er machte sich Sorgen um Marc. Die letzten fünf Jahre war er immer stiller geworden. Er zog sich stetig mehr zurück. Kurz nach dem Tod von Vanessa war das verständlich gewesen, aber dass die Situation schlechter statt besser wurde, gefiel ihm nicht. Marc musste dringend an sich denken und sich neu verlieben. Vielleicht lag es auch an seiner Vergangenheit, aber mit der hatte er abgeschlossen, als er vor zehn Jahren nach Deutschland gekommen war, oder etwa nicht?

David fuhr sich mit der Hand durchs Gesicht. Sein Blick fiel auf das Telefon. Er musste noch Robert Eagle zurückrufen, der hatte gestern mehrfach versucht, ihn zu erreichen. Auch heute hatte er keine Lust auf ein Telefonat mit dem werten Herrn, aber er brachte ihm nun mal viel Geld ein. Manchmal bereute er die Entscheidung, Robert Eagles Pferde zu trainieren. Der Mann hatte eigenartige Praktiken.

Mit Sicherheit würde er nächsten Montag reinschneien und auf der Auktion billig Pferde einkaufen. Diese ließ er nach Irland transportieren und dort wurden sie dann in ein paar Rennen verheizt. David hatte ein wenig recherchiert, weil er sich die Frage stellte, warum Eagle Pferde kaufte, die kein anderer als Rennpferde nutzen würde. Nach zwei, spätestens drei Rennen in Irland verschwanden sie von der Bildfläche, vermutlich landeten sie beim Schlachter. Was auch immer Eagle tat, David war heilfroh, damit nichts zu tun zu haben. Die Pferde, die er bei ihm trainieren ließ, waren aussichtsreiche Kandidaten für die großen Rennen. Hier schien alles seine Ordnung zu haben und so sollte es auch bleiben. Kein Doping, kein Wettbetrug, sein Rennstall war und sollte sauber bleiben.

Widerwillig nahm er den Hörer in die Hand und wählte Eagles Nummer. Schon nach dem zweiten Klingeln ging der Mann ran.

„Endlich."

David verdrehte die Augen. Der Typ dachte echt, dass ihm die Welt gehörte. „Mir geht es auch gut, danke der Nachfrage."

„David, wir kennen uns lange genug, um auf das Geplänkel verzichten zu können."

David hätte am liebsten aufgelegt. Manieren und Höflichkeit waren ihm wichtig. Seit fast fünf Jahren musste er sich schon mit diesem Typen rumschlagen. Immer wieder musste er sich in Erinnerung rufen, wie viel Geld er dafür bekam und dass er dadurch zwei weitere Arbeitsplätze hier geschaffen hatte.

„Was gibt es, Robert?"

„Ich komme Montag vorbei."

Was für eine Überraschung. David zwang sich zu einem kurzen Lachen. „Du willst Pferde kaufen."

„Du kennst mich doch. Am Nachmittag bin ich bei dir, ich bringe eine junge Dame mit. Hast du ein Zimmer für uns?"

Auch das noch. Dass Eagle hier übernachten wollte, war nichts Neues, aber in Begleitung einer Frau war er noch nie aufgetaucht. Musste also was Ernsteres sein. So hätte David ihn nicht eingeschätzt. „Da lässt sich bestimmt was arrangieren."

„Das dachte ich mir. Vielleicht melde ich mich vorher noch mal."

Hoffentlich nicht. „Alles klar. Bis dann."

David legte auf. Seine Laune war auf den Nullpunkt gesunken.

*

Robert war mehr als zufrieden. Im Grunde lief alles wie am Schnürchen und Montag selbst vor Ort zu sein, war eine gute Entscheidung. Mit Kathrin im Schlepptau würde das wie ein Urlaub werden.

Er schaute auf die Uhr. Nachmittag. Zeit, sich einen Tee zu gönnen und die *Racing Post* zu lesen. Kathrin würde um sieben hier sein. Das erste Mal, dass er eine Frau auf sein Anwesen ließ. Walter hatte getobt am Morgen. Aber Robert war nach einem Kaminabend. Es sollte unvergesslich werden für Kathrin.

„Robert, noch ist Zeit, abzusagen."

Er hatte Walter nicht reinkommen hören. „Das werde ich nicht und ich werde auch nicht weiter darüber diskutieren."

„Sie kommt zu nah an uns heran."

„Was soll das heißen? Hab ich nicht das Recht, eine Frau in mein Haus einzuladen?"

„Du willst sie auch mit nach Baden-Baden nehmen." Walter war rot angelaufen und eine Ader zeichnete sich an seiner Stirn ab.

„Du wirst langsam alt. Das grenzt an Verfolgungswahn. Ich habe dir doch erklärt, warum …"

„Du hast dich in sie verliebt! Es gibt keinen Grund den Kontakt mit ihr aufrecht zu halten. Bei Waldmann ist trotz der Versicherungsmaklerin alles unter Kontrolle, du hast schließlich gestern mit unserem Mann dort unten gesprochen."

„Bist du eifersüchtig? Neidisch? Was ist los mit dir?"

„So ein ausgemachter Schwachsinn. Ich brauche keine Frau! Rede nicht so einen Unsinn. Ich will nicht, dass du unvorsichtig wirst. Mir liegt was an meinem Leben und meiner Freiheit."

Beide waren so laut geworden, hätten sie Nachbarn gehabt,

wäre sicher die Polizei informiert worden. Robert machte einen Schritt auf den alten Mann zu. „Wenn du mir heute Abend in die Quere kommst, dann gnade dir Gott."

„Lass Gott aus dem Spiel, anscheinend hältst du dich neuerdings für einen. Was willst du tun? Mich umbringen?"

Robert grinste nur. Er würde tun, was auch immer nötig war, um sich und seine Interessen zu schützen. So war es schon immer gewesen, und so blieb es auch.

*

Heute war Caroline dran. Drew zupfte noch einmal an seinem Blondschopf und warf einen letzten Blick in den Spiegel, der im Flur des Anbaus hing. Auf sein Klopfzeichen hörte er ihr ‚Herein'. Wieder einmal hätte Drew sich am liebsten selbst auf die Schulter geklopft. Wie er das nun schon seit drei Jahren hinbekam. Drei Frauen im Anbau und alle standen ihm jederzeit zur Verfügung. Das Beste war, sie verstanden sich untereinander auch noch super. Am Anfang hatte es mal ein paar Eifersüchteleien gegeben, aber er war nicht an einer Beziehung interessiert. Er gab ihnen Freundschaft und guten Sex, mehr nicht. Er behandelte alle gleich und mittlerweile war es ein wunderbares Verhältnis zwischen ihnen. Warum hatte er noch nicht alle zusammen gevögelt? Oder zumindest zwei gleichzeitig. Das sollte er mal in Angriff nehmen.

Caroline saß an ihrem Netbook. Er trat ein, sie sah sich nicht um. Sie war so anders als Bettina. Diese erwartete ihn stets in heißer Wäsche, mit einem Spielzeug oder nackt. Caro tat immer so, als käme er überraschend und sie müsse sich erst zum Sex überreden lassen. Drew mochte es. Das machte sein Sexleben aufregend. Ab und an riss er sich auch mal in der Stadt eine Fremde auf, aber im Grunde hatte er vor Ort alles, was er brauchte.

Er drehte ihren Schreibtischstuhl und war überrascht, dass ihr Desinteresse dieses Mal nicht gespielt war. Ihre Augen waren nass und eine Träne glitt an ihrer Wange herunter. Drew war ein sexgeiles Arschloch, das wusste er selbst, aber er konnte auch ein guter Freund sein.

„Was ist passiert? Schlechte Nachrichten?“ Er deutete auf das Netbook und erkannte, dass ihr Mailprogramm geöffnet war.

„Meine Großmutter ist gestorben.“

Drew wusste, dass Caroline aus einem kleinen Dorf in der Nähe von Oxford kam. Sie vermisste ihre Familie, sprach aber nie viel darüber. Ihre Familie hatte deutsche Wurzeln und so war sie hergekommen, um ihre Ausbildung bei David zu machen. Danach war sie nicht zurückgegangen, sondern arbeitete seit zwei Jahren hier.

„Wenn du zur Beerdigung willst, musst du nur mit David reden, das wird sicher kein Problem sein.“ Er wischte mit seinem Zeigefinger die Träne ab, die an ihrer Wange hinunterkullerte.

„Aber die Saison fängt gerade an.“

„Jetzt mach dir darüber mal keinen Kopf. Ich kann dich vertreten.“

Sie stand auf und fiel ihm um den Hals. „Drew, du bist ein echter Schatz.“

„Ich weiß, krieg ich jetzt ne Belohnung?“

Ein Lächeln zierte bereits wieder ihr schmales Gesicht. „Ich glaube, ich könnte nach den schlechten Nachrichten ein bisschen Ablenkung gebrauchen.“

„Ich hätte da eine Idee.“ Er packte sie und warf sie sich über die Schulter. Das Bett war ihm heute zu langweilig, also trug er sie nach draußen. Warum nicht mal wieder richtig altmodisch im Heu Sex haben?

Im Stall waren sie schnell, die Pferde standen bereits in ihren Boxen und in der Ecke setzte er sie auf einem Stapel Heu sanft ab. Schnell hatte er seine Hose ausgezogen und ihre ebenfalls. Sie war dünn, sah immer so zerbrechlich aus, aber das war sie nicht. Sie war ein richtig toughes Mädchen. Kam mit den wildesten Pferden klar und in ihren dünnen Armen und Beinen steckte eine Kraft, die niemand vermutet hätte.

„Soll ich dich hart rannehmen?“

„Ja, lass mich alles vergessen, mach mir den Hengst, Baby.“

Sie wollte die schlechten Nachrichten vergessen, das sollte sie haben. Wie Tiere trieben sie es im Stall, sodass das Pferd in der Box neben ihnen ein wenig unruhig wurde und zu wiehern anfing. Als sie beide so richtig befriedigt waren, ließ sich Drew lachend neben Caroline ins Heu fallen.

„Die Doggystyle-Nummer hatten wir schon lange nicht mehr." Sie zupfte ein wenig Heu aus seinen Haaren, das sich darin verfangen hatte.

„Sollten wir öfter machen." Er strich ihr über den mehr als flachen Bauch.

„Ich weiß nicht, es piekst an meinem Hintern."

Sie lachten. Dann wurde sie ernst. Er sah in ihr Gesicht, aber sie beobachtete seine Hand, die weiterhin ihren Bauch streichelte.

„Drew?"

„Was ist?"

„Danke."

„Wofür?"

„Dass du so bist, wie du bist. Ich weiß, dass du immer den Macho raushängen lässt und einige Leute würden dich für deine Lebensweise verurteilen, aber du bist ein guter Mensch."

„Da bin ich mir nicht so sicher." Das war er tatsächlich nicht, aber er musste das jetzt nicht weiter ausführen.

„Ich weiß, dass du heute, wenn ich keinen Sex gewollt hätte, auch einfach nur mit mir in meinem Zimmer gesessen hättest. Und das mag ich so an dir."

Da hatte sie recht. Machte ihn das etwa zu einem guten Menschen? Wog das die anderen Dinge auf? „Hey, du weißt, dass du dich auf mich verlassen kannst. Ich bin dein Freund und Sexpartner. Läuft doch wunderbar."

Sie lächelte ihn an. „Ja, das finde ich auch. Und die Frau, die dich mal bekommt, hat Glück. Versteh mich nicht falsch, ich möchte es nicht sein. Es ist okay so, wie es ist. Aber ich träume davon, mich irgendwann zu binden und wenn dann der Eine kommt …"

„Ich weiß, dann bin ich abgemeldet."

„Willst du wirklich keine Familie haben?"

Drew dachte einen Moment nach, tief in seinem Inneren wusste er die Antwort und die sagte er ihr nun ehrlich. „Nein. Ich liebe mein Leben, so wie es ist und will es nicht ändern."

„Dann solltest du es dabei belassen." Sie setzte sich auf. „Gut für mich, solange ich noch keinen festen Freund habe."

Er grinste. Es war auch gut für ihn. „Lass uns hier verschwinden."

„Gute Idee, ich brauch ne Dusche."

„Und ich muss noch telefonieren." Drew half ihr beim Aufstehen und sie zogen sich an. Danach ging jeder seines Weges.

*

Kathrin hatte sich riesig über seinen Anruf gefreut. Ein Kaminabend bei ihm zu Hause!

Vielleicht würde sie sogar bei Robert übernachten. Daher hatte sie etwas länger als geplant gebraucht, nachdem sie endlich Feierabend machen konnte. Zur Vorsicht hatte sie eine kleine Tasche gepackt mit Zahnbürste, einem Seidennachthemd und den Sachen, die sie morgen zur Arbeit anziehen wollte. Die Tasche war im Kofferraum ihres Alfa Romeo verstaut. Herausholen wollte sie sie nur, wenn es tatsächlich zu einer Übernachtung kam. Mit der Tür ins Haus zu fallen, erschien ihr in diesem Fall unangebracht.

Während das Navigationsgerät sie durch die Straßen von Köln lotste, wurde sie immer nervöser. Ob dieser unangenehme Butler im Haus war? Er war ja eher Roberts Assistent. Wenn sie sich vorstellte, dass der ältere Herr ihnen die Häppchen servieren würde, verflog ihre Vorfreude. Nein, Robert hatte sicher an alles gedacht und dem Typen freigegeben. Wenn nicht, musste sie ihren ganzen Charme spielen lassen. Sie hatte schließlich sonst keine Probleme mit älteren Herren.

Die Stimme des Navis wies sie darauf hin, dass sie sich ihrem Fahrtziel näherte. Sie bog in einen kleinen Waldweg, und als sie die Bäume hinter sich gelassen hatte, hätte sie fast vor Schreck auf die Bremse getreten. Wer hätte gedacht, dass es in Köln solche Anwesen gab. Ein schmiedeeisernes Tor öffnete sich automatisch. Sicher hatte jemand ihr Kommen per Kamera beobachtet. Die Auffahrt war fast einen Kilometer lang und das Grundstück von einer dicken Mauer umgeben. Das Haus selbst sah aus wie ein verwunschenes Schloss mit kleinen Türmchen, eines rechts und eines links am Gebäude. Wenn es ein Bau aus dem Mittelalter gewesen wäre, hätte sie das als Kölnerin gewusst. Es war ein Neubau, auf alt getrimmt. Das musste Millionen gekostet haben.

Sie parkte den Wagen vor den grauen Stufen, die zur Eingangstür führten. Konnte man mit Kunst so viel Geld verdienen? Robert Eagle offensichtlich schon.

Die Eingangstür öffnete sich und da stand er und sah lächelnd auf sie herab. Ihr Herzschlag verdreifachte sich, ihr wurde heiß und am liebsten hätte sie laut in die Welt hinausgeschrien: „Dieser geile Typ mit all seinem Geld gehört jetzt mir!“ Aber sie hielt natürlich den Mund. Wer hätte sie hier auch schon hören können, so ganz abgeschieden. Theoretisch hätte Robert sie heute Abend abschlachten und auf seinem Grundstück vergraben können, denn niemand wusste, wo sie war. Vielleicht konnte Rebecca es sich denken, aber telefoniert hatte sie heute nicht mit ihr.

Langsam ging sie die Treppe hinauf. Er wartete. Die letzte Stufe hatte sie erklommen, ohne zu stolpern. Er ging einen Schritt auf sie zu und nahm ihre Hand, zog sie an sich und küsste sie. Kathrins Knie mutierten zu Wackelpudding. Hätte er sie nicht festgehalten, wäre sie zusammengesackt. Das war einfach alles zu schön, um wahr zu sein. Er gab sie frei und das Leuchten in seinen hellblauen Augen war selbst in der Dämmerung zu erkennen.

„Herzlich willkommen.“

„Das war eine wundervolle Begrüßung.“

Hand in Hand traten sie ein und Kathrin musste sich zusammenreißen, nicht in totale Verzückung zu geraten. Sie wollte sich auf keinen Fall anmerken lassen, wie sehr er und sein Haus sie beeindruckten. Sie hatte auf eine Führung gehofft, aber sie verließen die große Eingangshalle und landeten in einem eleganten Salon mit knisterndem Kaminfeuer. Ihren Bestimmungsort hatten sie demnach bereits erreicht.

*

Robert hatte Walter nicht überreden können, das Anwesen zu verlassen. Er konnte nur hoffen, dass er in seinem Zimmer blieb und sich ruhig verhielt.

Aber die Bedenken wegen Walter waren schnell zerstreut, als Kathrin vor dem Haus parkte und atemberaubend elegant ausstieg. Ihre Haare hatten in der letzten Glut der untergehenden Sonne einen wunderschönen roten Schimmer gehabt. Das silberfarbene Kleid gab ihm fast den Rest. Als sie die Treppe heraufgestiegen war, musste er ihre wohlgeformten Schenkel betrachten und dann natürlich nach oben in den Spalt ihrer Brüste sehen, die durch das tief ausgeschnittene Kleid wunderbar zur Geltung kamen. Er bedauerte ein wenig, dass er ihr nicht das ganze Anwesen zeigen konnte, aber zum einen wollte er nicht unnötig Zeit verlieren, er wollte sie mit Haut und Haaren verschlingen, so schnell wie möglich. Zum anderen hätten sie Walter begegnen können. Erschwerend kam hinzu, dass sie sicher sein Atelier hätte sehen wollen. Wie sollte er erklären, dass es hier gar keins gab?

Sie versuchte krampfhaft, nicht beeindruckt zu sein. Das war süß. Genauso süß wie ihre Lippen und der Geschmack auf seiner Zunge. Den heutigen Abend würde sie so schnell nicht vergessen. Ohne dass er etwas sagen musste, ließ sie sich auf dem Bärenfell vor dem Kamin nieder. Die Flasche Champagner stand bereit und er füllte die Gläser, dann setzte er sich zu ihr.

„Ich dachte immer, das mit dem Bärenfell ist ein Klischee und kein Mensch macht das wirklich."

„Ich liebe Klischees." Robert strich ihr eine verirrte Locke aus dem Gesicht.

„Mit dir fühle ich mich wie im Märchen."

„Das sollst du auch, Prinzessin." Er nahm ihr das Glas aus der Hand. Reden konnten sie später noch. Jetzt musste er sie haben. „Ich will dich."

„Ich will dich auch, Robert."

Sanft drückte er sie auf den Boden. Er wollte langsam anfangen. Sie musste behutsam an diese Dinge herangeführt werden. Machte er einen Fehler, konnte er sie schnell verlieren. Es erschreckte ihn selbst, wie sehr er sie wollte. Wie sehr er davon träumte, länger mit ihr zusammen zu sein. Sie gehörte ihm. Endlich eine Frau, die es wert war, dass man sie in Besitz nahm. Sie war so klein, aber so weiblich, das perfekte Spielzeug für ihn. Ein Spielzeug, das er sicher nicht so schnell leid werden würde. Er küsste sie ausführlich und befasste sich mit ihrem Ausschnitt. Seine Zunge fuhr in den Spalt, wo ihre kleinen, festen Brüste zusammengepresst wurden. Sie wollte ihn streicheln, aber er nahm ihre Hände von seinem Rücken und presste sie hart auf den Boden. „Meine Regeln."

Sie sah ihn aus großen hellgrünen Augen an. Wieder dieser süße, treue, naive Blick. Aber sie hatte verstanden. Sie fuhr sich mit der Zunge über die Lippen und sagte:

„Ja, Herr."

Sein Schwanz hämmerte gegen seine Hose. Sie hatte es gesagt, tatsächlich verstanden, was die Zukunft für sie beide bringen würde. Im Schein des Feuers war sie das Schönste, was er in seinem Leben gesehen hatte. Sie war das wahre Kunstwerk. Kein Bild, keine Skulptur der Welt hätten ihr gerecht werden können.

Er holte eine Kerze vom Tisch neben der Couch. Wachs hatte sich angesammelt und das würde er gleich auf sein Kunstwerk gießen. Für einen Moment schaute sie ihn fragend an, aber alles, was er sonst noch in ihrem Blick erkennen konnte, war Vertrauen. Er ließ sich wieder neben ihr nieder. „Du gehörst mir."

„Ja, das tue ich."

Ihre Zustimmung war nur gehaucht. Er stellte die rote Kerze neben ihr ab und zog sich vollständig aus. Dann stand er doch noch einmal auf, etwas fehlte noch zu der Kerze. Er sah auf sie hinab und ließ die Peitsche, die er aus der Schublade seines „speziellen" Schrankes geholt hatte, durch seine Hand gleiten. „Sag mir, dass ich dein Meister bin."

„Du bist mein Meister … du bist alles."

Später betrachtete er das Chaos, das er an ihrem Körper angerichtet hatte. Nein, es war kein Chaos, sondern ein wahres Kunstwerk. Er war schließlich Künstler. Bei diesem Gedanken musste er grinsen. Ihr Anblick, ihre Gefügigkeit hatte ihn in ungeahnte Höhen getrieben. Aber im Gegensatz zu ihr verlor er nie die Kontrolle. Sie sollte sich jetzt ruhig ein wenig ausruhen.

Er stand auf, ging ins Bad und holte Desinfektionsmittel sowie die Wund- und Brandsalbe. Er musste sich jetzt um sein Baby kümmern. Vorsichtig wusch er sie, sie zuckte ein paar Mal, als das Desinfektionsmittel auf ihre Haut traf. Zärtlich trug er die Salbe auf. Er wusste, wie weit er gehen konnte. Im Grunde hatte er ihr nur ein paar Kratzer zugefügt. In ein paar Tagen waren sie verheilt. Als er fertig war, legte er sich zu ihr und hielt sie fest. Sie kuschelte sich an ihn.

„Ich werde dir die Welt zu Füßen legen, Prinzessin. Ich mache dich zu meiner Königin."

Sie seufzte. „Ja, Herr. Ich will es auch."

*

Rebecca hatte sich nach dem Abendessen in ihr Zimmer zurückgezogen. Marc war nicht zum Essen erschienen. Warum wusste niemand. Aber es ging sie auch nichts an.

Es interessierte sie nicht!

So waren es nur David, Drew, Jessica und sie gewesen. Drew hatte tatsächlich Tiefkühlpommes aufgetischt. Er war einsilbig gewesen und nach der Mahlzeit recht schnell verschwunden.

David schien nicht zu registrieren, was er aß, er arbeitete nebenbei ein paar Papiere durch und so hatten Rebecca und Jessica das Tischgespräch bestritten. Im Grunde hatte Rebecca nicht viel sagen müssen, die Kleine hatte ihr all ihre Abenteuer aus dem Kindergarten erzählt. Mit ihr war Rebecca dann in den ersten Stock gegangen und Jessica war in der Wohnung gegenüber verschwunden. Marc musste zu Hause sein, er würde seine Tochter den Abend über nicht allein lassen.

Aber es interessierte sie ja nicht.

Sie saß schon eine Weile über die Pläne gebeugt. Ihr Blick blieb immer wieder an einem Abschnitt hängen. Der Flur, in dem sie untergebracht war. Laut Plan führte nur eine Tür in die Wohnung von Marc und seiner Tochter. Die zweite Tür daneben war der Eintritt zum Dachboden. Was Marc dort wohl machte? Er musste einen eigenen Zugang von der Wohnung aus haben, sie hatte bisher noch nicht gehört, dass jemand die

Tür gegenüber benutzt hatte. Sie musste dringend ihre Neugier befriedigen, um ihre Arbeit vernünftig machen zu können. Sie beschloss, am nächsten Morgen erst später mit den ersten Versicherungen für die Gebäude zu beginnen und stattdessen auf den Dachboden zu gehen. Marc wäre draußen beschäftigt und Jessica im Kindergarten. Eine bessere Gelegenheit gab es nicht.

Sie rieb sich die Augen und stand auf. Waren da nicht Geräusche unter dem Fenster? Sie schaltete die kleine Lampe auf dem Schreibtisch aus, zog den Vorhang zurück und sah hinaus. Es war dunkel, sodass sie nichts erkennen konnte. Zigarettenqualm stieg ihr durch das gekippte Fenster in die Nase. Jemand war also draußen ganz in der Nähe. Jetzt sah sie ein kleines Licht aufleuchten, der Jemand hatte vermutlich ein Handy in der Hand.

„Ja?"

Das war eindeutig Drews gedämpfte Stimme. Da sie kein Klingeln gehört hatte, war das Telefon wohl auf lautlos oder Vibration geschaltet. Sie hielt ihr Ohr an den gekippten Spalt des Fensters.

„Ich habe dir doch gesagt, dass du mich in Ruhe lassen sollst." Drew klang wütend. „Was soll das heißen, du bist in der Nähe? Leck mich."

Das Gespräch wurde beendet und Rebecca beobachtete, wie Drew sich als dunkler Schatten vom Haus entfernte. Hastig verließ sie ihr Zimmer. Warum wusste sie nicht genau, aber sie musste hinter ihm her.

So leise wie möglich schlich sie aus dem Zimmer und hastete die Treppe hinunter. An der Eingangstür wurde sie langsamer. Spähte erst hinaus. Sie sah gerade noch, wie Drew an den Ställen abbog. Mit klopfendem Herzen lief sie für jeden sichtbar die Auffahrt hinunter. Dann war sie an der Hinterseite der Ställe angekommen. Sie hatte sich getäuscht, er war nicht weitergegangen, sondern in den Stall hinein. Gedämpfte Stimmen und das Schnauben der Pferde drangen an ihre Ohren. Sein Telefonpartner schien in den Ställen auf ihn gewartet zu haben. Rebecca versuchte, das laute Klopfen ihres Herzens zu ignorieren und zu verstehen, was da drin geredet wurde.

„Von mir kriegst du nichts." Drews Stimme war zwar leise,

aber die Wut war ihm trotzdem anzuhören.

„Ich weiß, dass du immer noch mit Koks handelst."

„Hier ist alles sauber, ich bin raus aus dem Geschäft."

„Du nimmst es vielleicht nicht mehr. Aber du kannst es mir besorgen."

„Ich kann dir was anderes besorgen."

Rebecca hielt den Atem an. Einer von beiden musste ausgerastet sein, vermutlich Drew. Es hörte sich an, als sei jemand gegen die Wand geschlagen worden.

„Hör mir jetzt gut zu, du Pisser."

Rebecca konnte sich lebhaft vorstellen, wie Drew sein Gegenüber an die Wand presste und die Luft abschnürte.

„Besorg dir deine Drogen woanders. Hier ist nichts für dich zu holen, außer einem guten Rat. Halt dein verdammtes Schandmaul. Wenn mir zu Ohren kommt, dass du mich in irgendeiner Weise mit Drogen in Verbindung bringst, bring ich dich um."

Rebecca hätte fast aufgeschrien, konnte sich aber gerade noch die Hand vor den Mund halten. Drew klang, als meinte er es ernst. Sie musste zurück zum Haus, bevor die beiden Männer sie entdeckten. Sie schickte ein Stoßgebet zum Himmel, dass sie noch etwas in den Ställen blieben, und rannte los, als sei der Teufel hinter ihr her. Sie sah sich nicht um.

Erst als sie wieder in ihrem Zimmer war und nach Luft schnappte, sah sie aus dem Fenster. Sie wartete. Niemand kam aus den Ställen und niemand war zu sehen. Jetzt konnte sie nur hoffen, dass sie genug Zeit gehabt hatte und rechtzeitig im Haus gewesen war, bevor die beiden Männer aus dem Stall gekommen waren.

6

Kathrin wachte auf und war vollkommen orientierungslos. Sie lag in einem Bett. Aber es war nicht ihres.

Sie riss die Augen auf, denn mit einem Schlag trafen sie die Erinnerungen an den gestrigen Abend. Der Sex mit Robert. Was er mit ihr getan hatte. Sie erinnerte sich, dass sie Champagner getrunken und er ihr erzählt hatte, wie schön Irland war. Eines Tages wollte er sie dorthin mitnehmen.

Irgendwann war sie so erschöpft gewesen, dass er sie in sein Schlafzimmer getragen hatte. Sie musste sofort eingeschlafen sein. Die kleine Reisetasche in ihrem Auto hätte sie sich sparen können.

Er hatte die Vorhänge offen gelassen. Die Sonne ging auf, also musste es gegen sechs Uhr morgens sein. Sie würde zu spät zur Arbeit kommen und ihren ersten Termin verpassen. Warum hatte sie auch die Kundin um 7:30 Uhr bestellt?

Sie schaute zur anderen Seite und da lag er neben ihr auf dem Bauch, den Kopf von ihr weggedreht. Seine Haare waren ohne Gel gar nicht so dunkel. Sie hatten einen schönen Braunton und wellten sich ein wenig. Kathrin musste lächeln. Am liebsten hätte sie die Strähnen angefasst, wagte es aber nicht, weil sie ihn nicht wecken wollte. Sein Atem war gleichmäßig. Die Decke hatte er bis zur Hüfte gezogen und so konnte sie seinen muskulösen Rücken mit den breiten Schultern betrachten. Nur die Tätowierung gefiel ihr nicht. Sie war irgendwie gruselig. Wieder fragte sie sich, wofür die Striche standen.

So leise wie möglich stand sie auf und ging ins Badezimmer. Als sie die Tür geschlossen hatte, tastete sie nach dem Lichtschalter und erschrak, als sie sich im Spiegel sah. Ihr sonst makelloser Körper sah aus, als hätte man ihn durch einen Fleischwolf gedreht. Robert hatte sie gestern zwar gesäubert und verarztet, aber das Wachs hatte an vielen Stellen leichte Verbrennungen hinterlassen und die Striemen der Peitsche waren ein wenig angeschwollen. Sie betrachtete sie näher und stellte erleichtert fest, dass keine Narben bleiben würden. Alles würde nach ein paar Tagen verschwunden sein und ihr Gesicht war immer noch perfekt. Die Würgemale am Hals waren auch schon blasser. In ein paar Tagen konnte sie die Seidenschals wieder in den Schrank verbannen. Es sei denn …

Die Erkenntnis traf sie wie ein Hammerschlag. Es sei denn, sie hätte in Zukunft immer diese Art von Sex. Wie von einer unsichtbaren Faust getroffen, prallte sie an die Wand hinter sich und glitt langsam daran herunter. Sie merkte erst, dass sie weinte, als die Tränen ihre angezogenen Knie feucht werden ließen. Kathrin atmete tief durch. Warum weinte sie überhaupt? Sie weinte, weil sie wollte, dass er es wieder tat. Sie war entsetzt über sich selbst.

Sie richtete sich auf und sah erneut in den Spiegel. Sie war abartig. Ihre Mutter hatte es ihr oft genug gesagt, bevor sie mit sechzehn auf diese Kosmetikschule gegangen war. Sie hatte sich durchgebissen, weil ihre Mutter nicht recht behalten durfte. Aber Mütter hatten anscheinend immer recht, wenn es um ihre Kinder ging. An dem Tag, an dem sie erfahren hatte, dass sie das Produkt einer Vergewaltigung war, hatte sie ihre Neugier verflucht. Sie hätte nicht immer wieder nach ihrem Vater fragen sollen. Manche Dinge blieben lieber ein Geheimnis. Andererseits hatte es erklärt, warum ihre Mutter es nie geschafft hatte, sie zu umarmen, sie zu trösten, sie zu lieben, wie sie es bei den anderen Müttern mit ihren Kindern sah. Zwei Tage später hatte Kathrin alle Zelte abgebrochen. Sie hatte großes Glück gehabt, noch einen Platz in der Kosmetikschule zu bekommen. Mit achtzehn hatte sie sich sterilisieren lassen. Nach einigen Gesprächen mit Psychologen fand sie einen Arzt, der bereit dazu war. Seitdem hatte sie unbesorgt Sex gehabt, und selbst wenn ihr das Gleiche passiert wäre wie ihrer Mutter, ein Vergewaltigungskind würde sie nicht in die Welt setzen. Stattdessen ließ sie sich jetzt misshandeln und hatte noch Spaß dabei. Wollte sogar noch mehr. Robert hatte ihr gestern einen Orgasmus beschert, der einem Erdbeben gleichgekommen war. Sie wollte das alles wieder haben. Und wieder. Und wieder. Sie war abartig. Ihre Mutter hatte recht.

Sie wusch sich. Die Dusche anzustellen wagte sie nicht. Sie wollte Robert lieber nicht wecken. Als sie nackt zurück ins

Schlafzimmer trat, saß er aufrecht im Bett.

„Du bist wunderschön.“

Kathrin sah an sich herab. „Im Moment halte ich das für ein Gerücht.“

„Komm her.“ Er winkte sie heran, nahm ihre Hände und zog sie zu sich. „So wie du jetzt aussiehst, bist du genau richtig.“

Kathrin lächelte. Hoffentlich merkte er nicht, dass sie geweint hatte. Zum Glück hatte sie sich das Permanent-Make-up gemacht, sodass sie immer geschminkt aussah. Sie musste es einfach fragen: „Sehen wir uns heute Abend?“

„Brauchst du mich?“

„Ja.“ Es tat so gut, in seinen Armen zu liegen. Sie kuschelte ihren Kopf an seinen Hals. So geborgen hatte sie sich noch nie gefühlt. Er war für sie da. Er hatte sie verarztet und ins Bett getragen und fand sie wunderschön, selbst wenn sie aussah, als sei sie von einem LKW gerammt worden.

„Dann hole ich dich nach Feierabend ab. Zeigst du mir deine Wohnung?“

Ihr Herz machte einen Hüpfer. „Gern.“ Gott sei Dank hatte sie erst vor ein paar Tagen den Frühjahrsputz hinter sich gebracht. Obwohl ihre Wohnung gegen diese Villa ein Mauseloch war. Zumindest hatte sie ein schön eingerichtetes Mauseloch. „Ich habe um 17:00 Uhr die letzte Kundin, das heißt, ich bin um 18:00 Uhr fertig.“

„Ich werde da sein.“

Sie wollte aufstehen, aber er hielt sie zurück. „Krieg ich keinen Abschiedskuss?“

Das musste er nicht zweimal fragen, sie kam ohnehin zu spät.

*

Rebecca hatte länger geschlafen. Nach ihrem gestrigen Ausflug hatte sie nicht einschlafen können. Mehrere Male hatte sie versucht, Kathrin zu erreichen, aber ihr Handy war ausgeschaltet. Wahrscheinlich traf sie sich wieder mit diesem Robert Eagle.

Irgendwann musste sie dann doch eingeschlafen sein, nachdem sie sich tausendmal gesagt hatte, dass sie Drew schließlich nicht bei einem Drogenhandel erwischt hatte. Ganz im Gegenteil, seine Ablehnung war überdeutlich gewesen. Ob er diese Drohung ernst gemeint hatte? Wahrscheinlich redete man in diesen Verbrecherkreisen so. Was wusste sie schon von solchen Dingen. Im Grunde viel zu wenig. Sie war behütet im Kinderheim aufgewachsen. In einem katholischen, wohlgemerkt. Da kam man weder mit Drogen noch mit gefährlichen Jungs in Kontakt. Wenn man es genau nahm, würde sie gleich selbst zur Einbrecherin mutieren. Die Versicherungen für die Gebäude raussuchen konnte sie später noch. Jessica war im Kindergarten und Marc hatte sie eben noch mit Drew und den anderen draußen gesehen. Vor zwölf war er hier oben nicht zu erwarten. Da hatte sie noch eine halbe Stunde Zeit. Sie wollte nur sehen, ob der Dachboden wirklich die angegebene Fläche hatte wie auf den Plänen. Was anderes interessierte sie nicht. Diese Information brauchte sie dringend, um die richtige Versicherung zu finden. Zumindest hatte sie sich das als Ausrede zurechtgelegt.

Rebecca schnaubte. Das würde ihr sowieso kein Mensch glauben. Sie hatte nicht mal einen Zollstock zur Hand. Vielleicht keine schlechte Idee, aber jetzt noch einen zu suchen, wäre zu aufwendig. Sie schlich auf Zehenspitzen aus dem Zimmer und huschte den Flur entlang. Es war nichts im Haus zu hören, sie war auf der sicheren Seite. Vorsichtig nahm sie die Klinke in die Hand und …

Überraschung! Es war abgeschlossen. Ihr entfuhr ein undamenhafter Fluch. Wieso war sie felsenfest davon ausgegangen, dass die Tür offen sein musste? Vielleicht weil selbst die Eingangstür immer auf war.

Sie ging zurück, ließ sich auf ihr Bett fallen und dachte nach. Schon nach kurzer Zeit hatte sie eine Idee. In Windeseile rannte sie wieder aus dem Zimmer und machte sich auf den Weg zu den Stallungen. Das Training war vorüber. Marc hielt sich in dem kleinen Büro neben den Ställen auf, wie sie von Bettina erfuhr. Sie trat ein, ohne zu klopfen. Er steckte gerade Zettel mit Namen an eine Pinnwand.

„Ich teile schon mal die Leute den Pferden zu, für morgen."

„Ach so." Er musste ihre Mimik wohl so interpretiert haben, dass sie sich fragte, was er da tat. In Wahrheit hatte sie seine

Armmuskeln bewundert. „Ich wollte dir einen Vorschlag machen."

Ein amüsiertes Glitzern trat in seine grünen Augen und Rebecca hätte dahinschmelzen können. „Ach, du willst also morgen mitreiten."

„Ich … was? Nein!" Für einen Moment hatte sie geglaubt, dass er es ernst gemeint hatte. Wenn sein Lächeln sie nicht so aus den Schuhen hauen würde, könnte sie sich vielleicht auch mal konzentrieren. „Ich wollte heute Nachmittag in die Stadt und dir anbieten, dass ich deine Tochter abholen könnte."

Jetzt war er überrascht. „Oh, klar. Sie wird sich freuen. Sie hat mir heute Morgen noch erzählt, wie toll ihr euch beim Abendessen unterhalten habt."

„Wo warst du denn?" Verdammt, das war ihr spontan rausgerutscht, obwohl es sie laut Mantra gar nicht interessierte.

„Ich hatte zu tun."

Abweisender Ton, unverbindliche Antwort. Okay. Sie hatte kapiert. Keine privaten Fragen. Sie konnten ja in Zukunft über das Wetter reden. „Dann musst du mir noch die Adresse des Kindergartens geben."

Er schrieb sie auf einen Zettel und reichte ihn rüber. „Danke."

Rebecca nickte ihm zu und ging. Plan Nummer eins war in die Tat umgesetzt. Sie würde Jessica abholen und sie in die Wohnung begleiten. Jetzt musste nur Marc aus dem Weg sein. Aber da hatte sie auch schon eine Idee.

*

Abwechslung war das A und O im Leben.

Drew zündete sich eine Marlboro an. Er brauchte dringend Ablenkung, und zwar in Form von Sex. Jahrelang war alles gut gegangen und in letzter Zeit schienen ihm die Dinge zu entgleiten. Er musste sich etwas einfallen lassen. Das Gespräch im Stall hatte es ihm deutlich aufgezeigt. Er bewegte sich auf dünnem Eis. Im Grunde war das Eis schon aufgetaut und er schwebte über dem Wasser. Eines wusste er mit Sicherheit, Rettung gab es keine. Sein persönlicher nicht mehr zugefrorener See war so tief, dass er ertrinken würde.

Zu allem Überfluss schnüffelte jetzt diese Versicherungsmaklerin hinter ihm her. Er hatte sie zum Haus rennen sehen. Was hatte sie gehört? Kurz hatte er überlegt, hinter ihr herzulaufen und sie zur Rede zu stellen. Aber wer sich verteidigte, klagte sich an und vielleicht hatte sie auch gar nichts mitbekommen. Er würde es schon noch herausfinden. Um Rebecca Volkmer konnte er sich immer noch kümmern, jetzt brauchte er eine Runde Matratzensport. Der Abwechslung halber entschied er sich für Rosalie. Nummer drei in seinem kleinen Harem. Rosalie war das interessanteste seiner drei Mädchen. Er kannte sie jetzt seit zwei Jahren und bis heute hatte er sie noch nicht wirklich durchschaut. War er der einzige Kerl, den sie fickte? Er wusste es nicht. Niemand wusste viel über sie. Sie blieb für sich. Dennoch war sie keine unangenehme Person. Sie war zu jedem freundlich, hilfsbereit und einfach außergewöhnlich. So sehr sie sich von Menschen fernhielt, wenn sie nicht unbedingt mit ihnen zu tun haben musste, so sehr ging sie in der Arbeit mit den Pferden auf. Drew hatte manchmal das Gefühl, dass sie mit ihnen reden konnte. Die schwierigen Fälle landeten bei ihr und schon nach kurzer Zeit waren die Probleme Geschichte. Äußerlich war sie auch auffallend. Ihre kurzen Haare hatten die Farbe einer Karotte. Ihr Gesicht war von Sommersprossen übersät. Normalerweise nicht sein Ding, aber es passte alles. Ihre Züge waren perfekt und die hellbraunen Augen leuchteten in der Sonne fast golden. Man musste Rosalie einfach attraktiv finden. Der Rest ihres Körpers war auch nicht zu verachten. Wobei sie ihre Arme und Beine unter Tätowierungen versteckte. Ihre Gliedmaßen waren von oben bis unten mit bunten Schnörkeln verziert. Auch das stand ihr hervorragend.

Drew trat seine Zigarette aus und betrat den Anbau. Vor der Tür ihres Zimmers blieb er stehen, horchte einen Moment. Sie erwartete ihn. Zum Sex brauchte sie Musik, und zwar Punk Rock. Ihm war es egal. Er hörte, dass sie ihre Lieblings-CD von *30 Seconds to Mars* aufgelegt hatte. Er sparte sich das Anklopfen und trat ein. Sie stand am Fenster und drehte sich um, als er die Tür hinter sich schloss.

„Hey Fremder", begrüßte sie ihn.

Er grinste. Sie hatte immer wieder neue Ideen. Heute hatte sie ein Soldatinnenkostüm an. Das kannte er noch nicht. Krankenschwester, Kellnerin, Geisha und Polizistin hatten sie schon durch. Heute also die Armynummer. Sie sah einfach zum Anbeißen aus in dem engen Shirt und den Hotpants in Tarnfarbe. Sie hatte sich einen Gürtel umgeschnallt, ihre Waffen waren eine kleine Peitsche und eine schwarze Feder. Sein Schwanz reagierte sofort. „Melde mich gehorsam zum Dienst." Er salutierte.

„Dann nimm deine Position ein, Gefreiter!"

Den Befehlston bekam sie nicht so ganz hin, denn auch sie musste lächeln. Er legte sich auf ihr Bett und stützte sich mit den Armen ab, sodass sein Oberkörper noch eine halb aufrechte Position hatte. Sie kam langsam auf ihn zu. Sie hatte Springerstiefel an, was erotischer wirkte, als hätte sie High Heels zu einem Kostüm getragen. Sie beugte sich zu ihm runter und riss sein Hemd auf. Die Knöpfe flogen durch den Raum.

„Was ist das für eine Schlamperei! Nicht vernünftig angezogen und die Schuhe sind auch nicht ordnungsgemäß geputzt." Jetzt wurde ihr Ton strenger. Sie stieß mit ihren Stiefeln gegen seine Turnschuhe. „Wollen wir doch mal sehen, ob ich dem Gefreiten nicht Zucht und Ordnung beibringen kann." Sie stemmte die Hände in die Hüften. „Ausziehen!"

Das war ein Befehl, dem er nur allzu gern nachkam.

Drew war äußerst zufrieden, es wurde ein wundervoller Nachmittag, aber er war nicht ganz bei der Sache gewesen. Rosalie lag an seine Brust geschmiegt und sah ihn an. Ob sie etwas bemerkt hatte?

„Der Gefreite ist sehr lernfähig."

Er musste lachen, sagte aber nichts, sondern genoss, wie sie mit den schlanken Fingern um seine Brustwarzen strich. Sie musste wohl zehn Minuten so gelegen haben, als sie sich ein wenig aufrichtete und ihn entschuldigend ansah.

„Ich schulde dir ein Hemd."

„Du könntest auch einfach die Knöpfe annähen."

„Mal sehen." Sie sah ihn mit gerunzelter Stirn an. „Sag mal, ist alles in Ordnung mit dir?"

Sah man es ihm an? „Wie kommst du darauf? Alles bestens."
„Du siehst nachdenklich aus."
„Du weißt doch, ich denke nie nach, mein Schwanz ist der Einzige, der das kann."
„Du möchtest, dass die Leute das glauben, aber mir kannst du nichts vormachen."
Was sollte er dazu sagen?
„Ist schon okay. Es geht mich nichts an, aber wenn du reden willst, bin ich für dich da."
Dieses Angebot überraschte ihn. So etwas konnte er von Bettina oder Caroline erwarten, aber Rosalie? Sie machte immer den Eindruck, als interessiere sie sich nur für die Probleme und Wehwehchen der Pferde.
„Danke, Süße. Aber es ist wirklich alles okay." Er küsste sie auf die Stirn und sie richteten sich auf. Zeit für ihn zu gehen. Er zog sich an, warf sich das Hemd allerdings nur über die Schulter. Rosalie hatte sich wieder in ihre Kissen sinken lassen. Er küsste sie noch einmal auf die Stirn. „Du weißt, dass ich auch immer für dich da bin." Sie nickte und Drew machte sich auf den Weg ins Haupthaus, um zu duschen.

*

Ihr ehemaliger Studienkollege Simon war ihr einen Gefallen schuldig und den hatte Rebecca jetzt eingefordert.
Kurz bevor sie Jessica am Kindergarten in Empfang genommen hatte, hatte Simon sich für einen Mitarbeiter des hiesigen Futterlieferanten ausgegeben und Marc per Handy angerufen. Simon hatte ihr versichert, dass alles glattgegangen war. Marc müsste also jetzt auf dem Weg dorthin sein, um die angeblich offenen Posten der letzten Monate in Augenschein zu nehmen.
Jessica war begeistert, als Rebecca ihr versprach, mit ihr zu den Pferden zu gehen. Das Mädchen würde also brav unten auf der Bank warten. Rebecca hastete die Stufen hinauf. Jessica hatte ihr bereitwillig ihren Schlüssel gegeben, damit Rebecca ihre Tasche nach oben bringen konnte. Sie hatte nicht viel Zeit, denn Marc würde sicher schnell herausfinden, dass mit den

Futterlieferungen und deren Zahlungen alles in Ordnung war und ein Irrtum vorlag. Außerdem waren Kinder neugierig. Wenn Rebecca sich nicht beeilte, könnte Jessica versucht sein, hinter ihr herzukommen. Leise betrat sie die Wohnung. Sie landete direkt im schlicht aber schön eingerichteten Wohnzimmer. Von dort aus führte tatsächlich eine Treppe nach oben. Bevor sie sich aber dem Dachboden widmete, musste sie unbedingt herausfinden, wie der Rest der Wohnung aussah. Verdammte Neugier. Sie nahm erst die rechte Tür, die vom Wohnzimmer abging. Das Kinderzimmer.

Alles rosa. Ein wahres Prinzessinnenzimmer mit vielen Pferdebildern. Es war offensichtlich, dass Jessica von ihrem Vater und Onkel verwöhnt wurde. Geschadet hatte es dem Kind nicht.

Schnell hastete sie ans andere Ende des Wohnzimmers. Die linke Tür führte in einen kleinen Flur mit Garderobe und Schuhschrank, und dann in ein Bad, das ihrem ähnlich war. Jetzt noch die rechte Tür. Sein Schlafzimmer. Nur ein Bett, ein Kleiderschrank und ein Fernseher. Sehr karg eingerichtet.

Jetzt war es so weit. Sie lief zur Treppe. Am Ende der Treppe angekommen gab es wieder eine Tür, mit einem altmodischen Riegel verschlossen. Sie musste ihn nur zur Seite schieben, zum Glück war sie groß, der Riegel war ganz oben angebracht. Vielleicht, damit Jessica nicht herankam und den Dachboden betrat. Sie hatte im Auto versucht die Kleine auszufragen, aber sie schien keine Ahnung zu haben, was ihr Vater auf dem Dachboden trieb.

Sie mühte sich ab und musste Kraft aufwenden, um den Riegel zur Seite zu schieben.

Sie hörte etwas.

Verdammt, da hatte jemand die Wohnung betreten. Hatte Jessica also doch nicht unten gewartet. Sie schob den Riegel zurück und drehte sich um. Am unteren Treppenabsatz stand Marc und so wie er sie ansah, schien er verdammt wütend zu sein. Ihr Herz wollte ihr aus der Brust springen. Wie kam sie aus der Nummer nur wieder raus? Was noch viel schlimmer war, wie er sich da unten am Treppenabsatz aufgebaut hatte, sah er aus wie ein wütender Gott, der gleich Blitze und Donner am Himmel erscheinen lassen würde. Hitze breitete sich dummerweise in ihrem Unterleib aus.

„Hallo." Was Besseres fiel ihr nicht ein.

Er verschränkte die Arme vor der Brust. „Hallo. In der Zimmertür geirrt?"

„Ich … also ich …"

„Komm da runter."

Wäre sie schon längst, wenn er ihr unten nicht den Weg versperren würde. Langsam setzte sie einen Fuß vor den anderen und stieg die Treppe hinab. Er wich keinen Zentimeter zur Seite. Was hatte er vor?

„Es tut mir leid." Das war auch keine gute Erklärung von ihr, aber vielleicht machte er ihr wenigstens Platz.

„Ist Rumschnüffeln üblich bei Versicherungsmaklern?"

Sie stand direkt vor ihm. Sein männlicher Duft stieg ihr in die Nase. Sie konnte sehen, wie seine Brust sich leicht hob und senkte beim Atmen. Ihm ins Gesicht zu schauen traute sie sich nicht.

„Was?" In ihrem Kopf hämmerte ihr Herzschlag. Sie konnte sich kaum konzentrieren. Was hatte er gefragt?

„In die Privatsphäre anderer Menschen einzudringen."

Sein Ton war eiskalt, und als sie in sein Gesicht sah, fuhr sämtliche Hitze aus ihrem Körper, auch die in ihrem Unterleib verabschiedete sich. Eiskalt war sein Blick. Mit diesem Mann sollte sich besser niemand anlegen, er würde alles tun, um das, was ihm wichtig war, zu schützen. Sie senkte erneut den Blick.

„Es war falsch von mir. Ich war neugierig. Ich habe in den Plänen gesehen, dass es einen Dachboden gibt und …"

„Und fingierst einen Anruf, um mich hier wegzulocken, holst meine Tochter vom Kindergarten ab, um ihr den Schlüssel zur Wohnung abzunehmen. Was für ein Mensch bist du eigentlich?"

Er hatte sie am Arm gepackt und seine Worte waren leise, aber mit einem Zorn herausgepresst, der ihr das Blut in den Adern gefrieren ließ. Er drückte ihren Arm so fest, dass es schmerzte, andererseits sandte die Berührung elektrische Impulse in ihren Unterleib. Das durfte doch nicht wahr sein! Fast hätte sie die Augen verdreht. Ihre Muschi schien von der peinlichen und vielleicht sogar bedrohlichen Situation nichts mitzubekommen.

„Es tut mir wirklich leid, es ist nur, weil …“ Ja, warum hatte sie das eigentlich getan? Weil er ihr nach der Geschichte mit Drew am Stall ebenfalls verdächtig vorkam? Weil er so geheimnisvoll war? Weil er attraktiv war und sie sich zu ihm hingezogen fühlte?

Langsam ließ er ihren Arm los. Obwohl dort morgen sicher blaue Flecke zu sehen wären, bedauerte sie es ein wenig. Jetzt machte er einen Schritt zur Seite und brachte Abstand zwischen sie. Auch das war bedauerlich. Wie musste es wohl sein, von ihm berührt zu werden, wenn er nicht wütend war? Für einen Moment überlegte sie, ob sie ihm von Drew und dem Gespräch erzählen sollte. So könnte sie sagen, sie hätte ihn ebenfalls verdächtigt und ihr sei jetzt klar, dass er nichts mit Drogen zu tun hatte. Diese Erklärung verwarf sie. Das war lächerlich und würde ihn sicher nicht milder stimmen. Es war auch möglich, dass er tatsächlich in Drogengeschäfte verwickelt war. Dann sollte sie erst recht die Klappe halten.

„Verschwinde!“

Das tat weh. Sie wollte nicht gehen. Sie wollte mit ihm reden, sie wollte, dass er ihr verzieh. „Ich bin zu neugierig, ich weiß.“ Sie setzte erneut zu einer Entschuldigung an. „Es geht mich nichts an. Was du auf dem Dachboden tust oder lagerst, ist deine Sache. Nimmst du meine Entschuldigung an?“

Er hob eine schwarze Augenbraue an. „Warum interessiert es dich so brennend? In anderthalb Wochen bist du wieder weg, dann sehen wir uns nie wieder.“

Als er das aussprach, traf es sie, als hätte man ihr einen Messerstich versetzt. Mitten ins Herz. Verdammt. Sie erkannte sich selbst nicht mehr. Der Typ war attraktiv, okay, aber ansonsten nichts für sie. Basta. „Was wäre, wenn ich dich gefragt hätte, was dort oben ist?“

Er zuckte mit den Schultern. Dann lachte er. Rebecca erschauderte. Seine wunderschönen Augen lachten nicht mit. Die sahen traurig aus.

„Wer weiß?“

Sie wartete einen Moment, aber er hatte wohl nicht vor, mehr zu sagen. Unschlüssig blieb sie vor ihm stehen. Dann traf es sie erneut. Eine Ohrfeige wäre angenehmer gewesen.

„Raus hier. Und wage es nicht noch einmal, meine Wohnung zu betreten."

Sie drehte sich um und ging. Es hatte keinen Sinn.

Als sie aus der Tür trat, wäre sie fast in die Arbeitsreiterin Bettina gelaufen. Die grüßte nur kurz und sah dann Marc an.

„Kein Problem. Ich nehme Jessica heute Abend und ich kann sie auch morgen früh zum Kindergarten bringen."

„Danke."

Dieses Mal war seine Stimme freundlich. Was hatte er heute Abend vor? Rebecca fühlte sich wie eine Achtzigjährige, als sie ihr Zimmer betrat und sich auf das Bett fallen ließ.

*

Als Bettina die Tür hinter sich geschlossen hatte, ließ Marc sich auf der Treppe nieder. Er vergrub sein Gesicht in den Händen. Ein Fluch entfuhr ihm, als er wieder aufsah. Rebecca hatte ausgesehen, als hätte es ihr leidgetan. Als hätte sie Angst gehabt, als er sie am Arm festgehalten hatte. Als wenn er ihr wehtun würde. Er hatte noch nie eine Frau geschlagen. Und das würde auch niemals geschehen.

Vielleicht war es gut so. Wenn sie Angst vor ihm hatte, blieb sie ihm vom Leib. Die Nähe zu ihr war gefährlich.

So wütend er auch gewesen war, so sehr hatte auch sein Körper auf sie reagiert. Wieder fluchte er. Vielleicht war sie gar keine Versicherungsmaklerin. Vielleicht wollte ihn jemand Bestimmtes kontrollieren.

Er stand auf und stieg die Stufen zum Dachboden hinauf. Schnell hatte er den Riegel zur Seite geschoben und trat ein. Er musste weitermachen, aber nach der Konfrontation mit Rebecca war ihm nicht nach Arbeit. Er schaltete die Lampen ein, die auf dem dunklen Dachboden Tageslicht simulierten. Das Bild auf der Staffelei war halb fertig. Es war anders, als die Bilder, die er in den letzten Jahren gemalt hatte. Es war voller Wärme, so wie zu alten Zeiten, als Vanessa noch gelebt hatte. Erst danach hatte er sich dem Surrealismus verschrieben. Hier mitten auf dem Dachboden stand nun nichts Surreales, sondern das Portrait einer wunderschönen Frau mit braunen kurzen Haaren und leuchtend braunen Augen.

Zum dritten Mal fluchte er. Wut machte sich in ihm breit. Er griff in die Gesäßtasche seiner Jeans und holte das Schweizer Taschenmesser heraus. Langsam zerstörte er das Bild. Er schnitt waagerecht und senkrecht über das Portrait. Immer wieder. Jedes Mal war es so, als schneide er in sein eigenes Herz. Aber dieses Portrait durfte nicht sein. Er musste von vorn anfangen. Aber er musste noch etwas anderes tun. Er musste herausfinden, warum Rebecca Volkmer wirklich hier war.

*

Rebecca hatte sich bis zum Abendessen in die Arbeit gestürzt. Arbeit war die beste Medizin.

Mit klopfendem Herzen betrat sie die Küche. Appetit hatte sie im Grunde keinen, aber sie wollte sich nichts anmerken lassen. Weder Jessica noch Marc waren da. Heute war sie froh darüber und es war auch zu erwarten gewesen. David schien gut aufgelegt zu sein. Er lächelte breit. Dann bemerkte Rebecca, dass der Tisch nicht gedeckt war.

„Tja, entweder wir hungern oder bestellen was." David schien die Situation amüsant zu finden.

„Marc hat sich vom Acker gemacht, er wäre mit Kochen dran gewesen."

Rebecca überkam ein Schuldgefühl. Dass Marc nicht hier war und es für die Männer nichts zu essen gab, war eindeutig ihre Schuld, was sie den Männern natürlich nicht auf die Nase binden würde.

Drew warf ihr den Flyer der Pizzeria entgegen und Rebecca nahm nicht wahr, was sie da las. Sie entschied sich schnell für eine Pizza mit Schinken. Drew bestellte und David widmete sich mal nicht irgendwelchen Unterlagen, sondern ihr.

„Und? Wie geht es voran?"

„Ganz gut. Die Gebäude sind kein Problem. Bei den Pferden muss ich noch recherchieren."

„Lass dir Zeit. Du kannst auch länger als zwei Wochen bleiben."

Davon wäre Marc sicher nicht begeistert. „Zwei Wochen werden schon reichen. Wo ist Marc eigentlich?" Sie musste einfach fragen.

Drew hatte sein Telefonat beendet. Seine verschiedenfarbigen Augen musterten sie. „Wer weiß schon, was der immer so treibt."

Rebecca hatte das Gefühl, dass Drew sie eindringlicher als sonst ansah. Hatte er doch bemerkt, dass sie hinter ihm hergeschnüffelt hatte? Am liebsten hätte sie sich auf ihr Zimmer zurückgezogen.

„Marc ist ein toller Kerl, aber er müsste mal wieder unter Menschen. Eine Frau kennenlernen. Er hätte es verdient, sich wieder zu verlieben." Jetzt war es David, der sie eindringlich ansah.

Ihr drehte sich der Magen um. War das eine Anspielung? Gott, sie musste den Job so schnell wie möglich hinter sich bringen. Sie wurde hier in etwas reingezogen, das sie nicht abschätzen konnte.

„Ich vermisse meine Schwester auch, aber es ist fünf Jahre her. Er kann doch nicht ewig trauern." David machte einen Weißwein auf und schenkte allen großzügig ein.

„Du hast doch nur keinen Bock mehr die Ersatzmutter zu spielen."

„Ich bin der Onkel, du bist die Ersatzmutti!"

Drew verdrehte die Augen. „Warte ab, wenn die Kleine im discofähigen Alter ist, dann zeig ich ihr mal, wie der Hase rammelt, äh … läuft, natürlich."

„Das dachte ich mir. Marc und ich werden das zu verhindern wissen." Die beiden lachten. David wurde wieder ernst. „Hey, ich glaube, Rebecca bekommt einen falschen Eindruck von uns."

„Nein, bestimmt nicht."

„Du guckst aber so entsetzt." Drew nahm einen Schluck Wein. „Keine Sorge, wenn es um unsere Prinzessin geht, kann ich mich benehmen."

Rebecca versuchte ein Lächeln. „Das dachte ich mir."

Es klingelte und die Pizzalieferung stand wenig später auf dem Küchentisch. In kurzer Zeit hatten die beiden Männer ihre extragroßen Pizzen verdrückt. Rebecca kämpfte. Ihr Magen war wie zugeschnürt. Sie hörte nur halb hin, das Gespräch drehte sich hauptsächlich um die Auktion am nächsten Montag. Sie horchte erst wieder auf, als der Name Robert Eagle fiel.

„Der dreht doch irgendwelche krummen Dinger."

Drew widersprach sofort. „Glaub ich nicht. Er nimmt die Billigsten, okay, aber stell dir mal vor, er landet wirklich einen großen Treffer mit einem von den Pferden."

David winkte ab. Die beiden gerieten in eine heftige Diskussion. Rebecca dachte an Kathrin, eigentlich hatten sie täglich telefonieren wollen, aber ihre Freundin war nicht zu erreichen. Wenn es nicht anders ginge, müsste sie morgen im Kosmetikstudio anrufen und Kathrin bei der Arbeit stören. Irgendetwas stimmte da nicht. Noch ein Punkt, um den sie sich Sorgen machte und der ihr den Magen zuschnürte.

„Was meinst du dazu?" Davids blaue Augen sahen sie erwartungsvoll an.

Toll, sie hatte gar nicht mehr zugehört. „Wozu?", fragte sie kleinlaut.

„Du bist nicht bei der Sache heute, was?"

Rebecca lief es eiskalt den Rücken runter. Drews Ton gefiel ihr nicht. Er sah sie an wie ein Raubtier, das seine Beute ins Visier nimmt. Er hatte sie bemerkt. Es konnte nicht anders sein.

„Ich habe Kopfschmerzen, wahrscheinlich hab ich zu viel vor dem Laptop gehockt. Ich glaube, ich muss ins Bett." Rebecca erhob sich. David lächelte ihr zu. Sie mochte sein Lächeln. Offen und ehrlich. Oder war er auch in irgendwas verstrickt? Wer konnte das schon wissen.

„Hey, ich sagte doch, du kannst auch länger bleiben. Kein Grund sich zu überarbeiten."

„Danke. Wir werden sehen." Sie stand auf und versuchte, erhobenen Hauptes die Küche zu verlassen. Sie wollte nur raus hier. Der Tag hatte sie geschafft.

*

Drew sah ihr nach, als sie den Raum verließ. „Sie ist echt heiß, findest du nicht?“

„Lass die Finger von ihr“, brummte David.

„Wieso? Hast du selbst Ambitionen?“ Nicht, dass ihn das gestört hätte.

„Nein, sie ist nicht mein Typ. Aber vielleicht hat jemand anderes in diesem Haus Interesse und dem könntest du ausnahmsweise mal den Vortritt lassen.“

Drew entfuhr ein Schnauben. „Deswegen macht er sich also rar? Weil er Interesse an ihr hat? Komische Aufreißtaktik.“

„Ich sag ja nur, halte dich zurück.“

„Willst du jetzt den Kuppler spielen?“

Jetzt schnaubte David. „Seh ich so aus?“

Drew tat so, als müsse er David erst einer Untersuchung via Blick unterziehen. „Nee, du siehst eher aus wie ein Wikinger, der sich in einen Rennstall verirrt hat.“

David lachte und strich sich über die langen blonden Haare. „Du bist echt bescheuert.“

„Marc interessiert sich nicht für Frauen. Auswahl hätte er im Laufe der Zeit genug gehabt.“

David runzelte die Stirn. „Findest du nicht auch, dass er in letzter Zeit ein bisschen unausgeglichen ist?“

„Nee, wie kommst du darauf?“

David zuckte mit den Schultern. „Kommt mir so vor.“

„Mach dir nicht so viele Gedanken, wenn er wieder so weit ist, wird er sich eine Frau schnappen.“

„Lass trotzdem die Finger von der Versicherungsmaklerin.“

„Wir werden sehen.“ Drew lehnte sich zurück und grinste seinen Chef an.

*

Kathrin hatte sich kaum auf ihre Arbeit konzentrieren können. Robert würde heute ihre Wohnung betreten.

Die Sache war ernst und das gefiel ihr. Noch vor einer Woche hätte sie jeden für bekloppt erklärt, der ihr prophezeit hätte, dass sie schon bald eine enge Bindung mit einem Mann eingehen würde. Aber Robert war anders. Er war alles, wovon sie immer geträumt hatte. Reich, mit einem außergewöhnlichen Beruf, attraktiv, mit einem unglaublichen Körper gesegnet, intelligent, und hatte sie reich schon erwähnt?

Die Zeit verging viel zu langsam, der Tag zog sich wie Kaugummi. Endlich hatte sie den letzten Kunden abgefertigt und konnte sich ein wenig frisch machen. Pünktlich um 18:00 Uhr stand er vor ihrem Salon. Er lehnte lässig an einer Laterne, die Hände in der grauen Anzughose, das weiße Hemd nicht ganz zugeknöpft. Seine hellblauen Augen sahen sie an. Kathrin wäre fast stehen geblieben. Sie hätte ihn stundenlang betrachten können. Die breiten Schultern, das leichte Grinsen in seinem Gesicht, alles zum auf die Knie fallen. Und nebenbei fiel ihr mal wieder ein, dass er unermesslich reich war.

Sie schritt langsam auf ihn zu, er streckte sofort die Hände nach ihr aus.

„Hey Schönheit."

„Hallo." Warum war ihre Stimme nur immer so belegt, wenn sie ihn traf? Er zog sie an sich und küsste sie. Kathrin hoffte, dass möglichst viele Menschen noch unterwegs waren, alle Frauen, die sie jetzt hier sahen, würden sie beneiden. Viel zu schnell beendete er den Kuss.

„Walter hat mich abgesetzt. Ich dachte mir, wir nehmen deinen Wagen zu deiner Wohnung."

Sollte das heißen, er hatte vor, über Nacht zu bleiben? Andererseits hätte Walter ihn auch jederzeit abholen können, also wollte sie sich nicht zu früh freuen.

Hand in Hand liefen sie zu ihrem Alfa Romeo. Er erkundigte sich nach ihrem Tag und Kathrin erzählte von ihren Kunden. Manche waren nett, bei anderen machte es weniger Spaß. Kathrin erfüllte eine unglaubliche Wärme. Fast schon Glückseligkeit. Er hörte zu, stellte Fragen an den richtigen Stellen und schien sich wirklich für sie und ihr Leben zu interessieren. Die meisten Männer wollten nur ficken und abends ihr Essen serviert bekommen. So hatte Kathrin es bisher empfunden, bis Robert aufgetaucht war und alles veränderte. Unglaublich, aber es war tatsächlich so. Schon nach den wenigen Tagen wusste sie, dass es mit Robert vollkommen anders sein würde.

Als sie angekommen waren und sie die Tür zu ihrer Wohnung aufschloss, hätte sie fast einen Rückzieher gemacht. Ihre Wohnung war groß und geschmackvoll eingerichtet, aber sie konnte nicht mit Roberts ‚Schloss' konkurrieren. Aufgeregt beobachtete sie, wie er eintrat.

Als hätte er ihre Gedanken gehört, sagte er: „Hey, ich hab nicht immer in so einem Haus gelebt. Ich hatte auch andere Zeiten." Er sah sich um. „Es ist schön hier. Das liegt an dir." Er nahm sie in die Arme und strich ihr eine Strähne aus dem Gesicht. „Mit dir würde ich mich auch in einer Höhle wohlfühlen."

Kathrin schmiegte sich an ihn. Er strich ihr sanft über die Haare. Wie sie das liebte. „Hast du Hunger?"

„Du bist eine aufmerksame Gastgeberin. Ja, ich habe Hunger. Nach dir."

Das weckte auch ihren Hunger. Er presste seinen Körper eng an ihren und durch den dünnen Stoff seiner Anzughose fühlte sie, wie hart er geworden war. Er wollte sie. Sie wollte ihn. Es war perfekt. Sie begann, sich an seiner Hüfte zu reiben. Sie fragte sich, wo ihre sexuelle Reise heute wohl hinführen würde.

*

Robert hatte keine Hilfsmittel dabei. Natürlich ließe sich auch in dieser Wohnung etwas finden, womit er sie auf eine spezielle Reise schicken konnte. Aber er wollte sie heute lieben. Das musste sein. Denn das nächste Mal würde sehr speziell werden und deswegen kam heute nur die nette Variante infrage. Er kannte sich schließlich in Psychologie aus. Heute Nacht würde er der perfekte Gentleman sein. Er flüsterte in ihr Ohr: „Lass uns ins Schlafzimmer gehen."

Sie fasste ihn bei der Hand und nahm ihn mit. Vor dem Bett stehend hielt er ihre Hand. Lange sah er sie an. Betrachtete ihr wunderschönes Gesicht. Ihre Katzenaugen, die in hellem Grün erwartungsvoll aufleuchteten. Ihr sinnlicher Mund, der einladend leicht geöffnet war. Selbst ihre kleinen Ohren mit den Creolen waren perfekt.

„Darf ich dich lieben?", fragte er. Überrascht wurden ihre Augen ein wenig größer.

„Ja“, hauchte sie.

Langsam löste er seine Hand aus ihrer, umfasste ihren Nacken, streichelte sie dort mit seinem Daumen und beugte sich zu seiner kleinen Frau hinunter. Seine Lippen streiften ihre Wange und fanden ihren Mund. Er neckte mit seiner Zunge ihre Lippen, nahm sich Zeit, drang nur leicht mit ihr ein, erkundete zärtlich ihren Mund. Seine Hände streichelten ihre Brüste. Durch den Stoff der Bluse ertastete er ihre harten Nippel. Kein festes Zudrücken, keine Gewalt am heutigen Abend. Nein, heute streichelte er, liebkoste er, während er sie auskleidete. Als sie nackt vor ihm stand, erlaubte er ihr, sich am Vorspiel zu beteiligen. „Zieh mich aus.“

Sie legte die gleiche Zärtlichkeit an den Tag wie er und er erlaubte sich, es zu genießen. Ihre Hände schienen überall zu sein, während seine Hose, sein Hemd und seine Boxershorts auf dem Boden landeten. Ihre Hand umfasste seinen Schaft und er ließ den Kopf in den Nacken fallen. Es war gut, von ihr gestreichelt und bearbeitet zu werden. Eine kurze Zeit ließ er sie gewähren, dann beendete er ihr Tun, indem er sie auf den Arm nahm und sanft auf das Bett gleiten ließ. Er lächelte. Aber dieses Lächeln galt mehr ihm selbst. Wenn er wollte, konnte er der perfekte Gentleman sein.

*

Als Kathrin am nächsten Morgen erwachte, war sie immer noch überrascht über die Zärtlichkeit, die Robert am Abend zuvor an den Tag gelegt hatte. Sie öffnete die Augen und bemerkte, dass Robert lächelnd auf sie herabsah. „Morgen, Darling.“

„Guten Morgen.“ Sie rekelte sich. „Wie spät?“

„Keine Sorge, es ist erst sechs. Ich hätte dich schon rechtzeitig geweckt.“

Sie schmiegte sich an ihn. Es war ein wundervolles Gefühl neben ihm aufzuwachen. Ob er es genauso empfand?

„Walter holt mich gegen sieben ab. Kannst du dir nächste Woche ein paar Tage freinehmen?“

Sie richtete sich auf. „Ja, das ginge.“ Egal wie, aber sie würde alles dransetzen, ihre Termine zu verlegen.

„Dann brechen wir in der Nacht von Sonntag auf Montag nach Baden-Baden auf. Wir besuchen die Auktion, übernachten im Gestüt von Waldmann und machen uns ein paar schöne Tage. Ich lade dich zum Shoppen in Baden-Baden ein."

Kathrin fiel ihm um den Hals. „Das hört sich wundervoll an."

„Ist deine Freundin nicht auch dort?"

„Ja. Die wird sich freuen, dass wir kommen."

„Sie muss zwar arbeiten, aber bis auf die Auktion soll es ein richtig schöner kleiner Urlaub für dich und mich werden."

„Zeigst du mir deine Pferde?"

„Natürlich. Und ich werde dir die ganze Zeit zeigen, dass ich der tollste Hengst bin."

Kathrin lachte. Das Leben war einfach wundervoll!

7

Rebecca saß vor ihrem Laptop, als es leise an der Tür klopfte. Sie schaute auf die Uhr. Schon zwölf Uhr mittags. Seit zwei Stunden saß sie bereits am Schreibtisch.

„Herein."

Hätte sie nicht gesessen, wäre sie vor Überraschung auf den nächsten Stuhl gesunken. Marc trat ein.

„Hey." Er blieb zögernd stehen.

„Hey." Am liebsten hätte sie geflucht. Ihr Körper reagierte sofort auf ihn. Was sie am meisten berührte, waren seine Augen. Sein Blick. Da war etwas, oder täuschte sie sich? Begehrte er sie? Denn dass sie ihn mit Haut und Haaren wollte, konnte sie nicht leugnen. Die Feuchtigkeit in ihrem Slip sprach eine eindeutige Sprache. Sie brauchte ihn nur anzusehen und schon musste sie anschließend die Unterwäsche wechseln. So etwas war ihr bisher noch nie passiert und das sollte auch in die Welt der Liebesromane verbannt werden. Im wahren Leben führte es zu Komplikationen.

Krampfhaft überlegte sie, was sie sagen sollte, aber da er zu ihr gekommen war, sollte er den Anfang machen.

Er strich seine schwarzen Haare aus der Stirn. Sein Lächeln sah ein wenig verunglückt aus, ließ ihn aber noch attraktiver wirken. Ihr fiel auf, dass er übernächtigt aussah. Er war nicht rasiert und schwarze Bartstoppeln warfen einen Schatten um seinen Mund. Aber auch das machte ihn nicht unattraktiv. Ganz im Gegenteil, er sah verwegen aus.

„Ich wollte mich wegen gestern entschuldigen. Ich hätte dich nicht so anfahren sollen."

Es war ihr peinlich, denn schließlich war sie diejenige, die einen Fehler begangen hatte. „Du musst dich nicht entschuldigen. Du warst wütend und hattest jedes Recht dazu. Ich weiß nicht, was über mich gekommen ist. Ich habe in deiner Privatsphäre geschnüffelt und das ist unverzeihlich."

„Ich dachte mir, wir könnten vielleicht einfach noch mal neu anfangen?"

„Und wie soll das aussehen?“

„Ich vergesse, dass du gestern bei mir rumgeschnüffelt hast und du vergisst, wie ich mich verhalten habe.“

„Okay.“ Erst dachte sie, er würde sich jetzt umdrehen und gehen, aber stattdessen machte er einen Schritt auf sie zu. Die Entfernung wurde kürzer zwischen ihnen. Rebecca stand auf. Sie wollte nicht zu ihm aufsehen, wollte ihm auf Augenhöhe begegnen. Sie standen einfach da und sahen sich an. Gott, sie hätte in seinen Augen versinken können. Am liebsten hätte sie sich in seine Arme geworfen. Sie, die knallharte Karrierefrau. Es wurde Zeit, dass die zwei Wochen ein Ende nahmen, sonst würden ihre Hormone sie noch in die Irrenanstalt bringen.

„Gehst du heute Abend mit mir essen?“

Mit allem hatte sie gerechnet, aber nicht, dass er einen Abend mit ihr verbringen wollte. Sie konnte nichts sagen.

„Wenn nicht, ist das vollkommen okay. War vielleicht ein dummer Vorschlag. Du hast sicher zu tun.“ Er deutete auf den Laptop. „Ich dachte nur als Neuanfang oder Friedensangebot.“

Jetzt erst fand sie ihre Stimme wieder. „Nein, also ja, natürlich können wir essen gehen. Ich würde mich freuen.“

„Okay, dann hol ich dich um sieben ab.“

Als er lächelte, rutschte ihr das Herz in die Hose. Sie würde sterben heute Abend, wenn ihr Körper sich weiter einbildete, dass sie ein Teenager mit verrücktspielenden Hormonen war.

Er kam noch ein Stück näher, sie erstarrte. Es war nur eine flüchtige Bewegung. Er strich ihr sanft mit dem Handrücken über die Wange. Dann drehte er sich um und ging mit einem „Bis später“ aus dem Raum.

Rebecca sank auf den Stuhl. Bis sieben hatte sie noch einige Stunden Zeit. Bis dahin musste sie dringend die Rebecca wiederfinden, die sie gewesen war, als sie herkam. Er musste nur den Raum betreten und sie wurde zum Nervenbündel. Dennoch lächelte sie. Ein Teil von ihr fühlte sich wie ein junges Mädchen, das den Prinzen auf dem weißen Pferd getroffen hat.

„Rebecca, sei vernünftig!“ Laut redete sie vor sich hin. Sie kannte Marc überhaupt nicht. Zu dem Prinzen gehörte schließlich mehr als gutes Aussehen. Es war alles reine körperliche Anziehungskraft. Nicht mehr. Purer Sex.

Aber warum zog sich dann ihr Herz schmerzhaft zusammen, wenn sie daran dachte, dass sie ihn schon bald nie wiedersehen würde?

Sich verlieben war die Summe aus Aussehen, Charakter, Sex und vielem mehr. Was hatte Marc schon großartig von sich preisgegeben? Rebecca seufzte. Warum waren das Leben und die Liebe nur so kompliziert?

*

Marc lief nach dem Besuch bei Rebecca direkt nach draußen. Er brauchte frische Luft und musste dringend nachdenken.

Er hatte fast die ganze Nacht an einem neuen Bild gearbeitet und nur zwei Stunden geschlafen. Nachdem er seine morgendliche Arbeit erledigt hatte, war er einem Impuls gefolgt und zu Rebecca gegangen. Jetzt hatte er eine Verabredung zum Essen mit ihr. Super, wo er sich doch besser von ihr fernhalten sollte.

Natürlich hatte er diese Verabredung nur getroffen, um herauszufinden, ob sie tatsächlich Versicherungsmaklerin war.

Natürlich. Einen anderen Grund gab es nicht.

Er schlenderte an den Pferden vorbei. Wem wollte er etwas vormachen? Jedes Mal, wenn er sie sah, hätte er ihr und sich am liebsten die Kleider vom Leib gerissen. Er versuchte, an Vanessa zu denken. Jessicas Mutter war alles für ihn gewesen. Sollte er nicht ein schlechtes Gewissen haben, weil er sich jetzt zu einer anderen Frau hingezogen fühlte? Er war seit fünf Jahren Witwer, als sie starb, war er dreißig. Da hörte man nicht auf zu leben, Sex zu haben, zu lieben. Das hätte sie nicht gewollt.

So sehr er es sich auch einzureden versuchte, Vanessa war eine wundervolle Frau gewesen, die mit Sicherheit gewollt hätte, dass er wieder glücklich wäre. Aber was hätte sie zu seiner jetzigen Situation gesagt? Mal ganz abgesehen von Rebecca. Er war dabei, vor eine Wand zu laufen. Er war in einer Sackgasse. So konnte es nicht weitergehen, aber was sollte er tun? Er musste auch an Jessica denken.

Er setzte sich auf eine der Bänke und beobachtete die Pferde. Für die Tiere war alles so einfach. Die Menschen entschieden für sie. Sie lebten ihr Leben, jeden Tag einzeln, ohne das Wissen um die Zukunft oder den Tod. War es nicht so? Obwohl er manchmal einen anderen Eindruck hatte. Immer dann, wenn er beobachtete, wie liebevoll aber auch streng die Mutterstuten mit ihren Fohlen umgingen. Marc streckte die Beine aus und hielt sein Gesicht in die Sonne. Er schloss die Augen. Als er bemerkte, dass jemand die Sonne verdeckte, öffnete er sie wieder.

„Was machst du denn hier?"

David setzte sich zu ihm. „Ich habe nach dem Fohlen von Amber gesehen."

Marc sagte nichts. Eine Weile saßen sie schweigend nebeneinander.

Bis David sich räusperte. „Alles in Ordnung bei dir?"

Scheiße, jetzt merkte man ihm schon an, dass er nicht alles im Griff hatte. „Klar. Was sollte nicht stimmen?"

David zuckte mit den Schultern. „Sag du es mir."

„Mir geht es gut."

„Verarsch mich nicht. Ich kenne dich seit Ewigkeiten, du bist wie ein Bruder für mich. Aber wenn du nicht reden willst, kann ich dich nicht zwingen."

Nein, das konnte David nicht. „Mach dir keine Sorgen."

„Tu ich aber."

Marc sah David an. Er sah seinem besten Freund, seinem Boss – und ja – seinem ‚Bruder' in die Augen. Prompt überkam ihn einmal mehr das schlechte Gewissen. Er musste etwas ändern. Das alles war nicht richtig. „Ich krieg das in den Griff."

„Vielleicht kann ich dir ja helfen, wenn du mir sagst, was los ist."

„Das muss ich allein mit mir ausmachen."

„So, wie du es immer tust." David seufzte. „Vielleicht wäre es besser, mal einen anderen Weg auszuprobieren."

„Ich denk drüber nach."

David stand auf. „Du weißt, wo du mich findest, wenn du mich brauchst."

Marc sah ihm nach, als er den Weg Richtung Haupthaus entlangging. Er hatte einen Freund wie David nicht verdient. Er hatte dieses ganze Leben hier nicht verdient. Er war ein verdammtes Arschloch.

*

Rebecca wählte die Nummer von Kathrins Kosmetikstudio. Neben ihrer Arbeit und der eigenartigen Situation, in die sie hier geraten war, fragte sie sich erneut, warum sie Kathrin in den letzten Tagen nicht hatte erreichen können.

„Kosmetikstudio Hatschepsut, Kathrin Wendel am Apparat, was kann ich für Sie tun?"

„Ich bin es, Rebecca."

„Oh, hallo!"

„Ich dachte schon, dir ist was passiert, ich habe abends versucht, dich auf deinem Handy zu erreichen."

„Was ist denn los? Du klingst so aufgeregt?"

Rebecca war nervös wegen des Abendessens mit Marc, aber das würde sie Kathrin nicht auf die Nase binden. Jetzt wollte sie erst mal wissen, was mit ihrer Freundin los war. „Bei mir ist alles in Ordnung, viel Arbeit. Warum warst du nicht erreichbar?"

„Ich bin mit Robert Eagle zusammen und wir kommen euch am Montag besuchen!"

Rebecca musste tief durchatmen. „Zusammen?"

„Ja. Ich habe eine Beziehung!"

„Du? Entschuldige, aber das war doch immer das Letzte, was du wolltest."

„Wir haben uns jeden Tag gesehen, seit du weg bist. Er ist großartig, er ist alles, was ich mir je gewünscht habe. Ich liebe ihn."

„Stopp!" Jetzt war Rebecca wirklich entsetzt. „Liebe? Du liebst ihn? Du kennst ihn doch erst ein paar Tage."

„Ich will ihm gehören. Du wirst ihn ja Montag kennenlernen, er ist einfach unglaublich!"

Das war nicht ihre Kathrin. Was hatte sie gesagt? ‚Ich will ihm gehören?' Niemand gehörte einem anderen Menschen. „Kathrin, was redest du da?"

„Was soll denn der Ton? Solltest du dich nicht für mich freuen?"

„Was weißt du über den Typen?“

„Genug, um zu wissen, dass ich ihm hundertprozentig vertraue.“

„Ist das nicht ein wenig naiv?“

„Zu lieben findest du also naiv.“

„Jetzt dreh mir doch nicht das Wort im Mund um.“

„Weißt du was? Wir warten den Montag ab. Ich beende jetzt das Gespräch.“

Es machte klick in der Leitung. Rebecca starrte das Telefon an, als könne es ihr eine Erklärung abliefern für das, was sie eben gehört hatte. In ihrem Magen bildete sich ein eisiger Klumpen. Kathrin war eine junge Frau, die mit beiden Beinen im Leben stand. Ihr Kosmetikstudio war ihr Lebensinhalt. Natürlich hatte sie immer gern Spaß gehabt, aber Rebecca hätte nie vermutet, dass sie von heute auf morgen einem Mann ‚gehören‘ wollte. Da stimmte etwas ganz und gar nicht. Gut, dass sie heute Abend mit Marc verabredet war, der musste Robert Eagle kennen, vielleicht konnte sie sich beim Essen ein paar Insiderinfos über den Typen holen.

*

Drew betrat Davids Büro. Das sah nicht gut aus. Wenn David sich mit offenen Haaren und diesem bestimmten Blick vor dem Schreibtisch aufgebaut hatte, roch es nach Ärger.

„Du wolltest mich sprechen?“

David griff hinter sich und wedelte mit einer ausgedruckten E-Mail in der Luft. „Was hat das bitte schön zu bedeuten?“

Drew ging näher ran. „Scheiße“, entfuhr es ihm. Eine Sekunde später hätte er sich am liebsten auf die Zunge gebissen.

„Erkläre mir das.“ Davids Ton war freundlich. Zu freundlich.

Drew entschloss sich, zum Gegenangriff überzugehen. „Wieso rufst du meine Mails ab?“

„Das hab ich nicht. Wenn du dir den Wisch mal genauer ansehen würdest, könntest du feststellen, dass die E-Mail an mich ging.“

Noch mal Scheiße. Wie hatte er so dämlich sein können? Er erinnerte sich, dass er die Wette abgeschlossen hatte, als er Büroarbeit erledigte, allerdings hätte er schwören können, dass er seinen eigenen Mailaccount benutzt hatte. Dumm gelaufen.

„Ich warte immer noch auf eine Erklärung.“ David war wütend.

„Ich hab ne Wette abgeschlossen, na und?“

„Ach? Das hab ich gesehen. Aber die näheren Umstände deiner Wette erscheinen mir recht sonderbar.“

„Es ist nicht verboten, über einen Buchmacher in England ne Wette in den USA abzuschließen.“

„Das hab ich auch nicht gesagt. Aber du wettest auf ein Pferd aus unserem Stall, das ich bestimmt nicht für ein Rennen in den USA vorgesehen habe. Und da ich dich nicht für dämlich halte, frag ich mich, warum du eine solche Summe investierst.“

„Robert hat durchblicken lassen, dass er ihn dort laufen lassen will.“

„Und warum bespricht er das mit dir und nicht mit mir?“

„Ich dachte, du wüsstest davon.“ Das war eine glatte Lüge, aber irgendwie musste er aus der Nummer rauskommen.

Davids Augen wurden schmal. „Lüg mich nicht an. Ich kenne dich seit fünf Jahren. Ich vertraue dir. Klar hab ich dich damals für Eagles Pferde eingestellt, aber mittlerweile bist du mehr mein Partner als mein Angestellter. Also lüg mich nicht an.“

David war laut geworden und Drew zuckte zusammen. „Tut mir leid.“

„Mehr hast du nicht dazu zu sagen?“

„Du kannst mir vertrauen.“ Noch eine Lüge. Eine Lüge, die ihm vor fünf Jahren noch leicht gefallen wäre. In letzter Zeit wurde die Lügerei immer schwerer.

„Du verstehst es nicht, oder? Du hast eine riesige Summe auf Crystal Water gesetzt. Selbst wenn er in diesem Rennen in den USA läuft, stehen die Chancen fünfzig zu fünfzig, dass er gewinnt, also frage ich mich, ob …“ Er ließ den Rest des Satzes in der Luft hängen und Drew musste sich anstrengen, Davids Blick nicht auszuweichen.

„Du willst wissen, ob ich Crystal manipuliere. Die Amis sehen das mit dem Dope ja nicht so eng.“

„Genau das will ich wissen!“

Drew konnte David ansehen, dass dieser sich kaum beherrschen konnte. David hatte etwas gegen Doping. In Deutschland war das im Grunde unmöglich. Abgesehen davon wollte David einen sauberen Stall.

„Ich bin sicher, dass er gewinnt. Ich arbeite jeden Tag mit ihm.“

David ließ sich lange Zeit für seine Antwort. „Du kannst gehen, ich belasse es dabei.“ Demonstrativ zerknüllte er die E-Mail und warf sie in den Papierkorb. „Aber glaub mir eins, Drew. Egal, wie sehr ich dich mag, egal, wie gut du in deinem Job bist, ich hab ab sofort ein Auge auf dich. Solltest du irgendein krummes Ding drehen, bist du hier raus, ohne Wenn und Aber.“

Drew wusste, dass David es ernst meinte. „Keine Sorge. Ich hänge an meinem Leben hier.“ Damit drehte er sich um und ging.

Er verließ das Haus und beeilte sich, zu seinem Auto zu kommen. Er entfernte sich nicht weit. Drei Kilometer hinter dem Anwesen hielt er an und griff zum Handy. Eagles Nummer war als Kurzwahl gespeichert.

„Was ist?“

„Wir haben ein Problem. David hat ein Auge auf mich, er ist misstrauisch.“ Dass es wegen seiner eigenen Dummheit war, für die er sich am liebsten selbst in den Hintern getreten hätte, verschwieg er lieber.

„Was soll das heißen?“

„Ich bin nicht sicher, ob ich unser kleines Projekt nächste Woche unbehelligt durchziehen kann.“

Drew vernahm einen Fluch am anderen Ende der Leitung. „Dann halte dich zurück. Ich hab eine andere Lösung.“

Jetzt war Drew überrascht. „Du denkst doch nicht an Marc?“

„Warum nicht?“

„Keine Chance, der macht bei so was nicht mit.“

„Glaub mir, er wird.“

„Womit hast du ihn in der Hand?“

„Das geht dich einen Scheißdreck an. Sieh zu, dass du aus Davids Schusslinie kommst.“

„Kein Problem. In ein paar Wochen geht alles seinen gewohnten Gang."

„Das will ich für dich hoffen."

Drew beendete das Gespräch. Wütend auf sich selbst warf er das Handy auf den Beifahrersitz. Sex. Er brauchte jetzt dringend Sex. Richtig guten, außergewöhnlichen Sex.

*

Roberts Knöchel traten weiß hervor, so fest umklammerte er das Handy. Gerade wo alles so gut lief, mussten Komplikationen auftreten. Wie hatte Drew es nur geschafft, dass David ihn auf dem Kieker hatte?

Er verließ das Schlafzimmer und ging ins Büro. Beim Eintreten prallte er zurück, als sei er gegen eine Mauer gelaufen. Noch mehr Wut kochte in ihm hoch. Walter saß an seinem Schreibtisch und hatte die Füße auf die Mahagoniplatte gelegt. „Was machst du hier?"

Walter grinste. „Ich genieße eine Zigarre an deinem Schreibtisch. Das sieht man doch, oder?"

„Offiziell bist du mein Butler, also solltest du lieber hier sauber machen, als die Luft zu verpesten."

„Natürlich, Sir." Er bewegte sich keinen Zentimeter, sondern paffte Kringel in die Luft.

„Was willst du? Ich kenne dich doch. Was passt dir nicht?"

„Die Frau."

„Die Frau hat einen Namen. Kathrin ist meine Sache."

„Eigentlich hätte ich mit dir nach Baden-Baden fahren sollen."

„Es ist besser, wenn hier einer die Stellung hält."

„Ich habe immer die Stellung für dich gehalten." Walter grinste süffisant. „Du bist nichts ohne mich. Ich habe dich von der Straße geholt und bei ‚ihnen' eingeführt. Ich habe dir den Rücken gedeckt, dich wie einen Sohn geliebt und behandelt."

„Dann solltest du dich für mich freuen, dass ich eine Frau gefunden habe. Alles andere läuft weiter wie bisher."

Walter nahm ruckartig die Füße vom Schreibtisch. Der Brieföffner flog auf den Boden, was ihn nicht zu interessieren schien. „Du meinst es doch nicht ernst mit dieser Schlampe."

Robert hatte genug für heute. Er war noch aufgewühlt wegen des Telefonates mit Drew. In Windeseile hatte er die paar Meter zwischen sich und Walter überwunden, packte ihn am Kragen und drückte ihn gegen die Wand. „Jetzt hör mir mal gut zu. Ja, ich wäre heute nicht da, wo ich bin, wenn es dich nicht gegeben hätte. Aber warum hast du mich ausgewählt? Weil ich skrupellos bin, weil ich genial bin, weil ich gewissenlos bin. Ich könnte die Liste weiter fortsetzen. Du hast dich in eine verdammt schlechte Position manövriert. Du hast mich zu dem gemacht, was ich bin, also solltest du wissen, dass ich nicht zögern werde, dich zu töten, wenn es mir richtig erscheint."

Walter zuckte nicht einmal. Er hatte Nerven wie Stahl, das musste Robert anerkennend zugeben, und er würde ihn mit Sicherheit nicht unterschätzen. Die Hand weiterhin an Walters Kehle packte er ihm mit der anderen im Schritt. Laut lachte er auf. „Ach Walter, du liebst mich also immer noch! Ich mache dich gerade ziemlich heiß, oder?" Er umfasste Walters steifen Schwanz. „Aber auch hier habe ich schlechte Nachrichten für dich. Ich ficke dich nicht mehr."

Jetzt war endlich eine Regung in Walters faltigem Gesicht zu erkennen. Er hatte ihn getroffen. Sie sahen sich in die Augen und für einen Moment wurde Robert in seine Vergangenheit versetzt. Walter hatte ihn gerettet, als er als kleiner Junge auf den Straßen von Belfast herumirrte. Seine Eltern waren Säufer gewesen, mit acht war er von zu Hause abgehauen. Drei Wochen hatte er sich mit Betteleien durchgeschlagen, bis Walter auftauchte. Er hatte ihm ein Zuhause gegeben. Ihn in die ‚Firma', wie er die IRA nannte, eingeführt. Sie hatten vieles zusammen durchgemacht. Gewalttätige Zeiten und anschließend die Umstrukturierung, als es nicht mehr um die Unabhängigkeit des irischen Volkes ging, sondern vielmehr um Geld. Waffen- und Drogenhandel waren die lukrativsten Geschäfte auf diesem Planeten. In all den Jahren hatten sie alles miteinander geteilt. Den Tisch und irgendwann auch das Bett. Natürlich hatten sie sich auch mit Frauen vergnügt, aber in Anbetracht ihrer Situation niemanden wirklich an sich rankommen lassen. So war Walter immer öfter zu ihm gekommen, seit Robert zwölf war. Nein, das hatte ihm nicht geschadet. Es hatte ihm gutgetan. Bei Walter hatte er sich geborgen gefühlt und die Spielchen hatten ihm zu dem Mann gemacht, der er heute war. Auf diesen Mann war er stolz.

Aber jetzt hatte er jemanden gefunden, mit dem er auch all das tun konnte. Kathrin. Sie gehörte ihm. Spätestens heute Abend würde er sie brechen. Würde sie auf immer ihm gehören. Wozu brauchte er Walter noch?

Eine Idee nahm Gestalt an. Wenn er Walter loswerden musste, dann sollte es eben so sein. Aber Kathrin würde ihm dabei helfen. Noch ein Punkt mehr, warum sie ab sofort an ihn gebunden wäre. Die Realität und das alt gewordene Gesicht von Walter tauchten wieder vor seinen Augen auf.

„Geh jetzt." Er ließ den alten Mann los. Der richtete die Fliege an seinem Kragen und schritt langsam auf die Tür zu.

„Du wirst es nicht ohne mich schaffen." Dann knallte er die Tür hinter sich zu.

*

Drew hätte es gern endlich getan. Ein Vierer.

Seine drei Mädels und er, aber Bettina passte heute wieder auf Jessica auf. Marc schien also etwas vorzuhaben. Das hieß, ein Dreier stand auf dem Programm. Den hatte er sich auch redlich verdient. Er fragte sich, warum er die Mädels nicht schon früher dazu angestiftet hatte. Rosalie und Caroline waren sofort darauf angesprungen. Da sein Zimmer nie aufgeräumt war und er es vermeiden wollte, im Hauptanwesen Sex zu haben, hatten sie sich auf Carolines Zimmer geeinigt. Es sollte für sie besonders schön werden, denn morgen früh würde sie für ein paar Tage nach England aufbrechen, um an der Beerdigung ihrer Großmutter teilzunehmen. Er betrat ihr Zimmer. Ein kleiner gepackter Koffer stand in der Ecke. Rosalie war noch nicht da.

„Hey, alles bereit für morgen?"

Sie seufzte. „Ja. Sonntagabend bin ich wieder hier. Einerseits freue ich mich meine Familie wiederzusehen, aber der Anlass ..." Sie zuckte mit den Schultern.

Er ging auf sie zu und nahm sie in die Arme. „Du schaffst das schon."

Sie sah lächelnd zu ihm auf. „Ich weiß."

Es klopfte und Rosalie trat ein. Sie hatte eine Flasche Champagner dabei. „Ich dachte mir, zur Feier unseres ersten Dreiers haben wir uns den verdient."

„Hast du Gläser da?", fragte Drew.

Rosalie öffnete die Flasche. „Brauchen wir nicht."

Caroline lachte. „Total stilecht. Schampus aus der Flasche." Sie reichten die Flasche rum und jeder nahm einen kräftigen Schluck.

„Saugut das Zeug." Caroline verschluckte sich fast.

„War auch nicht billig. Aber ihr seid es mir wert." Rosalie nahm einen weiteren Schluck.

Drew wusste, dass er die Initiative ergreifen musste. Er ging erst zu Rosalie und küsste sie, dann zu Caroline. „Wie wäre es, wenn ich mich mit der Flasche Schampus hinsetze und euch beiden ein wenig zuschaue?"

Die beiden Frauen sahen sich an. Caroline schüttelte amüsiert den Kopf und zwinkerte Rosalie zu, die daraufhin erwiderte: „War ja klar. Der Herr will genießen."

„Ich stoße dann später dazu – im wahrsten Sinne des Wortes." Drew setzte sich und beobachtete die beiden.

*

Kathrin hatte es gehofft. Sie hatten keine Verabredung für heute getroffen, aber als sie um kurz nach sechs ihren Salon abschloss, lehnte Robert wieder lässig an der Laterne. Er kam auf sie zu und küsste sie.

„Hallo, mein Engel."

„Hi!"

„Komm, ich habe ein Hotelzimmer für uns gemietet."

Sie folgte ihm zu seinem Ferrari. Den hatte sie noch nicht gesehen. Wie viele Autos er wohl besaß? „Wir hätten doch auch zu mir oder dir fahren können."

„Ich habe ein wunderschönes Luxushotel ausgesucht. Es wird dir gefallen."

Natürlich würde es ihr gefallen, das wusste sie jetzt schon, dennoch wunderte sie sich ein wenig.

„Konntest du deine Termine verschieben?"

„Ja. Ich mache den Laden einfach nächste Woche dicht. Meine Mitarbeiterin war auch froh über den unerwarteten Urlaub."

Sie genoss es, seine Hand auf ihrem Knie zu spüren, während sie dahinbrausten. Geschwindigkeitsbegrenzungen schienen für ihn nicht zu gelten. Jedes Mal, wenn sie einer Radarfalle nahe kamen, blinkte ein rotes Lämpchen am Armaturenbrett und er drosselte kurz das Tempo.

Sie verließen die Stadt und fuhren Richtung Düsseldorf. Kurz bevor sie die Stadt erreicht hatten, verließ er die Autobahn und sie fuhren auf einen Weg, der zu einem Hotel führte, das früher sicher mal ein riesiger Bauernhof gewesen war. Er parkte in dem ehemaligen Scheunenkomplex. Hier gab es keine Kleinwagen, nur Luxuskarossen.

Sie folgte ihm und er checkte ein. Die Zimmer waren in verschiedenen kleinen Häusern angelegt, sodass sie erst mal einen Weg entlanglaufen mussten. Kathrin war hin und weg. Die Gartenanlage war atemberaubend. Wunderschöne Steinfiguren säumten den Pfad, mehrere Springbrunnen, die in verschiedenen Farben beleuchtet wurden, plätscherten beruhigend vor sich hin. Das angebliche Hotelzimmer war eine Suite. Sehr geräumig. Sofort sprang Kathrin der riesige Whirlpool ins Auge, der vor dem Schlafzimmerbett in den beheizten Steinfußboden eingelassen war. Durchquerte man den Eingangsbereich kam man in ein geräumiges Wohnzimmer mit einer einladenden Ledercouch. Auf dem Tisch stand eine Flasche Champagner in einem Eiskübel. Von dort aus hatte man die Möglichkeit, in ein Ankleidezimmer und ein weiteres Schlafzimmer zu gelangen. Das Badezimmer war auch nicht zu verachten. Hier gab es eine Dusche mit Massagefunktionen. Staunend betrachtete Kathrin alles. Das Schönste war der Blick in die Gartenanlage von der kleinen Terrasse aus.

„Was hältst du davon, wenn wir erst mal an die Bar gehen und eine Kleinigkeit essen, bevor wir uns in den Whirlpool stürzen?"

Er lehnte am Türrahmen. Er musste sie beobachtet haben, wie sie staunend und begeistert durch die Suite gelaufen war.

„Bin ich denn passend angezogen?“

Wortlos ging er zum Ankleidezimmer. Neugierig folgte sie ihm. „Ich habe mir erlaubt, etwas für dich zu kaufen.“

Auf der Kleiderstange fand sie ein schlichtes, aber wunderschönes, hellgrünes Sommerkleid vor. Es hatte die Farbe ihrer Augen, und wenn sie sich nicht täuschte, hatte er exakt ihre Größe getroffen. Daneben hing ein Seidennachthemd in Schwarz. Sie berührte es, der Stoff fühlte sich gut an. Schwarze Pumps und eine schwarze Handtasche lagen ebenso für sie bereit. Spontan drehte sie sich um und küsste ihn. „Ich danke dir.“

„Ich würde alles für dich tun.“ Zärtlich strich er ihr über die Wange. Dann löste er sich von ihr. „Zieh dich um, ich muss noch ein wichtiges Telefonat führen und dann bin ich nur noch für dich da.“

Sie sah ihm nach. Rebecca hatte ja so unrecht. Robert liebte sie, daran bestand kein Zweifel.

*

Rebecca zog sich zum vierten Mal um.

Das kleine Schwarze, das sie vorsichtshalber eingepackt hatte, war zu elegant. Jeans und ein Top waren zu schlicht. Das beigefarbene Kostüm zu geschäftsmäßig. Jetzt stand sie vor dem Spiegel in einem weißen Sommerrock mit schwarzer Stickerei, schwarzen Ballerinas und einem schlichten schwarzen Top. Ganz zufrieden war sie nicht, aber es war kurz vor sieben. Noch einmal umziehen kam nicht infrage. Sie legte sich ihre weiße Strickjacke über den Arm und überprüfte noch mal den Inhalt ihrer Handtasche.

Er konnte kommen. Sie schaute auf die Uhr. Mittlerweile eine Minute nach sieben. Vielleicht versetzte er sie? Sie verdrehte die Augen, als sie in den Spiegel sah, wie bescheuert war sie eigentlich mittlerweile?

Es klopfte endlich. Er war zwei Minuten zu spät und sie hatte sich Sorgen gemacht, dass er nicht kommen könnte.

Sie ging zur Tür, öffnete sie schwungvoll und biss sich auf die Zunge, damit ihr kein Wow herausrutschte. Bisher hatte sie ihn nur in Jeans und T-Shirt gesehen. Da hatte er ihr schon gefallen, aber jetzt? Schwarze Anzughose und ein weißes Hemd. Es wirkte nicht steif, sondern lässig und cool an ihm. Sie wurde rot, das merkte sie sofort, als er sie von oben bis unten musterte.

„Du siehst toll aus."

Einfach und ehrlich. Er lächelte und sämtlicher Selbstschutz von Rebecca war dahin. Ihr Herz zersprang fast in ihrer Brust und in ihrem Bauch veranstalteten tausend Schmetterlinge einen Wettflug. Essen gehen? Reine Verschwendung. Sie würde keinen Bissen hinunterbekommen. „Danke. Du siehst auch super aus." Hatte sie einem Mann gerade ein Kompliment gemacht? War normalerweise nicht ihre Art. Sie ließ sich erobern. Die Regeln, ihre Regeln schienen sich geändert zu haben.

Sie gingen die Treppe hinunter und sie bemerkte, dass er so aufmerksam gewesen war, seinen Geländewagen bereits vorzufahren. Als sie Platz genommen hatte – er hatte ihr galant die Autotür aufgehalten – konnte sie ihren Blick nicht von seinen Händen am Lenkrad lösen. Ihr fiel auf, wie schön sie waren. Sie zwang sich, ihren Blick abzuwenden und aus dem Fenster zu sehen. Leider wollten ihre Augen nicht wirklich gehorchen. Immer wieder schaute sie ihn kurz von der Seite an. Sie fühlte sich ertappt, als er zu ihr sah und sie anlächelte. Verdammt, sie wurde schon wieder rot. Sie musste etwas sagen. „Wo fahren wir eigentlich hin?"

„Wenn es für dich in Ordnung ist, lade ich dich in einen Irish Pub ein. Ich kenne den Besitzer und das Essen ist großartig."

„Hört sich wundervoll an. Dann gehe ich mal davon aus, dass der Besitzer auch Ire ist?"

„Ja. Aber ich hab ihn erst hier in Baden-Baden kennengelernt."

„Möchtest du irgendwann mal zurück? Du hast doch sicher Familie in Belfast."

„Nein. Ich habe nur meine Tochter und die ist deutsche Staatsangehörige."

„Oh, keine Eltern mehr?"

„Keine Ahnung, ich bin in einem Waisenhaus aufgewachsen."

„Was? Ich auch." Rebecca wurde schwindelig von dieser Parallele. Das Leben hielt immer wieder die eigenartigsten Zufälle bereit. Er steuerte den Wagen in eine Parklücke.

„Das ist ja ein Zufall", sagte er und lächelte herzzerschmelzend. „Wir sind da. Willst du draußen sitzen?"

„Ja gern, es ist noch so schön. Außerdem habe ich eine Strickjacke dabei." Das war ja offensichtlich. Fing sie jetzt etwa an, dusseliges Zeug zu quatschen?

Er suchte einen ruhigen Tisch in der Ecke aus und schnell eilte eine Kellnerin herbei. Sie bestellten jeder ein Guinness und Rebecca vertiefte sich in die Speisekarte.

Als Hauptmahlzeit wählten sie den traditionellen Lammfleischeintopf mit hausgemachtem Brot. Das Bier schmeckte köstlich, wenn auch etwas bitter. Mittlerweile hatte Rebecca wieder Appetit und freute sich auf das Essen.

„Du liebst deinen Job, oder?"

„Versicherungsmaklerin hört sich zwar nicht nach einem Traumberuf an, aber für mich ist er perfekt. Ich bin unabhängig, kann mir meine Zeit frei einteilen und verdiene nicht schlecht."

„Hast du öfter solche Jobs wie bei uns?"

„Nein, es ist das erste Mal, dass ich für zwei Wochen eingeladen werde. Das hat mich echt gereizt. Natürlich hätte ich auch ein paar Mal vorbeischauen können und den Rest in Köln erledigen, aber so ist es angenehmer. David ist sehr großzügig."

„David ist ein toller Mensch. Aber er kann auch anders."

„Das habe ich mir schon gedacht. Sonst wäre er sicher nicht so weit gekommen."

„Ja, ich bewundere ihn."

Das war auch wieder offen und ehrlich. Das bewunderte Rebecca an Marc. Er schien frei von Neidgefühlen zu sein.

„Warst du schon mal in Köln?"

„Nur auf der Rennbahn in Weidenpesch."

„Sonst hast du dir nichts angesehen?"

„Nein, dazu hatte ich nie die Zeit. Gibt es dort viel zu sehen?"

„O ja, eine Menge. Ich könnte dir die Stadt zeigen."

Irgendjemand sollte ihr dringend die Zunge abhacken. Was hatte sie da nur wieder gesagt? Sie traute sich kaum, ihn anzusehen.

„Ich kann ja mal Bescheid geben, wenn ich in der Gegend bin."

Ob er das ernst meinte? Oder war das wieder nur eine unverbindliche Antwort, um sie nicht vor den Kopf zu stoßen?

Das Essen wurde serviert und duftete großartig. Der Chef persönlich hatte es an den Tisch gebracht und sie freundlich begrüßt.

„Wow, das schmeckt hervorragend. Ich dachte immer die Engländer und Iren können nicht kochen."

Er lachte. „Das sagt man so, ich weiß. Manche Gerichte sind vielleicht auch für Nicht-Briten gewöhnungsbedürftig, kommt wohl darauf an, wo man aufgewachsen ist."

„Stimmt, aber das Lamm hier ist auf jeden Fall ein Highlight."

„Aber unser Bier ist das Beste."

Sie prosteten sich zu und kurze Zeit später hatte Rebecca das zweite Bier vor sich, während Marc auf Wasser umstieg. Sie konnte nicht sagen, ob es vom Bier kam oder an ihm lag. Seit Ewigkeiten hatte sie sich nicht mehr so gut gefühlt. Er erzählte Geschichten von den Rennen und seinen Reisen mit den Pferden. Er hatte ein unglaubliches Talent im Erzählen und brachte sie mehr als einmal zum lachen. Außerdem stellten sie fest, dass sie die gleichen Filme mochten und Wrestlingfans waren. Nach ihrem vierten Bier fragte er:

„Möchtest du eigentlich eine Familie haben oder geht dir deine Karriere vor?"

Rebecca ließ sich Zeit mit der Antwort, weil sie es nicht wusste. Die Frage hatte sie sich selbst schon oft genug gestellt und in letzter Zeit immer öfter. „Mir ist bisher niemand begegnet, für den ich in meinem Job kürzertreten würde. Vielleicht möchte ich es, aber … ach, keine Ahnung. Ich hatte immer das Gefühl, dass man sich auf dieser Welt nur auf sich selbst verlassen kann."

„Ich glaube, das ist so, wenn man ohne Familie aufwächst."

Ihre und seine Hand lagen auf dem Tisch. Rebecca wünschte es sich, aber er nahm sie nicht. Er rückte keinen Zentimeter näher.

„Aber du hast eine hübsche und intelligente Tochter."

„O danke, aber sag es ihr lieber nicht." Er grinste. „Ja, ich bin stolz auf sie. Aus ihr wird mal was."

„Das glaube ich auch."

„Sie ist das Beste, was mir im Leben passiert ist."

Sein Ton war auf einmal ernst und sein Blick besorgt, als würde jemand das Glück mit seiner Tochter unmittelbar bedrohen.

„Gehen wir noch ein bisschen spazieren?" Rebecca wünschte sich, dass der Abend nie zu Ende ginge. „Wir müssen nicht, du musst morgens ziemlich früh raus, oder?"

„Kein Problem. Ich brauche nicht allzu viel Schlaf."

„Du Glücklicher."

„Wieso? Bist du eine Langschläferin?"

„Ja." Sie seufzte und er lachte.

Marc zahlte und sie standen auf. Es war etwas kühler geworden und er half ihr in die Strickjacke. Als er sie dabei kurz berührte, wurde ihr sofort warm und eine tiefe Sehnsucht ergriff von ihr Besitz. Kurz schwankte sie. Schnell rief sie sich in Erinnerung, dass dies nur vom Bier sein konnte. Sie trank nicht oft Alkohol. Trotz des kurzen Schwindelgefühls fühlte sie sich beschwingt und so gut wie schon lange nicht mehr. Konnte ein Mann tatsächlich so eine Wirkung auf sie haben? All die negativen Gefühle, die sie noch in Köln mit sich herumgeschleppt hatte, schienen an diesem einen Abend mit Marc einfach zu verpuffen. Sie schlenderten durch die malerische Innenstadt von Baden-Baden und dann hinauf zum Kurhaus. Es war ein wunderschöner Abend. Noch angenehm, aber nicht zu warm. Es hätte perfekt sein können, wenn Marc doch endlich ihre Hand genommen hätte. Aber stattdessen steckten seine Hände in seinen Hosentaschen. Irgendwann blieben sie stehen und dann endlich passierte es. Sie betrachteten die hübsch angelegten Wege und da streifte sein Handrücken an ihrem entlang. Seine Hand nahm nicht die ihre, sondern er griff zu ihrem Rücken, zog sie an sich und küsste sie.

Rebeccas Herz setzte aus, ihr Verstand sowieso. Am liebsten hätte sie sich an ihn gepresst und nie wieder losgelassen, aber sie konnte sich nicht bewegen. Alles, was sie tun konnte, war, seinen Kuss zu erwidern. Sie hätte ihn stundenlang küssen können, aber irgendwann trennte er sich von ihr.

Er fuhr sich durch die Haare. „Tut mir leid, das hätte ich wohl besser nicht tun sollen."

Sie nahm seine Hand, musste ihn berühren, seine Wärme spüren. „Wieso? Es war wunderschön."

Sein Daumen strich über ihren Handrücken. „Ich bin kein Typ für eine Nacht."

„Das habe ich mir schon gedacht." Langsam setzten sie ihren Weg fort, sich immer noch an der Hand haltend. „Es ist okay. Lass uns einfach sehen, wo das hinführt."

Er sagte nichts, drückte aber leicht ihre Hand. Das Schweigen, das sich zwischen ihnen ausbreitete, war nicht unangenehm. Ganz im Gegenteil.

Viel zu schnell waren sie wieder am Auto. Er öffnete die Beifahrertür und sie stieg ein. Warum Kathrin ihr in diesem Moment in den Sinn kam, wusste sie nicht, aber sie hatte vorgehabt, Marc auf Robert Eagle anzusprechen. Als er eingestiegen war und den Motor startete, fragte sie: „Sag mal, was weißt du eigentlich über diesen Robert Eagle, der die Pferde bei euch trainieren lässt?"

Von einer Sekunde auf die andere veränderte sich sein Gesichtsausdruck, wurde hart und verschlossen. Er fuhr aus der Parklücke und trat fest auf das Gaspedal. „Wieso interessierst du dich für ihn?"

Sein Tonfall war wie eine Ohrfeige. Hätten sie sich länger gekannt und wären fest zusammen, hätte sie sich einreden können, dass er eifersüchtig wäre, aber das hier war etwas anderes. Als hätte jemand einen Schalter bei ihm umgelegt.

„Es interessiert mich, weil …" Sie zögerte, sollte sie ihm jetzt die Geschichte von Kathrin erzählen?

„Kennst du ihn etwa?"

„Nein, woher sollte ich ihn kennen?"

„Warum fragst du dann?"

„Ich … entschuldige, es war nur eine Frage."

„Du stellst die falschen Fragen.“

Rebecca verstand die Welt nicht mehr. Was hatte sie falsch gemacht? Er raste wie ein Wahnsinniger die Straße entlang, sodass sie Angst bekam und sich am Sitz festkrallte, anstatt etwas zu sagen. Das Schweigen, das nun zwischen ihnen herrschte, war nicht mehr angenehm. Kurz bevor sie am Gestüt ankamen, sagte sie: „Dann streich die Frage einfach.“

Mit einem Ruck hielt er an. „Warum sollte ich? Hör zu, am besten wir vergessen, was eben passiert ist. Ich hätte dich nicht küssen sollen. Es war ein Fehler. Mach deine Arbeit hier und verschwinde aus meinem Leben.“

Rebeccas Magen drehte sich um. Ihr Blut gefror nicht nur, es schien sich auch in kleine Eisscherben zu verwandeln, die ihr von innen in die Haut stachen. Sie fröstelte. Mit zitternden Fingern schnallte sie sich ab und stieg aus dem Wagen. Er wartete nicht auf sie, sondern ging ins Haus. Ohne sich noch einmal zu ihr umzudrehen, verschwand er in seiner Wohnung.

*

Sie hatte viel zu viele Cocktails an der Bar getrunken, aber es beruhigte Kathrin, dass auch Robert ordentlich Weißwein intus hatte. Arm in Arm machten sie sich auf den Weg zu ihrer Suite.

„Und was stellen wir jetzt mit dem Rest des Abends an, Darling?“

„Wenn schon mal ein Whirlpool da ist, muss er auch genutzt werden.“

„Genau das wollte ich hören.“

Sie betraten die Suite und sofort ließ Robert das Wasser ein. Kathrin hatte sich auf das Bett gesetzt und die Schuhe abgestreift.

„Soll ich dir die Füße massieren?“

Wie konnte ein Mann nur so aufmerksam sein? Sie hatte echt einen Treffer gelandet. Wohl eher einen Sechser im Lotto.

Er kniete sich vor sie und nahm ihren rechten Fuß in die Hand. Sorgsam massierte er ihn. Jede einzelne Zehe, streichelte über die Haut, knetete an den richtigen Stellen. Kathrin war schon durch den Alkohol angeregt, die Fußmassage gab ihr den Rest. Er ging zu ihrem linken Fuß über und ihr entfuhr ein Stöhnen.

„Das gefällt dir, nicht wahr?“

Seine tiefe Stimme streichelte sie, als hätte er sie berührt. Er machte seelenruhig weiter und wanderte irgendwann mit den Händen zu ihren Schenkeln hinauf. Er strich über den Stoff ihres Höschens.

„Du bist ganz feucht. Soll ich dich waschen?“

„O ja.“ Er half ihr auf und dann aus dem Kleid heraus. Er nahm sie bei der Hand und führte sie zum Whirlpool. Erst dort zog er an ihrem Slip und sie setzte sich in das kleine Becken. Sie beobachtete ihn, wie er sich das Hemd auszog. Knopf für Knopf wurde geöffnet, während er sie ansah und lächelte. Sein muskulöser Oberkörper raubte ihr wie immer den Atem. Was für ein Anblick. Das Spiel seiner Armmuskeln war zu schön, als er die Hose öffnete und auf den Boden gleiten ließ. Unter dem Slip zeichnete sich deutlich ab, dass auch er erregt war. Er stieg zu ihr in den Whirlpool. Am Rand lag ein Schwamm und er tauchte ihn ins Wasser. Kathrin lehnte sich zurück und der Schwamm glitt zwischen ihre Brüste. Tiefer wanderte Roberts Hand mit dem Schwamm zu ihrem Geschlecht und rieb an ihm. Sie hatte die Augen geschlossen und spürte seinen Atem an ihrem Mund. Sie öffnete ihn und seine Zunge glitt sofort hinein. Er erkundete ihren Mund, während der Schwamm träge an ihrem Geschlecht gerieben wurde. Sie hielt sich an ihm fest und plötzlich war da kein Schwamm mehr. Immer noch tanzte seine Zunge in ihrem Mund, wurde schneller und leidenschaftlicher, während er sie wieder mal liebte. Kathrin ließ sich einfach treiben. Das Wasser war so wunderbar warm und Robert würde schon wissen, was er zu tun hatte. Es musste am Alkohol liegen, aber es brauchte nur zwei weitere langsame Stöße und ohne Vorwarnung traf sie ein Orgasmus.

Sie öffnete die Augen und sah ihn an. Seine sonst glatt nach hinten gegelten Haare waren nun wellig. Er sah wunderschön aus.

„Bleib liegen, Darling. Ich mache den Kamin an.“

Sie ließ ihn nur ungern gehen, aber tröstete sich mit seinem Anblick, während sie entspannt dalag. Er schnappte sich einen

Bademantel und zündete im Nebenraum den Kamin an. Sie konnte ihn durch die geöffnete Schiebetür beobachten. Kurz verschwand er im Ankleidezimmer und kam mit einem silbernen Koffer zurück.

„Komm zu mir, Darling."

Kathrin wäre am liebsten liegen geblieben, aber sie stieg aus dem Wasser und hüllte sich ebenfalls in einen der Hotelbademäntel. Mit nackten, nassen Füßen tappte sie über den Fußboden. Das Kaminfeuer prasselte leise vor sich hin und warf Schatten in den Raum. Groß ragte Robert vor ihr auf.

„Ich will, dass du für immer mir gehörst. Willst du es auch?"

Kathrin schlug das Herz bis zum Hals. Sollte das etwa ein Heiratsantrag werden? „Ja, das will ich."

Er beugte sich zu ihr herunter und hielt sie am Arm fest. Er schaute ihr in die Augen und kurz flackerte etwas darin auf, dass Kathrin eine Gänsehaut verursachte. Schnell ignorierte sie dieses Gefühl. Sein Ton war eindringlich.

„Du weißt, was das bedeutet?"

„Ich denke schon." Spielte er jetzt wirklich auf einen Heiratsantrag an?

„Ich denke nicht." Er grinste. „Aber ich werde es dir sagen. Ich werde dich heute kennzeichnen. Du wirst mir gehören. Niemand wird dir je etwas antun, du wirst unter meinem Schutz stehen. Ich werde dich lieben und alles für dich tun. Alles, hörst du? Im Gegenzug erwarte ich von dir absoluten Gehorsam. Hast du verstanden?"

Seine Hände wanderten zu ihrem Geschlecht und streichelten sie. Eine Fingerspitze berührte sanft ihre Knospe. Ihre Knie wurden weich und sie war sofort wieder bereit für ihn.

Jemand, der sie beschützte? Jemand, der immer für sie da war? Jemand, der für sie sorgte? Und alles, was er wollte, war, dass sie ihm gehorchen sollte? Das war kein Opfer. Robert war ein wundervoller Mann. Er würde nichts Schlimmes von ihr verlangen. Aber er würde ihr alles geben, ihr die Welt zu Füßen legen. „Ja ich habe verstanden und ich will es. Ich liebe dich, Robert."

„Es ist wundervoll, dass du das sagst, Darling. Ich liebe dich auch." Lange sah er ihr in die Augen, küsste sie noch leidenschaftlicher als im Whirlpool und drehte sich dann zur Couch um, auf der der silberne Koffer lag. „Du bekommst jetzt ein Branding von mir."

Er holte ein kleines, längliches Eisen aus dem Koffer. Am unteren Ende war ein kleiner Adler angebracht mit den Initialen R und E. Kathrin realisierte erst nicht, was er gesagt hatte, doch dann begriff sie. Oft waren Menschen in ihr Kosmetikstudio gekommen und hatten gefragt, ob sie auch Tattoos, Piercings und Brandings anbieten würde. Sie hatte sich mit dem Thema auseinandergesetzt. In Roberts und ihrem Fall würde man wohl eher von Skarifikation sprechen. Sie würde dieses Branding als Zeichen der Unterwerfung tragen. Es würde wehtun, aber das war es wert. Sein Zeichen in ihre Haut gebrannt. Auf ewig vernarbt, auf ewig mit ihm verbunden, das war doch etwas viel Deutlicheres als ein Ehering.

„Tu es." Ihr Kopf fühlte sich an, als sei er in Watte gepackt. Das musste am Alkohol liegen. Woran sonst. Sie ließ den Bademantel zu Boden gleiten und beobachtete, wie Robert das Eisen ins Kaminfeuer hielt.

„Ich will, dass du es am Schulterblatt trägst."

Sie drehte sich um und wartete. Der silberne Koffer lag offen vor ihr. Komisch, dass er so viele Medikamente dabeihatte. Bestimmt, weil er nicht wollte, dass etwas mit dem Branding schiefging. Sie versuchte zu lesen, was auf den Packungen stand. Temazepam stand auf einer Packung. War das nicht ein narkotisierendes Mittel? Sie konnte nicht mehr klar denken. Sie wollte Robert und sie würde ihn bekommen, alles andere war unwichtig.

Der Schmerz traf sie unvermittelt und sie wäre gefallen, wenn er sie nicht festgehalten hätte. Eigentlich hielt er sie nicht wirklich fest, sondern fasste sie am Kopf, um ihr den Mund zuzuhalten. Ihr wurde schlecht und sie würgte. Schnell ließ er los, fing sie auf und trug sie zum Bett. Er legte sie auf den Bauch und Kathrin spürte, dass ihr die Tränen über die Wange liefen. Ihr Kosmetiksalon tauchte vor ihrem inneren Auge auf.

„Arbeiten … ich … Salon."

„Sei ruhig, mein Darling. Du wirst nie wieder arbeiten. Dein Salon ist Geschichte."

Er hob ihren Kopf an und flößte ihr eine Flüssigkeit ein. Sie verschluckte sich fast in ihrer Position. Der Schmerz ließ nach und sie wurde unendlich müde.

*

Rebecca hielt es in ihrem Zimmer nicht aus. Sie rannte förmlich zur Tür, ließ sie mit einem lauten Knall hinter sich zufallen, lief in Windeseile die Treppe hinunter und aus dem Haus. Sie hastete Richtung Gestüt. Irgendwann sah sie eine Bank und ließ sich einfach darauf nieder.

Sie begann zu weinen. Sie weinte nie, und als sie es jetzt tat, half es ihr nicht. Ganz im Gegenteil, es machte es nur schlimmer. Sie hatte noch nie wegen eines Mannes geweint und deshalb mischten sich jetzt Tränen der Trauer mit Tränen der Wut. Im Waisenhaus hatte sie schnell gelernt, dass sie stark sein musste, um sich im Leben durchzuboxen. Sie hatte verinnerlicht, dass es niemanden gab, auf den man sich verlassen konnte. Niemanden außer sich selbst. Das machte sie so wütend. Wenn sie sich nicht einmal auf ihre eigene Stärke verlassen und ein Kerl sie einfach aus der Bahn werfen konnte, dann war alles verloren. Mit einer hastigen Bewegung strich sie sich über die Augen. Erst jetzt bemerkte sie, dass sich jemand lautlos neben sie gesetzt hatte. Noch einmal wischte sie die Tränen fort und sah zur Seite.

„Drew!“

„Ich hab dich hier sitzen sehen. Ich hab noch mal ne Runde gedreht, weil die Hengste heute etwas unruhig waren. Wahrscheinlich, weil ein paar Stuten rossig sind.“ Er unterbrach seinen Redeschwall und sah sie verlegen an. „Kann ich irgendwas für dich tun?“

Es war Vollmond und in diesem Licht sah sie Drew in die verschiedenfarbigen Augen. Sie wollte gern alles vergessen. Diesen ganzen Gefühlskram, in den sie geraten war. „Ich könnte einen Drink und jemanden zum Reden gebrauchen“, sagte sie aus einem Impuls heraus.

„Da bist du bei mir an der richtigen Adresse.“

Rebecca musste grinsen und Drew hob in gespielter Entrüstung eine Augenbraue. „Hey, klar bin ich scharf auf dich, aber mir ist schon klar, auf wen du hier scharf bist. Also keine Sorge, ich werde mich wie der perfekte Gentleman benehmen.“ Er stand auf, hielt ihr mit einer Verbeugung die Hand hin. Sie ließ sich hochziehen und hakte sich bei ihm unter. Das Lächeln fiel ihr schon wieder leichter, und als Drew dann noch sagte: „Normalerweise würde ich ja sagen, dass es an mir weitaus attraktivere Körperteile gibt, aber heute bin ich mal ganz Ohr“, musste sie lachen.

*

Marc nahm die leere Blumenvase vom Sideboard und warf sie mit aller Wucht gegen die Wand.

Der Abend war absolut wunderbar gelaufen! Genau so hatte er sich das vorgestellt. Er hätte sich selbst in den Hintern treten können, dass er sich überhaupt mit ihr verabredet hatte. Und natürlich hatte er die Finger nicht von ihr lassen können. Bei ihr schien sich seine Selbstbeherrschung in Luft aufzulösen. Er rieb sich über das Gesicht und hätte am liebsten die ganze Wohnung zertrümmert, stattdessen begann er, die Glasscherben aufzusammeln.

Er hatte sich so wohl gefühlt mit ihr. Seit Vanessa tot war, hatte er sich mit keiner Frau mehr so gut unterhalten. Während des Gespräches schien alles darauf hinzudeuten, dass sie tatsächlich Versicherungsmaklerin war.

Und dann hatte sie ihn nach Robert Eagle gefragt.

Die Scherben klirrten, als er sie in den Mülleimer verfrachtete. Tief in Gedanken starrte er in den Eimer. Im Nachhinein fragte er sich jetzt, warum er überreagiert hatte. Vielleicht war sie nur an weiteren Versicherungen interessiert, die sie Eagle aufschwatzen konnte.

Und er war ausgerastet.

Er atmete tief durch. Sein Bauchgefühl sagte ihm, dass sie hier kein krummes Ding drehte, dass sie nicht wegen ihm hier war. Oder war es sein verdammtes Herz, das genau das glauben wollte? Sie war hübsch, intelligent, sexy und hatte Humor. Alles, was sich ein Mann nur wünschen konnte. Vielleicht war er auch einfach nur total schwanzgesteuert, wenn es um sie ging.

Er lief ins Bad und spritzte sich eiskaltes Wasser ins Gesicht. Ging man davon aus, dass sie nicht als Spitzel hier war, dann hatte er sich wie der letzte Idiot aufgeführt. Er starrte sein Spiegelbild an und streckte sich die Zunge raus. Albern, aber das hatte er von seiner Tochter gelernt. Die Geste war passend, weil er sich wie im Kindergarten aufführte. Das einzig Richtige war, zu ihr zu gehen und sich zu entschuldigen. Er hatte zwar keinen Plan, was er sagen wollte, aber ihm würde schon was einfallen. Zur Not fiel er einfach über sie her. Warum nicht mal das Leben genießen?

Er verließ das Bad und öffnete seine Tür, aber im nächsten Moment schloss er sie wieder. Drew und Rebecca kamen lachend die Treppe rauf. Er schaltete das Licht aus und öffnete die Tür erneut, durch den Spalt sah er nach draußen. Drew hielt den Arm um sie und führte sie zu seinem Zimmer. Dieser verdammte Macho, dieses Arschloch! Es war ja klar, was die beiden gleich auf Drews Zimmer machen würden. Eine Welle der Eifersucht ergriff Besitz von ihm. Er konnte kaum noch klar denken. Sein erster Impuls war, nach draußen zu gehen und Drew mindestens einen Kinnhaken zu verpassen, doch dann schloss er leise die Tür. Er griff zur letzten Vase, die er noch hatte, um sie ebenfalls gegen die Wand zu schleudern.

*

Drew erlaubte es sich, Rebecca auf sein Zimmer einzuladen. Sie gehörte schließlich nicht zu seinem Harem.

Sie wäre die dritte Frau für ihn heute, wenn er doch noch bei ihr landen konnte. Aber im Moment sah es ganz und gar nicht danach aus. Sein Zimmer war das reinste Chaos, aber sie schien es nicht zu stören. Wieder ein Pluspunkt für sie. Sie setzte sich auf das nicht gemachte Bett und Drew kramte schnell aus seinem Kleiderschrank die Flasche Whiskey hervor, die er immer für Notfälle parat hatte. „Ich habe leider keine Gläser hier, stört dich das?“ Er hielt ihr die Flasche hin.

„Überhaupt nicht.“ Sie nahm einen großen Schluck und sofort nahmen ihre blassen Wangen etwas Farbe an. Echter irischer Whiskey war die beste Medizin. Er setzte sich ihr gegenüber auf den alten, abgewetzten Stuhl, auf dem normalerweise abends seine dreckigen Klamotten landeten. „Was ist los, Süße?“ Sie nahm noch einen kräftigen Schluck und reichte ihm dann die Flasche.

*

Rebecca sah zu, wie er ebenfalls aus der Flasche trank. Er saß breitbeinig auf seinem Stuhl mit dem Bauch zur Lehne und stützte sich mit den Armen darauf ab. Die Flasche stellte er in die Mitte auf den Fußboden. Am liebsten hätte sie direkt wieder danach gegriffen, um einen weiteren Schluck zu nehmen, aber sie spürte das hochprozentige Getränk jetzt schon. Ihr war endlich wieder warm. Trotzdem zitterte sie noch leicht. Er hatte gefragt, was los sei. Gute Frage. Gab es darauf eine Antwort? Es gab so vieles, was sie nicht verstand. Nicht nur in Bezug auf Marcs Verhalten, sondern auch auf ihre Gefühlswelt. Warum war sie nur so traurig, so verwirrt? „Er hat mich geküsst“, platzte es aus ihr heraus.

„Das ist doch gut, oder?“

Rebecca konnte es nicht verhindern, ein Schnauben entfuhr ihr. Drew lachte. Kein Wunder, dass er so viel Erfolg bei den Frauen hatte. Er hatte ein wunderschönes Lächeln und die verschiedenfarbigen Augen waren einfach großartig. Aber all das war nichts im Vergleich zu Marcs grünen Augen. Marcs Lächeln, seinen Blicken, seinem Körper. Aber halt, den hatte sie ja noch gar nicht ohne Klamotten gesehen. Und so wie es im Moment lief, würde es wohl auch nie dazu kommen.

„Was ist denn schiefgelaufen?“

„Wenn ich das wüsste. Wir waren essen und es war ein wirklich toller Abend und dann …“

„Ja?“

Sie zuckte mit den Schultern. „Keine Ahnung, plötzlich war alles anders. Ist er immer so?“

Drew nahm einen Schluck und schien ernsthaft darüber nachzudenken. „Ehrlich gesagt, ich habe keine Ahnung. Ich lebe hier mit ihm und habe das Gefühl, ihn gar nicht zu kennen. Er ist ein toller Kumpel und ich weiß, dass er Vanessa sehr geliebt hat. Jessica ist sein Ein und Alles, aber das war es auch schon. Wenn du wirklich etwas über Marc erfahren willst, musst du wohl David fragen."

„Glaubst du, der erzählt mir was? Außerdem bin ich geschäftlich hier, was macht das für einen Eindruck, wenn ich morgen zu David gehe und ihn über Marc ausfrage?"

Drew lachte wieder. „Hast recht, keine gute Idee."

„Wir saßen im Auto und ich habe ihm einfach nur eine Frage gestellt und danach war alles anders."

„Welche Frage?"

„Ich wollte mehr über Robert Eagle erfahren."

Täuschte sie sich oder veränderte sich auch Drew? Was war nur los? Jedes Mal, wenn sie den Namen Robert Eagle erwähnte, schienen sich alle zu verändern. Drew stand auf und Rebecca kam sich trotz ihrer Größe klein vor. Er stand vor ihr und starrte sie an, seine Augen wirkten auf einmal dunkler und musterten sie. Rebecca erinnerte sich plötzlich wieder an den Abend, an dem sie das Gespräch zwischen Drew und dem Junkie, oder was auch immer der Typ gewesen war, mit angehört hatte. Sie war doch sonst nicht so redselig. Vielleicht sollte sie einfach mal anfangen, die Klappe zu halten.

„Warum interessierst du dich für Robert Eagle?"

Klappe halten oder die Wahrheit sagen? Was war die bessere Taktik? So wie Drew vor ihr stand, blieb ihr nichts anderes übrig, als eine Erklärung abzuliefern. Ohne ließe er sie sicher nicht gehen. „Ich habe ihn in Köln kurz kennengelernt und meine beste Freundin geht mit ihm aus. Daher mein Interesse."

Sie gewann den Eindruck, dass er abschätzte, ob er ihr glauben konnte, denn er musterte sie weiterhin und wirkte eher bedrohlich als freundlich. Sie kam sich vor wie eine Maus in der Falle. Wobei sie sich die Falle mit ihrer Schnüffelei selbst gestellt hatte.

„Er geht aus?" Drew hob die Augenbrauen. Dann grinste er. „Interessant."

„Was ist daran so interessant, viele Leute tun das."

„Wahrscheinlich."

Drew drehte sich um und griff nach der Flasche, erneut nahm er einen kräftigen Schluck und setzte sich wieder auf den Stuhl. Rebecca musste zwangsläufig laut ausatmen. Die Bedrohung, die sie eben gefühlt hatte, schien fürs Erste vorbei zu sein. „Ich denke, ich sollte jetzt gehen."

„Aber ich habe dich noch gar nicht trösten können." Sie war aufgestanden, aber Drew war ebenso schnell gewesen und versperrte ihr den Weg zur Tür. „Du hast Angst vor mir." Langsam kam er noch einen Schritt näher und stand nun direkt vor ihr. Rebecca konnte nichts sagen. Wie gelähmt wartete sie ab. Mit dem Finger hob er ihr Kinn an. „Hey, was glaubst du, was ich tun werde?"

Sie konnte ihm immer noch in die für ihn ach so wichtigen Kronjuwelen treten, wenn er noch näher käme.

Er ließ die Hand sinken. „Ich hab es ernst gemeint, dass ich dich nur mitgenommen habe, um dir zuzuhören. Ich werde dir nichts tun. Wenn du gehen willst, dann geh." Er trat einen Schritt beiseite.

Warum hatte sie auf einmal das Gefühl, sich erklären zu müssen? Ihm unrecht getan zu haben. Zum Glück hatte sie ihm nicht ihr Knie in die Kronjuwelen gerammt. „Danke." Aus einem Impuls heraus küsste sie ihn auf die Wange und ging Richtung Tür.

„Cool."

Sie drehte sich um und musste lächeln. Da war er wieder, der charmante Drew, der aussah wie ein Schuljunge und sich die Stelle an der Wange hielt, auf die sie ihn geküsst hatte.

Sie verließ das Zimmer. Auf dem Flur blieb sie stehen. Drew war attraktiv und auch geheimnisvoll. Eigentlich ein Mann, den sie früher nicht verschmäht hätte, trotz des kurzen bedrohlichen Intermezzos.

Langsam ging sie zu ihrem Zimmer, starrte aber auf die gegenüberliegende Tür. Ob Marc noch wach war? Ihr Herz zog sich schmerzhaft zusammen, als ihr klar wurde, dass es niemand anderen als Marc geben würde. Sie wollte keinen anderen mehr. Es ging einfach nicht. Und diese Erkenntnis tat unglaublich weh.

8

Robert betrachtete die schlafende Kathrin.

Die Sonne hatte ihr strahlendes Gesicht aufgelegt und erhellte durch die Vorhänge den Raum. Sie lag auf dem Bauch und atmete ruhig. Sie würde noch eine Weile schlafen. Das Brandzeichen an ihrer Schulter erfüllte ihn mit Stolz und es machte ihn geil. Er überlegte, ob er sie noch einmal von hinten nehmen sollte, während sie schlief. Aber das hatte er letzte Nacht mehrmals getan. Ein Gefühl von Bedauern schlich sich in seine Eingeweide. Er hätte es gern anders gehabt. Er mochte Kathrins Offenheit, ihre Spontaneität, ihre leichte Naivität und die Begeisterung, mit der sie ihren Laden führte. Natürlich auch ihre Leidenschaft im Bett. Sie hatte sich sofort in den devoten Part gefügt. Leider hatte er sie gestern zum ersten Mal anders gefügig machen müssen. Drogen waren schon etwas Feines. Solange man sie nicht selbst nahm. Sie brachten ihm all das Geld, das er für seinen extravaganten Lebensstil benötigte und sie ermöglichten ihm auch, Kathrin mit einem Brandzeichen zu kennzeichnen und sie für immer ihm gehören zu lassen. Das war nicht die Lösung, die er gewollt hatte, aber es ging nicht anders. Mit Walter im Nacken und der nächsten Woche vor der Brust konnte er es sich nicht erlauben, dass sie auf einmal Fragen stellte, oder sich weigerte ihm zu dienen. Mit Sicherheit hätte sie das irgendwann freiwillig getan, aber die Frage war, wann? Er konnte nicht warten. Er liebte sie, er wollte sie besitzen. Jetzt.

Er streichelte über ihre Locken, die im Sonnenlicht wieder diesen schönen roten Schimmer hatten. Irgendwo piepte ein Handy.

„Verflucht noch mal.“ Er stieg aus dem Bett. Es war nicht sein Telefon. In Kathrins Handtasche, die gestern auf dem Couchtisch gelandet war, wurde er fündig. Er versicherte sich, dass sie durch das Gepiepe nicht geweckt worden war, ging dennoch in das andere Schlafzimmer, um sie nicht zu stören. Es war Kathrins Mitarbeiterin.

„Sie können sie nicht sprechen, sie schläft noch.“

„Die ersten Kunden sind im Laden. Ist sie krank?"

Robert strich sich die Haare nach hinten. Lästige Made, blöde Pute. „Schicken Sie die Kunden nach Hause und machen Sie den Laden dicht."

„Ich kann doch nicht einfach …"

„Doch Sie können, wenn Ihnen etwas an einer Abfindung liegt. Der Laden wird dichtgemacht. Meine Frau hat es nicht nötig zu arbeiten. Sie wird sich in den nächsten Tagen bei Ihnen melden."

Er legte auf und stellte das Handy auf lautlos. Er sprang unter die Dusche und bestellte dann beim Zimmerservice das Frühstück. Wenn seine Frau aufwachte, würde sie bestimmt Hunger haben.

*

David schaltete den Rechner aus. Er hätte noch so viel zu tun, aber etwas anderes hatte jetzt Priorität. Am liebsten hätte er laut in der Gegend rumgeschrien, aber wie hätte er das seinen Leuten erklären sollen?

Die Sache mit Drew lag ihm schwer im Magen, dann der Besuch von Robert Eagle nächste Woche, den er auch noch in seinem Haus beherbergen musste. Zu allem Überfluss war Marc heute Morgen nicht zur Arbeit erschienen. Noch nie war das passiert. In den zehn Jahren, in denen er für ihn arbeitete, war er nicht ein Mal krank gewesen, gefehlt hatte er nur nach Vanessas Tod und wenn es seiner Tochter nicht gut ging. David war in Marcs Wohnung gewesen. Die Tür hatte er offen vorgefunden. Das Bett von Marc unbenutzt. Bettina hatte Jessica heute zum Kindergarten gebracht, niemand hatte ihn gesehen. Nur Rebecca hatte er nicht gefragt, aber sie war heute Morgen allein in der Küche gewesen. Selbst wenn die beiden die Nacht miteinander verbracht hatten, hätte Marc seiner Arbeit nachgehen können. David machte sich Sorgen.

Er löste seinen Zopf und strich sich die Haare nach hinten. Dann befestigte er den Gummi erneut. Vielleicht sollte er sich endlich mal einen Kurzhaarschnitt zulegen. Er war fast vierzig. Er löste den Zopf erneut und fragte sich, worüber er hier nachdachte.

Aber er kam zu keinem Ergebnis, was mit Marc los sein könnte. Vor zehn Jahren war er mit fünfundzwanzig bei ihm aufgetaucht. Ohne Vergangenheit, aber mit einer begnadeten Hand für Vollblüter. Seine Schwester hatte sich direkt in ihn verliebt und so nahm alles seinen Lauf. Nach drei Jahren heirateten sie und am Abend des Junggesellenabschieds hatte Marc ihm gestanden, dass er bei der IRA gewesen war. David war ausgerastet. Seine Schwester sollte keinen Terroristen heiraten. Aber dann hatte David nachgedacht. Sie liebte diesen Mann und er hatte ihnen beiden nie einen Grund gegeben, an ihm zu zweifeln. David war ein Mann mit Prinzipien und sein oberstes Prinzip hieß: Jeder hat eine zweite Chance verdient. Also hielt er sich daran. Die Zeit nach der Hochzeit war die glücklichste. Dann wurde Vanessa schwanger. Bei der Geburt von Jessica starb sie an einer geplatzten Ader im Gehirn. Jessica überlebte und das schweißte Marc und ihn noch weiter zusammen. David wusste nicht, was Marc getan hatte, bevor er hier herkam. Aber das war auch nicht wichtig. Er wusste, dass Marc ein guter Mensch war. Aber irgendetwas lief in letzter Zeit schief.

David lief wie ein Tiger im Käfig auf und ab und plötzlich hatte er eine Ahnung, wo Marc hingegangen sein könnte.

*

Sein Rücken schmerzte und ihm war kotzübel. Wie tief konnte man eigentlich sinken? Marc bemerkte David erst, als dieser sich auf den Boden neben ihn setzte.

„Woher wusstest du, dass ich hier bin?“ Marc war entsetzt, dass seine Stimme nur ein Krächzen war. Kein Wunder nach zwei Flaschen Jack Daniels. Die Flaschen lagen leer vor ihm auf dem Boden und David betrachtete sie mit hochgezogenen Augenbrauen.

„Ich wollte die ganze Stadt nach dir absuchen und habe einer inneren Eingebung zufolge hier angefangen. Seit wann bist du hier?“

„Mitternacht.“

David lehnte sich ebenfalls an Vanessas Grabstein.

„Ich würde jetzt alles für deine Sonnenbrille geben."

Lächelnd nahm David seine Brille ab und reichte sie Marc.

„Danke."

„Hat es geholfen?"

Marc wusste, dass David nicht nur den Alkohol meinte, sondern auch die Nacht an Vanessas Grab. Kurz nach ihrem Tod war er oft hergekommen. Einfach über den Zaun geklettert und hier die Nacht verbracht. In den letzten drei Jahren hatte er das kaum noch getan. So gut wie gar nicht. Bis zur letzten Nacht. Früher hatte es ihm geholfen. Dieses Mal nicht. „Nicht wirklich."

„Wenigstens bist du ehrlich. Sie ist tot, Marc. Ich lebe noch. Vielleicht kann ich dir helfen."

„Ich weiß, dass sie tot ist. Ich liebe sie und werde sie immer lieben, aber das ist nicht mein Problem."

„Warum verliebst du dich dann nicht wieder?"

Marc schnaubte. „Was ist mit dir, Kumpel? Ich war wenigstens schon mal verheiratet."

„Es geht hier nicht um mich."

Marc wusste nicht, was er sagen sollte, außerdem war da dieses verdammte Hämmern in seinem Kopf und sein Magen war auch nicht gerade zufrieden. Die ersten älteren Herrschaften liefen kopfschüttelnd an ihnen vorbei.

„Ich glaube, wir sehen aus wie zwei Penner. Gleich kommt die Friedhofsaufsicht", sagte David.

„Du trägst die Haare offen, also werden sie dich als den Penner erkennen."

„Arschloch."

Marc lachte. David war aufgestanden und hielt ihm die Hand hin. Marc ließ sich hochziehen. „Scheiße, mein Rücken. Ich werde alt."

„Jo, fünfunddreißig ist echt nah am Altersheim. Komm, ich lade dich auf nen Kaffee ein. Ich glaub, den kannst du gebrauchen. Und dann solltest du duschen. Ich gebe dir den Rest des Tages frei. Unternimm was Schönes mit Jessica."

„Danke."

„Hör auf, dich ständig zu bedanken. Wir sind noch nicht fertig. Beim Kaffee will ich erst mal wissen, was mit dir los ist."

Marc lief David hinterher und ließ sich von ihm zum nächsten Café fahren. David bestellte einen Latte und Marc zwei große Tassen schwarzen Kaffee.

„Ich will jetzt Antworten, Marc. Was stimmt nicht? Und komm mir nicht mit der Einsamer-Wolf-Nummer."

„Ist Rebecca wirklich Versicherungsmaklerin?"

David beugte sich ein wenig vor. „Es geht also doch um eine Frau."

„Nicht so wie du denkst."

„Warum hätte ich sie sonst engagieren sollen?"

„Ist sie dir von jemandem empfohlen worden?"

„Nein."

Marc lehnte sich zurück. Dann konnte sie nicht für Robert Eagle arbeiten. Das wäre ein zu großer Zufall.

David zündete sich eine Zigarette an. Er rauchte nicht viel, aber ab und zu gönnte er sich einen Glimmstängel. „Jetzt kack dich mal aus. Stehst du auf sie?"

„Darum geht es nicht." Und das war die Wahrheit. Rebecca und ihr Techtelmechtel mit Drew war sein geringstes Problem, auch wenn es ihn beschäftigte.

Die Leute an den Nebentischen sahen auf, als David mit der Faust auf den Tisch schlug. „Jetzt lass dir nicht alles aus der Nase ziehen."

„Lass uns zahlen und ich zeig dir was. Danach erkläre ich es dir."

*

Rebecca brauchte eine Pause. Rosalie war nun ausreichend versichert. Aber ohne Ablenkung würde sie nur wieder an Marc, den Kuss und den furchtbaren Eklat im Auto denken. Gar nicht gut.

Sie griff zum Handy. Sie musste unbedingt mit Kathrin sprechen. Noch vor ein paar Tagen hatte sie gedacht, dass ihre Freundschaft eher oberflächlich wäre, aber seit sie hier war, merkte sie, dass Kathrin ihr wichtig war. Sehr wichtig sogar. Sie machte sich Sorgen um ihre Freundin. Andererseits hätte sie sich ihr auch gern anvertraut. Aber wie die Lage war, würde sie es nicht tun. Nicht am Telefon. Das konnte sie Montag nachholen, wenn Kathrin mit diesem Robert hier auftauchen würde. Kathrins Stimme musste sie jetzt aber dringend hören.

Ihr fiel fast das Mobiltelefon aus der Hand, als sie nicht Kathrins Stimme hörte, sondern eine männliche, die ziemlich genervt klang.

„Entschuldigung, hier ist Rebecca Volkmer, ich wollte mit Kathrin sprechen."

Die Stimme wurde sofort freundlicher. Geradezu zuckersüß. Rebecca lief es eiskalt den Rücken hinunter. „Hier ist Robert Eagle. Kathrin ist gerade unter der Dusche. Sie ruft gleich zurück."

„Sie ist nicht Arbeiten heute?" Rebecca rutschte es einfach so raus. Kathrin vernachlässigte ihren Laden nicht. Nie. Auch wenn sie am Montag hier aufkreuzen würde, sie würde doch nicht heute schon den Kosmetiksalon schließen.

„Meine Frau muss nicht arbeiten."

Sie umklammerte das Mobiltelefon noch fester. Setzen musste sie sich auch. Hatten die beiden etwa geheiratet? „Ihre … Ihre Frau?"

Er ging nicht auf die Frage ein. „Sie ruft gleich zurück."

Damit war das Gespräch zu Ende. Rebecca starrte ungläubig auf das Handy. Es dauerte ungefähr acht Minuten, die sie vor sich hingestarrt hatte, bis Kathrins Nummer auf dem Display erschien. Ihre Hand zitterte leicht, als sie das Gespräch entgegennahm. „Kathrin, endlich!"

„Was ist los?"

„Das wollte ich dich gerade fragen." Bis zum Zerreißen gespannt wartete Rebecca auf die Antwort ihrer Freundin. Ihre Stimme klang müde, geradezu erschöpft.

„Es ist alles in Ordnung."

„Kannst du nicht reden? Ist Robert bei dir?"

„Natürlich ist Robert bei mir. Ich habe keine Geheimnisse vor ihm."

„Er hat dich als seine Frau bezeichnet, was ist da los? Hast du ihn etwa geheiratet?"

Kathrin lachte. „Wenn es so wäre, hättest du ein Problem damit?"

„Kathrin! Wach auf, du bist nicht du selbst!“

„Was soll das? Ich bin glücklich und ich liebe Robert. Wir sehen uns am Montag und dann kannst du ihn kennenlernen.“

„Aber was ist mit deinem Laden?“

„Ich muss nicht mehr arbeiten, hat Robert gesagt.“

„Ist er dein Vormund oder was? Du liebst deinen Laden.“ Rebecca konnte nicht verhindern, dass ihre Stimme immer lauter wurde, diese träge kommenden Antworten von Kathrin machten sie wahnsinnig. Da stimmte was nicht.

„Was ich liebe und wen ich liebe, ist meine Sache. Ich möchte das Gespräch jetzt beenden.“

„Okay. Wir reden am Montag weiter.“ Rebecca resignierte. Das hatte keinen Sinn. Kathrin hatte nicht mal nach ihr gefragt, sie war anders als sonst. Rebeccas Augen füllten sich mit Tränen. Vor ein paar Tagen war die Welt noch in Ordnung und jetzt geriet auf einmal alles aus den Fugen. Mit einem Mal kam sie sich schrecklich verlassen und allein vor.

Hastig wischte sie sich die Tränen aus den Augen. Am besten sie machte sich in der Küche einen Kaffee und ging danach ein wenig spazieren, um das Chaos in ihrem Kopf zu ordnen.

*

Während der Fahrt hatten David und Marc über das kommende Wochenende gesprochen. Das Tagesgeschäft musste schließlich weitergehen. Marc war sehr froh darüber. Es würde gleich noch hart genug werden, David die Wahrheit zu sagen. Ob ihm das Erleichterung verschaffen würde? Oder machte er einen Fehler?

Sie hielten vor dem Haus. In Marcs Hosentasche vibrierte es. Er schaute auf sein Handy. Das hatte ihm jetzt gerade noch gefehlt.

David lief zum Haus und rief ihm zu: „Ich warte in der Küche auf dich.“

Marc nahm das Gespräch draußen entgegen. „Was willst du?“

„Warum denn so unfreundlich? Wir sehen uns schließlich am Montag.“

„Meine Freude ist unbeschreiblich."
„Hast du das Bild fertig?"
„Es wird nächste Woche fertig sein."
„Das ist gut. Aber ich habe noch eine andere Aufgabe für dich."
Marc atmete tief durch. „Was willst du noch?"
„Kein Grund, so einen Ton anzuschlagen. Am Montag werde ich Pferde kaufen, die nach Irland gebracht werden. Normalerweise übernimmt Drew den Transport. Dieses Mal wirst du es tun."
„Und warum?"
„Weil ich es so will."
„Und wenn ich Nein sage?"
„Dann weißt du, dass ich deiner süßen Tochter ein paar Narben zufügen werde. In ihrem hübschen Gesicht. Ferner werde ich den irischen Behörden mitteilen, wo du bist und was du getan hast. So einfach ist das. Die Beweise sind noch in meiner Hand."
Marc versuchte, sich auf seine Atmung zu konzentrieren.
„Bist du noch dran, mein Freund?"
„Allein dass du das Wort Freund aussprechen kannst, ohne daran zu ersticken, ist ein Wunder."
„Einst waren wir das doch. Aber da ist noch eine Kleinigkeit. Heute Abend kommt eine Lieferung für mich an. Die wirst du entgegennehmen und mit den Pferden nach Irland bringen."
„Was für eine Lieferung?"
„Das wirst du dann sehen. Bis Montag, mein Freund."
Marc brach der Schweiß aus. Jessica! Er musste Jessica nachher vom Kindergarten abholen und sie freistellen lassen. Am besten er brachte sie bei ihrer Großmutter unter. Am liebsten wäre er sofort in den Kindergarten gefahren, aber überhastete Reaktionen waren fehl am Platz. Er war für solche Situationen ausgebildet. Er hatte gelernt, immer einen kühlen Kopf zu bewahren und das musste er sich jetzt wieder in Erinnerung rufen. Er brauchte einen Plan. Einen verdammt guten. Die Sache musste ein für alle Mal ein Ende haben. Für einen Moment dachte er daran, David mit einzubeziehen, aber das wäre ein Fehler. David war wie ein Bruder. Niemand sollte hier in die

Schusslinie geraten.

Marc lief vor der Tür auf und ab. David wartete auf ihn. Ganz schlecht. Er musste jetzt reingehen und sich etwas einfallen lassen. Er könnte behaupten, dass der Anruf vom Kindergarten gewesen wäre und Jessica Bauchschmerzen hatte, sodass er sie abholen musste. David würde ihn sicher in Ruhe lassen.

Wieder etwas zuversichtlicher stieg er die Treppen hoch und betrat die Küche. Es traf ihn wie einen Schlag in den Magen, Rebecca dort mit David stehen zu sehen. Die beiden lachten. Er hätte sie auch gern zum Lachen gebracht, aber so wie die Dinge standen, konnte er sich mit ihr nicht weiter befassen. Bevor er etwas sagen konnte, stürmte Drew in die Küche und verlangte nach einem Kaffee. Und dann kam alles auf einmal.

Marc sah rot.

Drew zwinkerte Rebecca zu, diese errötete leicht und plötzlich wurde ihm klar, wer hier das eigentliche Arschloch war.

Er hatte Drew vertraut. Er hatte ihm sogar seine Tochter anvertraut und dabei war er immer die Gefahr gewesen. Drew war für Roberts Pferde verantwortlich, er steckte mit drin. Einen kühlen Kopf zu bewahren war Marc nicht mehr möglich. Es war einfach zu viel. Er stürzte sich auf Drew, der vollkommen überrascht war. Die Tasse mit dem heißen Kaffee fiel ihm aus der Hand. Marc hörte Rebecca aufschreien. Drew prallte nach dem Kinnhaken, den Marc ihm verpasst hatte, gegen den Kühlschrank. Ehe Drew zusammensinken konnte, hatte Marc ihn am Kragen gepackt, presste ihn gegen den Schrank und würgte ihn.

„Ich bring dich um, wenn du meiner Tochter auch nur ein Haar krümmst."

*

David konnte nicht so schnell reagieren, wie Marc auf Drew losging. Er schaffte es, Rebecca zur Seite zu ziehen, sonst wäre sie mitten in die Rangelei geraten.

Sie stand in der Ecke und starrte auf die Szene. Was war nur mit Marc los? David packte seinen Freund und zog ihn von Drew weg. Er hatte Mühe Marc festzuhalten, obwohl er kleiner war als er. Da war so viel Wut und Hass in seinen grünen Augen, dass David erschrak. Drew berappelte sich und hielt sich den Hals fest.

„Verschwinde, wir sprechen uns später." David wollte Drew erst mal aus der Schusslinie haben. Marc war kaum zu halten, er wollte hinter Drew her und David musste all seine Kraft aufbringen, um ihn festzuhalten. „Du willst dich prügeln? Schön, dann gehen wir beide raus."

Erst jetzt schien Marc ihn wahrzunehmen. David war entsetzt, wie glanzlos die grünen Augen auf einmal waren, nachdem die Wut aus ihnen gewichen war. Er hielt Marc immer noch fest, wagte es aber, zu Rebecca zu schauen. „Lass uns allein." Sie nickte und verließ den Raum. Jetzt erst ließ David Marc los. Marc setzte sich und vergrub das Gesicht in seinen Händen. „Du hast die Beherrschung verloren. Was, wenn deine Tochter hier gewesen wäre? Schlimm genug, dass Rebecca es gesehen hat."

„Drew hat sie gefickt."

David verzog den Mund zu einem freudlosen Grinsen. „War zu erwarten. Aber versteck dich nicht dahinter. Du bist nicht deswegen ausgerastet. Ich habe gehört, was du gesagt hast. Warum sollte Drew deiner Tochter etwas antun, er liebt sie. Er ist wie ein großer Bruder zu ihr."

Marc saß am Tisch, die Ellbogen aufgestützt und sein Gesicht in den Händen. Mit einem Ruck strich er sich die Haare nach hinten und sah David an, der ebenfalls Platz genommen hatte.

„Vertraust du mir?"

David überlegte, bevor er antwortete. Er wusste, dass Marc in Irland bei der IRA gewesen war, aber die Details hatte nur Vanessa gekannt. „Meine Schwester hat dich geliebt, was auch immer du getan hast. Auch wenn es mir am Anfang schwergefallen ist, ich glaube nicht, dass sie dich hätte lieben und ein Kind mit dir hätte zeugen können, wenn du ein schlechter Mensch wärst. In den letzten Jahren hast du mir nie einen Grund gegeben, an dir zu zweifeln. Du bist mein Schwager, mein Freund, du bist wie mein Bruder. Ja, ich vertraue dir."

„Dann verspreche ich dir, dass ich alles in Ordnung bringe."

„Sag mir, was los ist, und ich helfe dir."

Marc schüttelte den Kopf. „Nein. Du hast nichts damit zu tun und ich weiß, was ich machen muss."

„Marc, wir können zur Polizei gehen. Was auch immer du getan hast, ich glaube nicht, dass …"

„Nein." Marc stand auf. „Das wird so nicht laufen. Vertrau mir. Du musst mir nur eins versprechen."

„Was?"

Marc sah ihn eindringlich an. „Kümmere dich um Jessica, falls mir was passieren sollte oder ich verschwinden muss."

David wurde es eiskalt. „Es gibt eine andere Lösung, ich lasse nicht zu, dass …"

„Versprich es mir!" Marcs Ton war so verzweifelt, dass David nickte.

„Ja. Ich verspreche es dir."

Die Erleichterung war seinem Freund anzusehen. „Ich geh duschen und hol sie vom Kindergarten ab, dann bringe ich sie für die nächsten ein bis zwei Wochen zu deiner Mutter."

„Wie du willst." David sah Marc nach. Wenn der glaubte, dass er jetzt hier die Füße stillhielt, dann lag er falsch. Das war nicht Davids Art. Er hatte es in diesem Geschäft nicht so weit gebracht, weil er einfach tatenlos zusah, wenn es Schwierigkeiten gab. Er war einer der mächtigsten Männer im Rennsport. Er war ein Mann der Tat. Wo er ansetzen musste, wusste er bereits.

*

Rebecca ging nicht auf ihr Zimmer. Marc und David würden sicher noch eine Weile in der Küche bleiben.

Sie ging zu seiner Wohnung. Es war nicht abgeschlossen. Sofort lief sie zur Treppe, die auf den Dachboden führte. Sie musste es jetzt einfach wissen. Wieder stand sie vor der Tür, schob den Riegel zur Seite und dieses Mal wurde sie nicht gestört. Sie trat ein und ihr stockte der Atem. Ein angefangenes Bild auf einer Staffelei stand in der Mitte des Raumes. Sie betätigte den Lichtschalter und erkannte es sofort. Jetzt verstand sie. Der Stil war unverkennbar. Dieses Bild würde – sobald es beendet wäre – nicht Marcs Signatur tragen, sondern die von Robert Eagle.

Das Warum schoss ihr durch den Kopf. Auf jeden Fall erklärte es, warum er so ausgerastet war, als sie ihn nach Eagle gefragt hatte. Eine Mischung aus Erleichterung und Angst machte sich in ihr breit. Was wurde hier gespielt und wie passte Kathrin ins Bild?

Rebeccas Blick fiel auf einen kleinen Haufen Müll. Ein Bild, das zerschnitten worden war. Sie hockte sich auf den Boden und drehte die zerfetzte Leinwand um. Ein geflüstertes „O mein Gott“ entfuhr ihr. Das war ein ganz anderer Stil. Ein Ölgemälde und es war ein Portrait von ihr. Er hatte sie gemalt! Aber er hatte es zerstört. Ob es die Angst war, die Sorge, oder etwas anderes hätte sie nicht sagen können. Aber zum zweiten Mal, seit sie hier war, begann sie zu weinen. Er hatte das Bild zerstört und sie selbst hatte durch ihre Neugier etwas zerstört. Sie dachte an den gestrigen Abend. Was, wenn er gesehen hatte, dass sie mit Drew auf dessen Zimmer gegangen war? Wahrscheinlich hielt er sie jetzt für eine Schlampe, die es mit jedem trieb. Also hatte sie sich selbst zuzuschreiben, dass sie alles kaputt gemacht hatte, was sich da hätte anbahnen können. Etwas, das trotz allem, was sie bisher hier erlebt hatte, gut und richtig gewesen wäre. Das wusste sie tief in ihrem Inneren.

„Ich hätte es wegwerfen müssen, bevor du es findest.“

Marcs tiefe Stimme erschreckte sie fast zu Tode. Sie hatte ihn nicht reinkommen hören. Langsam stand sie auf und drehte sich zu ihm um. Hastig wischte sie ihre Tränen fort.

„Warum weinst du?“

Er war so ruhig. Kein bisschen wütend. Sein Blick ruhte auf ihr. Ja, warum weinte sie? Wie hätte sie ihm erklären können, welche Empfindungen plötzlich in ihr tobten? Sie sehnte sich so sehr nach einer Berührung von ihm, dass es schon körperlich wehtat. „Es ist wunderschön“, flüsterte sie.

„Weil du wunderschön bist.“ Er machte einen Schritt auf sie zu und nahm sie in die Arme. Es fühlte sich so richtig an. „Nicht weinen, okay?“ Er hielt sie ein Stück von sich fort, um sie wieder anzusehen. Er strich ihr eine Träne von der Wange.

„Ich bin eine Idiotin. Du hast mich gestern sicher mit Drew

gesehen. Es tut mir so leid, aber …“

„Halte dich von ihm fern.“ Seine Stimme war immer noch ruhig, als er sie unterbrach. „Ich meine es ernst, er ist nicht der, der er zu sein scheint.“

„Ich habe nicht mit ihm geschlafen.“

Täuschte sie sich oder hatte sie ihn jetzt wirklich aus der Fassung gebracht? War das Erleichterung in seinem Blick? Wenn ja, war das alles, was sie sich in diesem Moment wünschte. „Ich war so allein, so verwirrt, ich … brauchte einfach jemanden zum Reden. Ich weiß auch nicht, warum meine Wahl auf ihn fiel.“

„Aber ich.“ Er lächelte kurz. „Weil ich der Idiot von uns beiden bin.“

Überrascht sah sie ihn an. Er war nicht sauer auf sie. Und die Warnung wegen Drew musste einen anderen Grund haben. Jetzt löste er sich ganz aus ihrer Umarmung und sofort fehlte er ihr. Der kleine Abstand zwischen ihnen kam ihr vor wie ein ganzer Ozean, den man nicht überwinden konnte, weil es keine Schiffe gab.

„Halte dich auch von mir fern.“

„Wieso?“

„In einem anderen Leben hätte es richtig sein können. Aber nicht in diesem. Mach deine Arbeit fertig und dann solltest du von hier verschwinden. Komm nie wieder.“

„Du kannst mit mir über alles reden.“ Rebecca wollte nicht gehen. Nicht jetzt, nicht in einer Woche, nie wieder.

„Das geht nicht.“ Er küsste sie sanft auf die Stirn. „Geh jetzt.“

Er hatte nicht vor, mehr zu sagen und sie konnte nicht länger hier auf dem Dachboden bleiben. So war es eben. Ihr Herz zog sich zusammen, alles tat weh in ihr. Ihr Hals war wie zugeschnürt. Langsam stieg sie die Stufen hinab, verließ seine Wohnung ohne sich umzusehen. Die Gewissheit in ihr wurde immer stärker. Bald würde etwas Schlimmes passieren und sie fühlte sich machtlos. Wie sollte sie es verhindern, wenn sie noch nicht einmal wusste, worum es eigentlich ging?

*

Drews Hals schmerzte und sein Kiefer auch. Marc hatte eine verdammt harte Rechte.

Er ging ins Bad und betrachtete sein Gesicht und seinen Hals. Alles noch rot, aber es würden keine weltbewegenden Spuren zurückbleiben. Was ihn beunruhigte war, dass Marc glaubte, dass er Jessica etwas antun würde. Warum sollte er? Wenn er Sex mit Rebecca gehabt hätte, okay. Er hatte sich schon oft geprügelt wegen seiner Frauengeschichten, aber in Marcs Augen hatte die reine Mordlust gestanden. Er schien sich wirklich Sorgen um seine Tochter zu machen. Das konnte nur mit Eagle zu tun haben. Die beiden mussten wohl miteinander gesprochen haben.

Drew zündete sich eine Zigarette an und blies den Rauch in die Luft. Er hatte sich entspannt auf den Rücken gelegt. Was hatte Eagle gegen Marc in der Hand? Das musste er herausfinden. Hier lief etwas grundlegend schief. Er musste schlauer sein als der Rest, nur so hatte er eine Chance, heil aus der Sache rauszukommen. Er öffnete seine Hose. Er konnte einfach nicht in Ruhe nachdenken, wenn er geil war. Das Adrenalin, das durch seinen Körper gepeitscht war nach Marcs Angriff, hatte mal wieder seinen unersättlichen Schwanz auf den Plan gerufen. Er drückte die Zigarette im Aschenbecher auf dem Nachttisch aus und zog schnell seine Hose runter. Nach Gesellschaft war ihm nicht. Eigentlich auch nicht wirklich nach Sex. Er war einfach so gestrickt und hatte es vor langer Zeit akzeptiert. Sich einen runterzuholen diente dem Stressabbau und machte seinen Kopf frei.

Er schloss die Augen. Es dauerte nicht lange und er kam. Die Erleichterung war sofort greifbar. Sein Körper und sein Geist entspannten sich. Träge blieb er liegen und zündete sich eine neue Zigarette an. Jetzt war er bereit, darüber nachzudenken, wie er weiter vorgehen wollte. Mission Eagle konnte beginnen.

*

Rebecca war eingenickt. Sie hatte nicht weinen wollen und auf ihrem Bett die Augen geschlossen. Dann hatte der Schlaf sie übermannt.

Jetzt fühlte sie sich noch schlechter als vorher. Kopfschmerzen waren dazugekommen. Langsam stand sie auf und überlegte, unter die Dusche zu springen. Sie ging zum Fenster, frische Luft konnte auch nicht schaden. Unten stand Marcs Wagen. Sie trat ein Stück zur Seite und beobachtete, wie er mit Jessica an der Hand und einem kleinen Koffer aus der Haustür kam.

„Aber Sonntag geht Oma mit mir zum Rennen?"

Er stellte den Koffer ab, kniete sich vor seine Tochter und zupfte ihr liebevoll am Jackenkragen.

„Ja, das habe ich mit ihr abgesprochen. Wir sehen uns am Sonntag auf der Bahn."

„Geht es dir gut? Du siehst so traurig aus."

Rebecca hörte Marc lachen. Es klang aufgesetzt. Ob er seine Tochter damit täuschen konnte? „Mir geht es gut. Ich hab nur schrecklich viel Arbeit und möchte, dass du gut versorgt bist. Du bist doch gern bei deiner Oma."

„Ja."

„Versprich mir, dass du brav bist. Wir telefonieren jeden Tag."

Rebecca fröstelte. Also brachte er seine Tochter für eine längere Zeit von hier fort. Wieder beschlich sie dieses Katastrophengefühl. Sie lugte noch weiter aus dem Fenster. Marc umarmte Jessica und gab ihr einen liebevollen Kuss. Rebecca bekam einen Stich mitten ins Herz. Sie schnappte nach Luft. Dieses Bild dort unten, wie er sie jetzt auf den Arm nahm und sie herumwirbelte und Jessica lachte, löste etwas tief in ihrem Inneren aus. Ihr wurde etwas klar. Die Frage, die sie sich schon Millionen Mal gestellt hatte, konnte sie nun beantworten. Endlich wusste sie, was sie suchte, was ihr fehlte. Sie führte ein gutes Leben, konnte sich einen gewissen Luxus leisten und ihr Job füllte sie aus. Sie hatte gedacht, dass seelenloser Sex, den sie noch am letzten Wochenende gehabt hatte, ausreichen würde. Aber das war ein Irrtum. Alles, was sie wollte, war dort unten. Eine Familie. Kinder. Sie war ihr Leben lang allein gewesen, im Kinderheim hatte sie sich schon schwergetan, sich anderen zu öffnen. Verlassen konnte man sich nur auf sich selbst. Aber das war falsch. Marc sorgte für seine Tochter, er gab ihr Halt und die Kleine wiederum ihm. So war es nun mal in einer Familie. Etwas, das sie sich vorher nicht hatte vorstellen können, an das sie nicht geglaubt hatte, weil sie es nicht kannte.

Noch etwas wurde ihr klar. Es ging hier nicht nur um ihren eigenen Wunsch oder eine Familie an sich, es ging auch um Freunde. Freunde waren genauso wichtig. Kathrin war wichtig. Unterschwellig war ihr das schon in den letzten Tagen klar geworden. Sie hatte Kathrin an sich rangelassen, auch wenn sie es nie zugegeben hätte. Sie liebte ihre Freundin.

Rebeccas Kopf hämmerte nicht mehr. Sie beobachtete, wie Marc mit seiner Tochter davonfuhr, und trat dann vom Fenster weg. Sie atmete mehrmals tief durch. Ja, die Gefahr bestand immer. Wenn man liebte und sich auf Menschen einließ, konnte man enttäuscht werden. Aber das war es wert. Enttäuschungen gehörten zum Leben. Es war erst lebenswert durch seine Höhen und Tiefen. Dieses stete Gleichmaß brachte einen irgendwann an den Punkt, an dem man die Entscheidung treffen musste. Etwas riskieren oder endgültig abstumpfen. Rebecca wollte nicht abstumpfen und im Sumpf der Gefühllosigkeit enden. Sie würde etwas riskieren. Entweder würde es sie in den tiefsten Schmerz reißen oder sie würde glücklich werden. Aber beide Ergebnisse waren besser als dieses dumpfe, seichte Dahinplätschern.

Sie musste Kathrin helfen. Sie musste Marc helfen. Sie hatte nur keine Ahnung, wie.

9

Rebecca hatte sich das Essen am gestrigen Abend gespart. Appetit hatte sie keinen gehabt. Heute Morgen war sie früh wach geworden und auch im Reitstall herrschte emsiges Treiben. Pferde wurden verladen, um sie nach Iffezheim zur Bahn zu bringen.

Sie machte sich sorgfältig zurecht. Von David wusste sie, dass sie schon früh aufbrechen und unterwegs etwas frühstücken wollten. Da sie sich nun aber nicht mehr um Jessica kümmern musste, hatte sie versprochen, nachzukommen und pünktlich zum ersten Rennen da zu sein. Sie wollte sich ein gemeinsames Frühstück mit David, Drew, Marc und den anderen ersparen.

Außerdem hatte sie noch ein Date mit ihrem Laptop. Die Suchmaschine war bereit und als Erstes gab sie den Namen Marc Farrell ein. Nichts. Außer dem Hinweis auf David Waldmanns Webseite und dass er bei ihm angestellt war. Allerdings war nicht mal ein Foto von Marc auf der Seite. Jeder Mensch hinterließ Spuren im Internet, sei es durch seinen Beruf, Social Networks oder andere Errungenschaften des Internetzeitalters. Aber Marc Farrell existierte nicht. Sie forschte sogar auf irischen Seiten. Nichts. Die Suche nach Robert Eagle war ebenfalls erfolglos. Bis auf einige belanglose Hinweise, wo er welche Bilder ausgestellt hatte, gab es keine interessanten Informationen. Der Mann hatte nicht mal eine eigene Webseite, was ihr äußerst komisch vorkam. Drew O'Donaghue war auch keine Quelle. Bei ihm ebenfalls nur der Hinweis, dass er bei David Waldmann arbeitete. Von ihm gab es zwar ein Foto, aber sonst stand Rebecca wieder vor dem großen Nichts.

Sie griff zu ihrem Handy und rief ihre Kontakte auf. Sie hatte mal einen Privatdetektiv versichert. Der Mann war noch Kunde bei ihr. Sie zögerte ein wenig und rief dann doch auf seiner Handynummer an. Das Gespräch dauerte etwas länger. Am Ende hatte sie ihn engagiert und auf alle drei Männer angesetzt. Billig würde es nicht werden, denn nach seiner Einschätzung müsste er vielleicht nach Irland fahren, aber das war es Rebecca wert. Für Marc, und vor allen Dingen für Kathrin.

Als sie fertig war, schaute sie auf die Uhr und war überrascht, wie schnell der Vormittag dahingeflogen war. Zeit, zur Rennbahn aufzubrechen.

*

Robert beobachtete, wie Walter draußen im Garten die Rosen mit der viel zu großen Heckenschere bearbeitete. Seine sonst so liebevolle, geradezu zärtliche Art die Blumen zu hegen und zu pflegen war dahin. Unachtsam und mit abgehackten Bewegungen, die auf innere Wut schließen ließen, hantierte er mit dem Gartenwerkzeug. Robert zuckte jedes Mal zusammen, wenn eine Blüte dem Massaker zum Opfer fiel.

Es war alles so schnell gegangen. Vor einer Woche war die Welt noch in Ordnung. Jetzt stand sie Kopf.

Drew fiel vorübergehend aus, weil dieser Waldmann zu neugierig wurde. Marc war eine Gefahr, darüber machte er sich keine Illusionen, aber darum würde er sich am Montag kümmern. Die Lieferung stand auf dem Spiel. Marc hatte sie gestern entgegengenommen. Trotzdem war Robert nicht sicher, ob sein ehemaliger Freund weiter mitmachen würde. Aber ein Problem nach dem anderen. Keine überstürzten Handlungen. Mit dieser Taktik war er immer gut gefahren.

Also musste er zunächst Walter aus dem Weg räumen. Er hatte sich auch damit Zeit lassen wollen, aber sein Instinkt sagte ihm, dass er handeln musste.

Ein feiner Duft streifte seine Nase. Rosenöl. Kathrin war aus dem Bad gekommen. Er drehte sich um und ihm stockte der Atem. Ihre rötlichen Haare lagen in Wellen auf ihrer Schulter. Sie waren noch nass und sie hatte ein Handtuch um ihren Körper gewickelt. Sie sah aus wie die Venus. So stellte er sich die Göttin vor. Ihr Blick war ein wenig glasig, aber das war notwendig. Der morgendliche Kräutertee, den sie seit gestern von ihm jeden Morgen serviert bekommen sollte, war sorgfältig präpariert.

„Darling, du bist eine Augenweide.“

Sie schwieg und sah ihn nachdenklich an.

„Was ist, mein Engel?"
„Ich fühle mich so eigenartig. So wattiert."
„Wattiert?"
„Ich weiß nicht, wie ich es ausdrücken soll, ich sollte mich um meinen Laden kümmern, aber ich habe nicht die Kraft."
„Du wirst doch wohl nicht krank werden, mein Engel."
Er trat auf sie zu und schloss sie in seine Arme.
„Nein, das ist ein anderes Gefühl. Ich habe Angst."
Er strich ihr die nassen Haare nach hinten. Gott, sie roch so gut, so unwiderstehlich. „Angst? Du musst nie wieder Angst haben in deinem Leben. Ich bin jetzt bei dir. Für immer."
„Verliere ich den Verstand?"
Ihre Stimme war nur ein Wispern und es schnitt ihm mitten ins Herz, ihre Beunruhigung zu spüren. Er war schuld daran, aber es ging nicht anders. „Was hältst du davon, wenn ich dich zur Ablenkung ein wenig verwöhne? Ich lecke dich nach allen Regeln der Kunst."
Sie lächelte, wurde aber schnell wieder ernst. „Ich muss dringend mit meiner Mitarbeiterin telefonieren. Sie wird sich Sorgen machen. Ich habe meinen Laden noch nie vernachlässigt."
„Das wirst du nicht. Ich regle das für dich."
„Nein. Ich mache das."
Er hatte es nicht gewollt, aber ihm rutschte die Hand aus.
Als er sah, wie sie nach seinem Schlag ins Gesicht nach hinten taumelte und ihr Blick für einen Moment klar wurde und sie ihn voller Entsetzen anstarrte, tat es ihm schon wieder leid. Aber jetzt war es zu spät. „Du wirst nirgendwo anrufen. Ich erledige alles für dich. Schon vergessen? Du bist mein. Du gehörst mir. Meine Regeln. Hast du das verstanden?"
Sie reagierte nicht. Starrte ihn nur an und rieb sich die Wange. Er musste lauter werden und ab morgen die Dosis erhöhen. „Hast du mich verstanden?"
„Ja."
„Wie heißt das?"
„Ja, Herr."
„So ist es besser, mein Engelchen. Komm zu mir." Er streckte die Hand nach ihr aus und sie machte einen Schritt nach vorn. Das provisorisch an der Brust festgemachte Handtuch

löste sich und glitt zu Boden. Nackt und zitternd stand sie vor ihm.

„Es tut mir leid, ich mache es wieder gut. Ich will nur dein Bestes." Er begann an ihrem Ohrläppchen zu knabbern und er spürte, wie sie sich entspannte. „Ich will dich." Es überraschte ihn selbst, wie rau seine Stimme war. „Leg dich auf das Bett. Ich schließe eben ab."

*

Kathrin legte sich hin. Nach dem Schlag ins Gesicht wäre sie am liebsten weggelaufen. Da war ein Gefühl in ihr. Etwas, das ihr jetzt wieder entglitt. Irgendwas war nicht richtig.

Sie hatte zu tun. Aber was gab es Wichtigeres, als ihrem Mann zu Diensten zu sein? Er hatte recht. Er sorgte für sie, sie sollte ihm nicht widersprechen. Das Gefühl von Unrecht wurde immer schwächer und entglitt ihr ganz.

Er stand vor dem Bett und entkleidete sich langsam für sie. Sie konnte sich nicht sattsehen am Spiel seiner Muskeln. Er hatte den perfekten Körper. Woher bloß? In der Zeit, die sie zusammen verbracht hatten, hatte sie ihn noch nie Sport treiben sehen. Aber was wusste sie schon von ihm. Die kleine Stimme in ihrem Hinterkopf machte sich wieder bemerkbar, aber dieses wattierte Gefühl verdrängte sie. Sie schwebte und konnte nicht steuern wohin. Ohne Robert würde sie sich verirren. Ja, sie brauchte ihn. Nur er zählte. Die Geste, mit der er sich über die Haare strich, war ihr schon so vertraut, auch das schiefe Grinsen und das Aufleuchten seiner hellblauen Augen, wenn er sie von oben bis unten betrachtete. Sein Schwanz ragte zwischen seinen Beinen empor und sie hätte ihn gern in den Mund genommen, aber das durfte sie nicht. Er bestimmte, wo es langging.

Er ging zum Nachttisch und holte etwas aus der Schublade. Sie hatte diese Teile schon mal in einem Sexshop gesehen. Wie hießen sie noch – Nippelklemmen oder so ähnlich. Als Nächstes förderte er zwei Paar Handschellen zutage.

Rechts und links befestigte er ihre Arme am Bettgestell. Dann widmete er sich ihren Brüsten. Die Klemmen umschlossen fest ihre Nippel und es schmerzte ein wenig. Am Ende der Klemmen waren kleine Lederschlaufen befestigt, an die er kleine Gewichte hängte. Der Schmerz wurde stärker, aber auch das Prickeln, das von ihrer Brust ausgehend zu ihrem Geschlecht wanderte. Hilflos saß sie an die Kissen gelehnt. Ihre Handgelenke machten sich ebenfalls bemerkbar. Es war nicht sichtbar gewesen, aber die Innenseiten der Handschellen hatten kleine Dornen, die ihr bei jeder Bewegung in die Haut der Gelenke schnitten. Sie wartete. Sie konnte es sowieso nicht ändern. Sie musste sich fügen und Robert vertrauen.

Er betrachtete sein Werk und lächelte. „Deine Reise kann beginnen."

*

Es war ein wunderschöner, sonniger Tag. Wäre Rebecca nicht mit den Gedanken ständig woanders gewesen, hätte sie sich auf der Rennbahn pudelwohl fühlen können.

Sie wagte es sogar, ein wenig Geld einzusetzen und die eine oder andere Wette abzuschließen. Bis auf David waren alle ziemlich beschäftigt damit, die Pferde im Führring zu präsentieren, sie zur Bahn zu bringen und wieder abzuholen. David stellte im ersten Rennen den Sieger. Als er von der Siegerehrung kam, entdeckte er sie.

„Hey, und wie gefällt es dir?"

„Großartig und Glückwunsch zum Sieg!"

„War ja nur ein kleines Handicap, aber jeder Sieg zählt. Ich hoffe, du hast auf meinen Stall gewettet."

„Zu meiner Schande muss ich gestehen, dass ich die Tipps aus dem Führring genommen habe."

„Na, die waren ja wohl nichts."

„Ich weiß." Demonstrativ warf sie ihren Wettschein in einen der Papierkörbe. „Als Besitzer geht man wohl nur zu den Siegerehrungen?"

David lachte. „Gut, was? Nein, im Ernst, auch ich helfe ab und zu mit. Aber warum soll ich es heute nicht genießen, der Boss zu sein? Sollen die anderen sich mal um alles kümmern." Er hielt ihr den Arm hin und sie hakte sich bei ihm unter.

„Darf ich dich auf ein Glas Champagner einladen?“

„Ein Glas kann sicher nicht schaden.“

Er führte sie über die Bahn und organisierte Champagner, dann ging er mit ihr zur Tribüne. „Ich sollte mich bei dir entschuldigen.“

Rebecca war ehrlich überrascht. „Bei mir? Wieso?“

„Zuerst mal wegen der Szene gestern in der Küche. Mir scheint, du bist zu einem ungünstigen Zeitpunkt bei uns reingeplatzt. Normalerweise ist alles ganz entspannt.“

„Ach, das habe ich doch schon wieder vergessen.“

Er sah sie prüfend mit seinen blauen Augen an. „Warum glaub ich dir das nicht so ganz?“

Rebecca wurde ein bisschen nervös. Dachte er, dass sie mit Drew geschlafen hatte? Wusste er, dass etwas zwischen ihr und Marc war, das nicht sein sollte?

„Marc ist eigentlich anders.“ Er seufzte. „Gott, ich weiß auch nicht, warum ich das jetzt sage, aber er ist es wert, um ihn zu kämpfen. Und …“

Anscheinend suchte er nach den richtigen Worten. Er wirkte attraktiv in seinem Anzug. Rebecca dachte kurz daran, wie schön es gewesen wäre, mit Kathrin hier zu sein. Und vielleicht mit Marc an ihrer und David an Kathrins Seite. Aber so wie die Dinge lagen, war das wohl unmöglich. „Du machst dir Sorgen. Sorgen um Marc.“

„Ja.“

Rebecca war wieder überrascht. Aber David war ihr von Anfang an als gradliniger Mensch erschienen. „Kann ich irgendwas tun?“

„Ich fürchte nicht. Ich regle das schon. Alles, was ich will, ist, dass du ihn nicht vorschnell verurteilst.“

Warum war ihm das so wichtig? „Keine Sorge, das werde ich nicht.“ Hatte sie vielleicht in David einen Verbündeten? Sie musste abwarten. Warten, wie sich die Dinge entwickelten und was der Privatdetektiv herausfinden würde.

Die Pferde für das zweite Rennen betraten das Geläuf. Marc hatte Davids Starter hingeführt und kam nun auf dem Rückweg an den Tribünen vorbei. Er entdeckte sie und winkte ihnen zu.

Rebecca blieb beinahe das Herz stehen. Allein sein Gang strahlte Stärke und Selbstsicherheit aus. Sie beobachtete die Frauen, die ihm nachstarrten. Aber er war nicht nur für die Frauen dort unten unerreichbar – auch für sie. Sie hörte David leise lachen. Hatte er sie beim Starren erwischt?

„Ja, ich gebe es zu, er sieht verdammt gut aus", sagte David.

Rebecca wurde rot. Um das zu wissen, brauchte sie keinen Spiegel.

„Ich muss ein paar Leute begrüßen. Wir treffen uns gleich wieder." David erhob sich.

„Soll ich dich wieder nach der Siegerehrung aufgabeln?"

„Du bist aber sehr zuversichtlich, dass meine Stute gewinnt!"

„Dieses Mal habe ich eine Wette auf dein Pferd laufen."

Er zwinkerte ihr zu. „Weise Entscheidung."

Der Tag verging wie im Flug und konnte sie tatsächlich von allem ablenken. Sie traf David zwischendurch immer wieder und er entpuppte sich als großartiger Unterhalter. Marc traf sie nicht. Er war beschäftigt und zwischendurch schien er sie zu meiden.

Drew lud sie auf einen Kaffee ein. Zuerst wollte sie Nein sagen, aber die Viertelstunde lief ganz locker ab und er gab ihr ein paar gute Tipps für die nächsten Wetten. Kurz vor dem letzten Rennen hatte sie sogar schon ein kleines Plus in ihrem Geldbeutel.

Fast hätte sie bei der Geräuschkulisse nicht mitbekommen, dass ihr Handy klingelte. Der Blick auf das Display verriet, dass ihr Privatdetektiv Tom Fleischer anrief. So schnell hatte sie nicht mit einem Anruf von ihm gerechnet. Hastig nahm sie das Gespräch entgegen und verließ die Tribüne Richtung Toiletten.

„Wow, Sie sind aber schnell."

„Ich habe heute nichts anderes getan und die Sache scheint mir sehr interessant zu sein. Ist mal was anderes, als Ehebrecher zu observieren."

„Dann schießen Sie los, ich höre."

Rebecca begann an ihrem Daumen zu kauen, und als sie sich im Spiegel dabei ertappte, schüttelte sie über sich selbst den Kopf. So nervös war sie schon, dass sie diese alte Angewohnheit aus Kindertagen wieder aufnahm. Sie konzentrierte sich auf die Stimme des Detektivs.

„Ich habe mit Marc Farrell angefangen. Tja, was soll ich sagen. Der Typ existiert nicht."

„Was soll das heißen?"

„Es gibt ihn nicht."

„Aber er lebt und arbeitet hier, hat ein Kind, die Leute kennen ihn. Er war verheiratet."

„Ich weiß, das haben Sie mir ja alles gesagt. Aber er ist nicht in Deutschland gemeldet. Ergo kann er hier auch nicht offiziell geheiratet haben. Es gibt keine Urkunden darüber. Was das Kind angeht, so heißt es offiziell Jessica Waldmann. David Waldmann ist der Erziehungsberechtigte. Vater ist unbekannt."

Rebecca ging in eine der Kabinen und setzte sich auf die Toilette. Ihr wurden die Knie weich. „Was? Aber jeder kennt ihn. Also ich meine die Galoppleute. Er ist doch nicht unsichtbar."

„Für die Behörden schon. Tja, und solange keiner Fragen stellt, geht auch alles gut. Warum sollte einer der Leute auf der Rennbahn Fragen stellen?"

„Dann ist er illegal hier?"

„Sieht so aus, oder er benutzt einen falschen Namen, aber dazu müsste ich nach Irland reisen."

„Tun Sie es."

„Das wird nicht billig."

„Das ist mir egal."

„Ich bin noch nicht fertig. Robert Eagle ist auch so ein Kandidat, über den ich wahrscheinlich nur in Irland mehr Informationen bekomme. Er ist hier gemeldet. Als prominenter Künstler unterliegt er der Privatsphäre der Reichen und Berühmten. Etwas Negatives konnte ich über ihn nicht herausfinden. Drew O'Donaghue ist legal gemeldet in Deutschland. Hat sich hier noch nichts zuschulden kommen lassen. Scheint aber in Irland eine Karriere als Kleinkrimineller hinter sich zu haben. Ich hab einen Freund bei der irischen Polizei in Dublin. Über die beiden anderen wusste er nichts, aber O'Donaghue hat kurz gesessen wegen Diebstahl und Hehlerei."

„Marc kommt aus Belfast."

„Da werde ich morgen hinfliegen. Eagle kommt auch aus

Belfast.“

„Dann gibt es vielleicht eine Verbindung zwischen den beiden.“

„Muss es, wenn Farrell unfreiwillig Bilder für ihn malt.“ Sie hörte einen Seufzer in der Leitung. „Ich weiß ja nicht, in was Sie da geraten sind, aber ich hab das Gefühl, dass Sie gut auf sich aufpassen sollten.“

„Werde ich. Sie aber auch.“

„Keine Sorge. Ich melde mich morgen aus Belfast.“

„Bis morgen.“

Rebecca saß auf der Toilette und starrte vor sich hin. Als sie in der Lage war, aufzustehen, war das letzte Rennen längst gelaufen und die Leute machten sich auf den Heimweg.

*

Robert saß an seinem Schreibtisch. Kathrin schlief oben.

Walter war ihm den ganzen Tag aus dem Weg gegangen, was kein gutes Zeichen war. Er brütete etwas aus, aber das tat er selbst auch. Die Frage war nur, wer von ihnen schneller war. Einer von ihnen würde den Tag nicht überleben. Diese Erkenntnis überkam ihn mit einer unglaublichen Klarheit.

Wie war es nur dazu gekommen? Lag es an Kathrin? Nein, unterschwellig hatten sie schon immer einen Wettstreit um die ultimative Macht geführt. Für die Öffentlichkeit war Robert der Künstler und Walter sein Angestellter, aber im Grunde hatte Walter die wichtigen Entscheidungen getroffen. Das Geschäft rund um Drogen- und Waffenhandel delegiert. Seit einigen Monaten verschoben sich die Machtverhältnisse. Walter wurde alt und Robert war bereit, die Führung zu übernehmen. Er wollte Alphawolf werden. Denn sie waren nichts anderes als ein kleines hungriges Wolfsrudel. Gierig nach Macht und Geld. Jetzt hatte er die passende Gefährtin gefunden, um das Rudel zu erweitern. Robert brauchte Walter nicht mehr. Eins war klar, Walter würde niemals freiwillig abdanken. Was blieb ihm jetzt zu tun? Warten. Walter würde kommen.

Robert stand auf und goss sich an der kleinen Bar einen irischen Whiskey ein. Manchmal vermisste er seine Heimat. Die

Entscheidung nach Deutschland zu gehen, war auf Walters Mist gewachsen. Dennoch keine schlechte Wahl. Irland, vor allem Belfast, war ein zu heißes Pflaster. Die Polizei hatte ihnen keine Sorgen gemacht, sondern die Konkurrenz in den eigenen Reihen. Nach der Umstrukturierung der IRA war Belfast zu klein geworden. So hatten Walter und er entschieden, eine Zweigstelle in Köln zu eröffnen. Auf diese Weise konnte jeder seine Macht ausleben. Sie arbeiteten zusammen. Eine riesige Firma, die weltweit expandierte. Bald würden sie auch in Italien tätig werden. Die Mafia wurde immer schwächer. Robert war gespannt, wer aus der Organisation dort unten sesshaft werden würde. Er lachte auf. Einst hatten sie die Unabhängigkeit Irlands angestrebt und waren gescheitert, aber bald gehörte ihnen die ganze Welt. Das war viel besser.

Robert drehte sich um. Walter hatte das Büro betreten, ohne anzuklopfen.

„Ich habe dich erwartet."

Walter nickte und setzte sich.

„Willst du etwas trinken?" Robert hielt die Flasche irischen Whiskey hoch.

„Nein, danke. Du hantierst mir zu viel mit Drogen und Giften."

Robert setzte sich hinter seinen Schreibtisch und betrachtete Walter. Demonstrativ schüttete er sich Whiskey nach. „Du glaubst doch wohl nicht, dass ich dich vergiften würde?"

„Ich traue dir alles zu."

„Warum sollte ich dir etwas antun? Es gibt keinen Grund."

Walter schnaubte. „Nein, natürlich nicht. Ich würde dir auch nie schaden."

Robert hätte am liebsten laut aufgelacht. Das war alles so typisch für sie beide. Wie Katzen schlichen sie um den heißen Brei herum, anstatt wie Männer einfach aufeinander loszugehen.

„Die Lieferung ist angekommen. Marc hat sie entgegengenommen." Robert versuchte, Normalität in ihr Gespräch zu bringen. Walter sollte sich in Sicherheit wiegen.

„Aber wird er auch alles nach Irland bringen?"

„Das sollte er lieber, denn sonst wird es für ihn und seine

Tochter zu einem unschönen Ende kommen.“

Walter schlug die dürren Beine übereinander. „Mir wäre lieber, Drew hätte alles erledigt. Nur weil Waldmann ein wenig misstrauisch ist, müssen wir doch nicht gleich von den ursprünglichen Plänen abweichen.“

„Doch, ich denke, dass das besser ist.“

Walters Augen wurden zu Schlitzen. „Du hättest die Entscheidung, Marc mit reinzuziehen, mit mir absprechen sollen.“

„Warum? Du wärst dagegen gewesen.“

„Mit gutem Grund. Ich habe das Gefühl, dass die Sache schiefgeht. Warum tust du das? Marc war ruhig, solange er nur Bilder für dich malen musste. Du weißt, dass er immer besser war als du.“

Roberts Beherrschtheit bekam einen Knacks. Er musste sich ins Gedächtnis rufen, dass Walter ihn nur provozieren wollte. „Nie hat es einen Besseren als mich gegeben“, zischte er.

Walter lachte. „Wenn ich die Chance gehabt hätte, dann hätte ich ihn gewählt, aber ich musste mit dir vorliebnehmen.“

Robert stand auf, Hitze traf ihn in Wellen. Eine unglaubliche Wut machte sich in ihm breit. „Du hast mich gewollt, Walter, ich war dein Sohn.“

„Ich habe dich behandelt wie einen Sohn, aber du bist es nicht. Glaub mir, du wirst mir all das, was ich aufgebaut habe, nicht versauen.“

„Wir haben es gemeinsam aufgebaut.“ Robert sagte sich innerlich immer wieder ‚Beherrsch dich‘. Er musste Ruhe bewahren.

Walter nahm sich eine Zigarre aus dem Holzkästchen auf dem Schreibtisch. Genüsslich hielt er sie unter seine Nase, drehte sie zwischen den Fingern, bevor er endlich das Streichholzheftchen zur Hand nahm. Jeder Handgriff von Walter war Robert auf einmal zuwider. Wie immer paffte Walter ein paar Mal, bevor er einen tiefen Lungenzug nahm. Wie Robert das hasste. Zigarren genoss man. Man ließ sie auf der Zunge zergehen und inhalierte nicht. Wenn er darüber nachdachte, gab es viele Dinge an Walter, die ihn schon immer gestört hatten. Die Angewohnheit sich zu räuspern, wenn er einen Raum betrat. Warum nicht klopfen und einfach eintreten? Die Beine übereinanderzuschlagen und dann ständig am Hosenbein zu zupfen oder mit dem Fuß zu wippen. Ekelhaft.

Walter nahm noch einen Lungenzug. Er würde sich exakt drei Lungenzüge gönnen und den Rest paffen. Walter war ja so berechenbar. Ein Fehler. Robert grinste und setzte sich. Er tippte mit den Fingerspitzen gegeneinander. Der dritte Lungenzug. Jetzt fing Walter schon an, zu husten.

„Möchtest du nicht doch einen Drink?“

Walters Augen waren weit aufgerissen. Sein Gesicht wurde noch blasser, als es ohnehin schon war. Er hielt sich die Hand an die Kehle und begann nach Luft zu schnappen. Die Zigarre entglitt ihm. Robert stand seelenruhig auf und nahm sie vom Boden. Brandflecken auf dem Perserteppich kamen so gar nicht infrage. Er nahm ein wenig Abstand und betrachtete, wie Walter auf dem Besuchersessel zuckte. Wie ein Epileptiker krampfte er und Schaum bildete sich vor seinem Mund. Robert lächelte. „Ach Walter, du hättest doch lieber einen Drink nehmen sollen. Ich würde doch niemals einen guten, alten irischen Whiskey vergiften.“ Verzückt betrachtete er das Schauspiel, bis Walters Körper sich ein letztes Mal aufbäumte und dann auf dem Ledersessel zusammensackte. Roberts Kopf schnellte nach links, als er ein Keuchen hörte.

Kathrin stand dort mit den Händen vor dem Mund. Robert drückte die Zigarre im Aschenbecher aus. „Tja, manchmal kann rauchen tödlich sein.“

Er packte sich Walter ohne Mühe auf die Schulter und sah Kathrin in die Augen. „Du wirst mir jetzt helfen, ihn im Garten zu verbrennen. Komm mit.“ Mit Genugtuung bemerkte Robert, dass sie ihm ohne Widerrede folgte.

*

Kathrin folgte ihm in den Garten und beobachtete, wie Robert den Leichnam ablegte. Leichnam? War der Butler wirklich tot? Sie konnte nicht wirklich verarbeiten, was sie da gerade gesehen hatte. Hatte Robert Walter beim Sterben zugesehen?

Robert holte etwas aus dem Gartenhaus. Bei näherer Betrachtung entpuppte es sich als Benzinkanister.

„Willst du nicht den Notarzt rufen?"

Robert lachte laut und herzlich auf, was er sich auch erlauben konnte, denn weit und breit gab es kein anderes Haus. Keine Menschenseele war in der Nähe.

„Der Mann ist tot, mein Engel. Da hilft auch kein Arzt mehr." Er begann, das Benzin auf dem Leichnam zu verteilen. „Ich habe es für dich getan."

Kathrin begriff nicht, was er da sagte. „War er krank? Hatte er einen epileptischen Anfall?"

Robert hielt inne. Wieder lachte er. „Nein, er erfreute sich bester Gesundheit. Die Zigarre ist ihm nicht bekommen."

Langsam lichtete sich der Nebel in ihrem Hirn. „Was hast du getan?", flüsterte sie.

„Wenn ich ihm nicht zuvorgekommen wäre, wären wir beide bald tot gewesen."

„Aber warum sollte dein Butler uns umbringen?"

„Er war nicht mein Butler, er war mein Ziehvater."

Da war keinerlei Bedauern in Roberts Stimme. Nichts. Er machte weiter und holte noch einen Kanister aus dem Häuschen.

„Wie …?", fragte sie atemlos.

„Soll ich es dir verraten? 500 Mikrogramm Ricin, zu Pulver verarbeitet, stecknadelkopfgroß in einer Zigarre. Drei Lungenzüge haben genügt, ihn umzubringen. Wahnsinnig einfach, aber wirkungsvoll."

„Wird ihn denn niemand vermissen?"

„Nein. Im Grunde existiert er nicht und die Leute in Irland, zu denen er Kontakt hatte, werden es ohne Weiteres so hinnehmen, dass er nicht mehr da ist. Ich übernehme seine Geschäfte."

„Geschäfte?"

„Ich bin Geschäftsmann und kein Künstler. Die Kunst ist nur Tarnung. Jetzt trete ein wenig zur Seite. Alles gehört jetzt uns. Ich sagte doch, dass ich dir die Welt zu Füßen legen werde und das hier ist der Anfang."

Kathrin starrte auf die Leiche, die in Flammen aufging. Er würde ihr die Welt zu Füßen legen, ja das hatte er versprochen, und mit einer Leiche hatte es jetzt begonnen.

*

Rebecca hätte müde sein müssen nach dem Tag an der frischen Luft, aber sie war zu aufgedreht, um sich ins Bett zu legen. Das Telefonat mit Fleischer ging ihr nicht mehr aus dem Kopf. Was wurde hier gespielt?

Der Abend war mild und so zog sie sich eine Strickjacke über, um noch ein wenig auf den Wegen des Gestütes spazieren zu gehen. Langsam wurde es dunkel, aber das beruhigte sie eher, als dass es ihr unangenehm gewesen wäre. Das entfernte Schnauben von Pferden tat ihren Nerven ebenfalls gut. Sie entfernte sich weiter vom Haupthaus, blieb aber auf dem Weg, der an den weitläufigen Weiden vorbeiführte. Sie war in Gedanken versunken und erschrak fast zu Tode, als sie eine Stimme hörte.

„Kannst du nicht schlafen?"

Marc trat aus dem Schatten eines Baumes hervor. In der Dämmerung sah er noch besser aus. Groß, breitschultrig und das Leuchten seiner grünen Augen konnte sie erahnen.

„Du anscheinend auch nicht", sagte sie, als sie sich von ihrem Schreck erholt hatte. Sie konnte sich denken, dass er lächelte.

„Wie hat dir der Tag auf der Rennbahn gefallen?"

„Sehr gut, ich freue mich schon auf morgen." Das war nicht gelogen. Der Rennsport, das Gestüt, all das faszinierte sie immer mehr.

„Da vorn ist eine Bank, wollen wir uns setzen?"

Sein Angebot überraschte sie. Hatte er nicht gesagt, sie solle sich von ihm fernhalten? „Gern."

Sie setzten sich auf die Lehne und er legte seine Arme auf die Knie. Alles war so verdammt lässig und cool an ihm. Dennoch strahlte er etwas aus, eine gewisse Gefährlichkeit. Oder bildete sie sich das nur ein nach den Informationen, die sie von ihrem Privatdetektiv erhalten hatte? „Ihr wart ja richtig erfolgreich heute."

„Ja, nicht schlecht. Von acht Startern drei Sieger und drei Platzierte."

„Schade, dass Jessica nicht dabei war."

In der Dunkelheit konnte sie es nicht richtig erkennen, aber war er überrascht, dass sie seine Tochter erwähnt hatte?

„So musstest du aber nicht auf sie aufpassen und konntest den Tag für dich genießen."

„Es hätte mir aber nichts ausgemacht." Es überraschte sie selbst, aber es war die Wahrheit.

„Sie kommt morgen mit ihrer Großmutter zur Bahn."

„Das ist schön." Nicht, dass sie das nicht schon gewusst hatte durch ihre Lauscherei am Fenster.

„Du scheinst sie wirklich zu mögen." Er starrte auf den Boden.

„Ja, das tue ich. Ist das falsch?"

„Sie mag dich auch. Sie ist ganz fasziniert von dir."

Rebecca wunderte es, da sie nicht viel Zeit mit ihr verbracht hatte, aber es stimmte, sie und Jessica waren sich auf Anhieb sympathisch gewesen. Und das, obwohl sie kaum Erfahrung im Umgang mit Kindern hatte. „Wenigstens einer aus der Familie, der mich mag", rutschte es ihr raus.

Er hob den Kopf und sah sie an. „Ich habe nie gesagt, dass ich dich nicht mag." Er sprach nicht weiter.

„Da schwebt noch ein ‚aber' in der Luft, willst du nicht weiterreden?"

„Ich will nicht, dass Jessica sich zu sehr an dich gewöhnt, in gut einer Woche bist du schließlich wieder weg."

„Also soll ich mich auch von ihr fernhalten. Hast du sie deshalb fortgeschickt?" Rebecca war wütend. Warum machte er es nur so kompliziert? Sein Leben schien ein einziges Gerüst aus Lügen zu sein.

„Nein. Das hat nichts mit dir zu tun."

„Womit dann?", fragte sie, ohne Hoffnung zu haben, dass sie eine ehrliche Antwort bekommen würde.

Er stand auf und sah lange auf sie hinab. „Glaub mir, ich würde es dir gern sagen. Ich würde gern mit diesem ganzen Versteckspiel aufhören, aber es geht nicht. Meine Vergangenheit ist …"

„Ist was?" Sie wollte unter keinen Umständen, dass er jetzt aufhörte. So nah war sie noch nie an der Wahrheit, an ihm selbst gewesen. Nicht einmal, als sie sich geküsst hatten. Die

Nähe war deutlich zu spüren.

„Ich habe Mist gebaut und der holt mich ein. Es ist besser, wenn du nichts weißt."

„Warum? Glaubst du, ich würde dich für etwas verurteilen, was lange vorbei ist?"

„Es ist leider nicht vorbei." Er war lauter geworden.

Was meinte er damit?

„Und du würdest mich verurteilen, ich bin nicht gut genug für dich."

Sie wollte widersprechen, als er sie von der Bank riss und sie mit einer solch verzweifelten Intensität küsste, dass es ihr den Atem raubte. In diesem Kuss steckte alles. Ein Vorgeschmack auf das, was hätte sein können, auf pures Glück. Aber als er sie losließ, waren da nur pure Verzweiflung und eine Sehnsucht in ihrem Inneren, die sie förmlich zerriss.

So unvermittelt, wie er aufgetaucht war, so drehte er sich um und verschwand in der Dunkelheit. Er ließ sie zurück und eine dumpfe Trauer machte sich in ihr breit.

10

Rebecca hatte so gut wie gar nicht geschlafen. Sie fühlte sich unwohl, als sie sich am heutigen Sonntag erneut nach Iffezheim zur Rennbahn aufmachte.

Sie hoffte, dass das sorgfältig aufgelegte Make-up die Spuren des Schlafmangels überdeckte. Mittlerweile war sie mit der Rennbahn vertraut und fand auch Davids Mutter mit ihrem Enkelkind Jessica. Die beiden warteten am Haupteingang auf sie. Davids Mutter war eine attraktive Frau Mitte sechzig. Ihre Haare waren blondiert und sie trug einen Pagenschnitt, der ihr ausgezeichnet stand. Ein apricotfarbenes Kostüm mit den passenden Ballerinas ließ sie elegant wirken. Sie war ein Stückchen größer als Rebecca. Daher hatte David also seine imposante Größe. Jessica zog ihre Großmutter an der Hand hinter sich her.

„Das ist sie! Hallo Rebecca!"

„Hallo Jessica." Rebecca bekam keine Gelegenheit, zuerst Frau Waldmann zu begrüßen, denn Jessica umarmte sie. Danach erst gab sie der Frau die Hand.

„Jessica konnte es kaum erwarten, hier herzukommen und Sie mir endlich vorzustellen."

Ihre Stimme war angenehm und sie hatte ein offenes Lächeln, das viele Lachfältchen um ihre Augen offenbarte. Soweit Rebecca wusste, stand Agatha Waldmann finanziell sehr gut da, obwohl sie das Gestüt mit allem, was dazugehörte, bereits zu ihren Lebzeiten ihrem Sohn David vermacht hatte. Sie wirkte vital und voller Leben, obwohl sie vor einigen Jahren ihren Mann und ihre Tochter Vanessa verloren hatte.

„Ich freue mich, Sie kennenzulernen." Rebecca mochte Agatha Waldmann auf Anhieb.

„Jessica und ich werden uns heute gut um Sie kümmern." Sie zwinkerte. „Befehl von meinem Sohn."

„Ihr Sohn ist ein großartiger Mensch, ich bewundere seine Arbeit."

Sie war sichtlich stolz auf David und freute sich über das

Lob. „Leider wird er heute sehr beschäftigt sein, denn Drew ist verschwunden.“

„Was?“ Rebecca blieb stehen. „Was heißt verschwunden?“

Jetzt machte sich Besorgnis im Gesicht der älteren Dame breit. „Er war heute Morgen nicht da. Mein Sohn konnte mir auch nichts Näheres sagen. Sie haben, bevor sie losgefahren sind, das ganze Anwesen nach ihm abgesucht. Er ist unauffindbar, geht auch nicht an sein Handy.“

„Krieg ich ein Eis?“, unterbrach Jessica.

„Schatz, dafür ist es noch ein wenig früh. Erst essen wir gleich etwas Warmes zu Mittag.“

„Okay. Gehen wir jetzt Pferde gucken? Papa ist doch bestimmt da.“

„Na dann folgen wir der kleinen Dame mal.“

Rebecca lief hinter den beiden her. In ihrem Kopf herrschte Chaos. Was hatte das nun wieder zu bedeuten? Wieso war Drew verschwunden und wo konnte er sein? Jessica plapperte die ganze Zeit und erzählte etwas über die Pferde im Führring.

„Sie ist nicht immer so aufgedreht, aber sie vermisst ihren Vater. Er hat zuletzt wenig Zeit für sie gehabt.“

Agatha Waldmann sprach also über Marc. Rebecca musste sich zusammenreißen, um nicht zu fragen, warum David Waldmann als Vormund für Jessica eingetragen war. Das wurde alles immer seltsamer. Sie konnte sich aber eine Frage nicht verkneifen. „Kommen Sie gut klar mit Ihrem Schwiegersohn?“

Ein verwunderter Ausdruck erschien auf Agathas Gesicht. Rebecca hoffte, dass sie mit dieser Frage nicht zu weit gegangen war.

„Egal, was Sie über ihn gehört haben mögen, er ist ein großartiger Mensch und der beste Vater, den sich ein Kind wünschen kann.“

Rebecca nickte. Was sollte sie über Marc Schlechtes gehört haben? Sie fragte sich mittlerweile, ob es überhaupt jemanden auf dem Gestüt gab, der nichts zu verbergen hatte.

Sie beobachtete Marc, wie er Bettina half, eines der Pferde zu satteln. Zwischendurch winkte er seiner Tochter zu. Als die Jockeys aufgesessen hatten, führte Bettina das Pferd zur Bahn und Marc kam zu ihnen herüber.

„Hey, mein Schatz." Er nahm seine Tochter auf den Arm und wirbelte sie einmal herum, dann umarmte er Agatha und nickte Rebecca kurz zu.

Agatha schaute prüfend von einem zum anderen. Die Spannung in der Luft war förmlich greifbar und das schien Agatha nicht zu entgehen.

„Krieg ich ein Eis?"

Marc lachte. „Ich schätze mal, du hast deine Oma schon gefragt und die hat gesagt, dass du bis nach dem Mittagessen warten sollst."

„Ja, aber …"

Er flüsterte seiner Tochter etwas ins Ohr. „Wir treffen uns auf der Tribüne." Und dann verschwand er mit ihr.

Agatha verdrehte die Augen. „Jetzt kauft er ihr ein Eis. Wetten?"

„Die Wette haben Sie schon gewonnen, ich wette lieber auf die Nummer 6."

„Meinen Sie? Ich glaube nicht, dass das Pferd von Robert Eagle eine Chance hat. Nehmen Sie die Nummer 7."

„Sie haben da mehr Erfahrung."

Sie gingen zum Wettschalter und anschließend auf die Tribüne. Kurze Zeit später kamen Marc und Jessica dazu.

„Ihr habt bestimmt kein Eis gegessen, oder?"

Jessica schüttelte den Kopf und stieß ihren Vater an, der zwei Eis hinter seinem Rücken hervorzauberte und eins Rebecca, das andere Agatha reichte.

Rebecca musste lachen. „So was nennt man wohl Bestechung. Danke."

„Ich kann leider nicht bleiben. Habt einen schönen Tag, ihr drei."

Rebecca bedauerte, dass er wieder ging. Aber dieses Mal lag es nicht an ihr, sondern an der Arbeit, was das traurige Gefühl nicht schmälerte.

Sie aßen ihr Eis und verfolgten gespannt das Rennen. Tatsächlich gewann die Nummer 7 und auch Jessica hüpfte auf und ab. „Guck mal, Papa hat eine Wette für mich auf die 7 abgeschlossen!"

„Wow, dann ist der Tag ja gerettet!" Rebecca drückte die

Kleine an sich, die sich in ihrem Siegestaumel in ihre Arme geworfen hatte.

„Da waren wir alle sehr erfolgreich. Rebecca, nenn mich doch einfach Agatha. Wir sind hier eine große Familie."

Rebecca war gerührt, aber bald würde sie diese Familie wieder verlassen. Das versetzte ihr einen Stich ins Herz. Wie konnte es sein, dass sie bereits nach einer Woche und trotz der widrigen Umstände Jessica, Marc, David und nun auch noch dessen Mutter in ihr Herz geschlossen hatte? Weil sie so etwas nie kennengelernt hatte? Daran musste es liegen.

Sobald sie wieder zu Hause war, würde alles seinen gewohnten Gang gehen und sie würde keinen Gedanken mehr an die Leute hier verschwenden.

Jessica drängte darauf, wieder zum Führring zu gehen und sich die Pferde anzuschauen. Rebecca sah auf die Uhr. Fleischer musste längst in Irland angekommen sein. „Wir treffen uns wieder auf der Tribüne, ich muss mal dringend einen anderen Ort aufsuchen."

Agatha nickte verständnisvoll und Rebecca beeilte sich, zu den Toiletten zu kommen. Sie schloss sich in eine der Kabinen ein. Es dauerte Ewigkeiten, bis die Verbindung zustande kam.

„Schön, dass Sie anrufen! Ich hab keine Verbindung zu Ihrem Handy bekommen", begrüßte Fleischer sie.

„Irgendwie ist der Empfang heute nicht der beste. Hören Sie, es gibt Neuigkeiten. Drew O'Donaghue ist verschwunden."

„Interessant. Er hat Ihnen gesagt, dass er aus Dundalk kommt, richtig?"

„Ja."

„Er ist aber dort nicht im Geburtenregister. Ich bin noch in Dublin. Mein Freund bei der Polizei hat mir die Akte gezeigt. Drew O'Donaghue existiert seit 10 Jahren."

„Was soll das heißen?"

„Die Akte zeigt eine fünfjährige Karriere als Kleinkrimineller, danach ging er nach Deutschland zu Waldmann, dort ist er seit fünf Jahren."

„Was hat das zu bedeuten?"

„Mein Kollege und ich haben einen Verdacht, aber ich muss jetzt erst mal nach Belfast, um mich um Marc Farrell und Robert Eagle zu kümmern. Sagten Sie nicht, dass Farrell vor zehn Jahren in Deutschland aufgetaucht ist?“

„Ja.“

„Komischer Zufall. Beide Männer existieren erst seit 10 Jahren, na ja, Farrell existiert eigentlich überhaupt nicht. Und Eagle ist seit drei Jahren auch deutscher Staatsbürger und fragen Sie mich bitte nicht, wie er das gemacht hat.“

„Ich verstehe das alles nicht.“

„Ich hoffe, dass ich heute Abend mehr Informationen habe. Ich rufe so gegen 22:00 Uhr an. Seien Sie vorsichtig!“

„Sie auch.“

Langsam verließ Rebecca die Toilette und ging zurück zu den Tribünen. Bis zehn erschien es ihr noch verdammt lange.

*

Robert warf das Handy wütend auf den Schreibtisch. Lange würde das blöde Teil nicht mehr halten, so wie er es in letzter Zeit malträtierte.

Was war mit Drew los, warum war er nicht mehr zu erreichen? Da stimmte etwas nicht. Wenn er gründlich darüber nachdachte, konnte das nur eins bedeuten.

Noch wütender als vor einer Minute erhob er sich. Die angestaute Energie musste raus. Hoffentlich war Kathrin schon wach. Das war der Nachteil seines kleinen Tablettencocktails, sie schlief mindestens zwölf Stunden. Zur Not würde er sie eben schlafend ficken.

Er stieg die Treppen zum Schlafzimmer hinauf. Staub hatte sich auf dem Geländer angesammelt. Normalerweise wäre Walter dafür zuständig. Er musste sich etwas einfallen lassen. Jemand musste den Haushalt erledigen. Irgendwen von außen zu engagieren, passte ihm nicht, aber Kathrin wäre sicher nicht in der Lage dazu, solange er sie mit Drogen vollpumpen musste.

Er betrat das Schlafzimmer. Sie lag nackt auf dem Bauch. Ihre Haare ergossen sich rund um sie und verdeckten das Brandzeichen am Schulterblatt. Nicht gut. Er trat neben sie und setzte sich auf die Bettkante. Er strich die Locken zur Seite und betrachtete sein Werk. Zufrieden grinste er. Aber ihr Rücken war noch zu unversehrt. Mit der Zeit würden mehr Narben dazukommen. Er würde erst aufhören, wenn er sie so zugerichtet hatte, dass kein anderer Mann sie jemals wieder anfassen würde. Sie gehörte ihm. Der Gedanke beruhigte ihn. Trotzdem war noch zu viel Wut in seinem Inneren. Die Sache mit Drew gefiel ihm ganz und gar nicht. Unsanft packte er Kathrin an den Haaren und riss ihren Kopf in den Nacken. „Bist du wach?"

„Au!"

„Dreh dich um."

Träge drehte sie sich um und sah ihn an. „Wir haben ihn verbrannt, nicht wahr? Es war kein Traum, oder?"

Musste sie wieder davon anfangen? „Nein. Denk dran, ich habe es für uns getan. Mach die Beine breit."

Sofort kam sie seinem Befehl nach. „Ich will dich, Robert."

Genau das hatte er hören wollen. Es lief ja so gut mit ihr. Genau so hatte er es sich vorgestellt. Es war ihm egal, was sie empfand, ob sie kommen würde. Heute musste er sich abreagieren, alles vergessen, Kraft schöpfen, um gleich weitere Schritte einleiten zu können. Das hier sollte kein Akt der Liebe sein, das hatte er gestern für sie getan, als er Walter tötete. Jetzt ging es nur um sein Wohlergehen. Sie hatte die Augen geschlossen. „Sieh mich an, wenn ich dich ficke." Umgehend kam sie auch diesem Befehl nach. Es dauerte ein wenig, wahrscheinlich, weil er mit seinen Gedanken doch nicht so ganz bei der Sache war, aber schließlich kam er.

Sofort zog er sich aus ihr zurück. „Geh duschen und zieh dich an. Wir müssen packen. Ich will so schnell wie möglich nach Baden-Baden aufbrechen."

Hastig zog er sich die Hose an. Er konnte später duschen. Jetzt musste er dringend Farrell anrufen. Zwei Stufen auf einmal nehmend, ging er zurück in sein Büro und drückte die Kurzwahltaste.

„Verdammt, was willst du? Du weißt, dass ich auf der Rennbahn bin."

Robert lächelte zufrieden, als er Marcs genervte Stimme vernahm. „Ich hatte Sehnsucht."

„Du kannst mich mal."

„Mein lieber Marc, ich bestimme hier die Regeln. Was hast du mit Drew gemacht?"

Marcs Antwort kam nicht sofort, Robert vermutete, dass er sich erst mal einen Platz suchte, wo er ungestört telefonieren konnte. „Nichts."

„Erzähl keinen Scheiß, Farrell. Ich kenne dich. Aber glaub mir, Drew auszuschalten löst dein Problem nicht."

„Ich habe kein Problem."

„Sobald ich morgen die Pferde habe, wirst du den präparierten Transporter nach Irland bringen."

„Werde ich nicht. Such dir jemand anderen, um deine Drogen und Waffen zu transportieren."

„Da du Drew erledigt hast, ist das schwer, mein Freund. Du wirst es tun."

„Du weißt genau, dass ich nicht nach Irland kann."

„Doch du kannst, die Route ist sicher, niemand wird dich aufhalten. Ich habe extra wunderschöne gefälschte Papiere für dich im Handschuhfach hinterlegen lassen. Ich hoffe, du hast das gesehen."

„Ja, ich habe mir alles genau angesehen. Für wie bescheuert hältst du mich? Deine Leute warten doch auf mich, um mir da unten eine Kugel in den Kopf zu jagen."

Robert lachte. „Ach Marc, wie kommst du denn darauf? Ich würde einen Künstler wie dich nicht umlegen lassen. Ich brauche dich noch."

„Komm morgen her und wir treffen uns auf Augenhöhe."

Jetzt wurde Robert wütend. „Was glaubst du eigentlich, wer du bist? Ich habe dich ausgebildet. Ich werde dir immer einen Schritt voraus sein. Auch wenn du Drew umgelegt hast, nützt dir das nichts. Deine Tochter ist bei ihrer Großmutter ebenso wenig sicher wie auf dem Mond. Vergiss das nicht."

„Leck mich."

Robert war überrascht, dass Marc einfach auflegte. Wieder landete sein Handy krachend auf dem Schreibtisch.

*

David ließ sein Handy in die Tasche gleiten und beobachtete

aus der Ferne, wie Marc wieder hinter den Ställen hervorkam. Hastig zog er sich weiter vom Geschehen zurück. Er musste erst mal verdauen, was er da gehört hatte. Sich sammeln und die Informationen sortieren. Er hatte lange überlegt, ob er diese Abhörfunktion installieren lassen sollte. Es hatte enorme Vorteile, wenn ein ehemaliger Schulfreund beim deutschen Geheimdienst arbeitete. Jedes Mal, wenn Marcs Handy einen Anruf empfing oder er einen tätigte, vibrierte Davids Handy ebenfalls und er war in der Lage, das Gespräch mitzuhören. Eagle schmuggelte Waffen und Drogen nach Irland. Dazu benutzte er die billigen, wertlosen Rennpferde. So was hatte David sich schon gedacht. Drew steckte mit drin. Auch das bestätigte nur einen Verdacht, der sich in letzter Zeit in seinem Hinterkopf eingenistet hatte. Aber Marc, warum er? Sein bester Freund. Weil Marcs Tochter bedroht wurde. Marc war sauber. Oder? Er tat es nur, um Jessica zu schützen. David hätte am liebsten auf irgendeinen Gegenstand eingeschlagen. Und was meinte Eagle mit Künstler? Stammten die Arbeiten, mit denen er berühmt geworden war, etwa aus Marcs Hand? Warum hatte Marc nie mit ihm darüber geredet. Sie hätten eine Lösung gefunden. Gemeinsam. Jetzt schien alles zu spät zu sein. Womit David bei dem Thema war, über das er gar nicht nachdenken wollte. Wo war Drew? Hatte Marc ihn tatsächlich getötet? Aber warum? Und wer war eine Bedrohung für Jessica? David ging zum Führring, ab jetzt würde er Marc keine Sekunde mehr aus den Augen lassen.

*

Rebecca musste ihr Bratwürstchen geradezu hinunterwürgen. Der Appetit war ihr seit dem Telefonat vergangen. Sie brauchte alle Energie, sich auf Jessica und Agatha zu konzentrieren.

Sie waren mit Jessica beim Ponyreiten, als Agatha fragte: „Ist alles in Ordnung mit dir? Du wirkst unruhig."

Für einen Moment hätte Rebecca sich am liebsten der älteren Frau anvertraut. Sie alles gefragt, was ihr auf dem Herzen lag. Ihre Gefühle für Marc offenbart, aber so etwas lag nicht in ihrer Natur. Sie hatte immer alles mit sich selbst ausgemacht und außerdem war hier und jetzt nicht der richtige Ort. „Ich hab Kopfschmerzen."

„Das glaube ich dir nicht. Wir kennen uns zwar erst seit heute, aber irgendwas stimmt doch nicht."

Verdammt, hatte sie es so schlecht verbergen können? „Es gibt ein paar Dinge, die mich beschäftigen, aber in ein paar Tagen wird sich alles klären."

Agatha winkte ihrer Enkelin zu, die fröhlich auf einem der Ponys saß. Rebecca wurde in ihre Kindheit zurückversetzt. Im katholischen Kinderheim hatte es keine Ausflüge gegeben und Ponyreiten schon mal gar nicht, höchstens Bibelstunden.

„Geht es um Marc?"

Wie kam sie denn darauf? „Marc?"

„Jessica hat geplaudert. Sie sagte, dass er, seit du da bist, anders ist und da sah es so aus, als gäbe es Schwierigkeiten zwischen euch."

„Schwierigkeiten?" Äffte sie jetzt alles nach, was Agatha sagte? Aber einen ganzen Satz konnte sie nicht herausbringen, beim besten Willen nicht.

„Ich bin vierundsechzig Jahre alt. Ich habe viel mit Menschen zu tun gehabt, auch wenn ich jetzt zurückgezogen lebe. Es ist die Art, wie du ihn ansiehst und er es ganz dringend vermeidet, dich anzusehen."

„Das ist dir aufgefallen?"

„Ja. Ich frage mich nur, wo bei euch die Schwierigkeit liegt. Jessica hat dich ins Herz geschlossen und keiner von uns würde es Marc übel nehmen, wenn er sich wieder verliebt. Vanessa wird nicht wiederkommen und Marc ist zu jung, um allein zu bleiben."

„Es liegt nicht an mir."

„Wie lange bleibst du noch?"

„Eine Woche."

„In einer Woche kann viel passieren." Agatha zwinkerte.

„Das glaube ich kaum." Rebecca entfuhr ein Seufzer. „Es gibt wohl zu viele Dinge, die zwischen uns stehen."

Die Augenbrauen der älteren Frau schnellten nach oben. „Ich muss dir doch wohl nicht sagen, dass Frauen sehr überzeugend sein können."

Rebecca lächelte unverbindlich. So einfach war das alles eben nicht.

Ihr Handy vibrierte. Wer konnte das sein? Fleischer wollte sich erst gegen 22:00 Uhr wieder melden und es war erst später Nachmittag. Nach einem Blick auf das Display stellte sie fest, dass er es tatsächlich war. Mit klopfendem Herzen entschuldigte sie sich bei Agatha und ging ein paar Schritte zur Seite.

„Hallo."

„Hören Sie, Sie sollten so schnell wie möglich das Gestüt verlassen. Ich verschwinde auch aus Irland. Ich hab da in ein Wespennest gestochen."

Diese Aussage trug nicht dazu bei, dass sich Rebeccas Herzschlag beruhigte. „Was ist los?"

„Mein Kollege von der Dubliner Polizei ist mitgekommen, ohne ihn hätte ich das nicht geschafft. Eagle heißt eigentlich Theodor Preston und ist offiziell tot. Wie so viele hochrangige IRA-Mitglieder, aber wir haben ihn anhand eines alten Zeitungsausschnittes identifiziert."

„IRA?"

„Sie wissen doch, die ehemalige Organisation, die für die Unabhängigkeit …"

„Ja", unterbrach Rebecca. „Aber ich dachte, die gäbe es nicht mehr, haben die nicht alle Waffen abgegeben?"

„Offiziell ja, aber es gibt sie noch, nur mit anderen Zielen. Drogen, Menschenhandel, Waffenhandel. Die sind bald mächtiger als die Mafia und keiner schafft es, gegen sie vorzugehen und ich würde wetten, dass Eagle in Deutschland eine lukrative Zweigstelle unterhält."

„Aber meine Freundin Kathrin ist mit ihm zusammen."

„Dann sollten Sie sie warnen."

„Scheiße!" Wie die Dinge lagen, würde Kathrin ihr nicht mal zuhören, geschweige denn glauben. Was Robert Eagle anging, hatte sie Tomaten auf den Augen. „Ich kann nicht einfach von hier verschwinden. Er kommt morgen mit Kathrin nach Baden-Baden. Ich muss irgendwas tun."

„Ich bin noch nicht fertig."

Rebecca wurde übel, was konnte Fleischer noch herausgefunden haben?

„Marc Farrell existiert. Ich sagte doch, wir haben in ein Wespennest gestochen. Nach dem Job hier muss ich erst mal ne Weile abtauchen. Ich komme nicht nach Deutschland, ich schicke Ihnen demnächst eine Nachricht, wohin Sie mein Geld überweisen können."

Als wenn Rebecca das jetzt interessiert hätte. Sie erkannte ihre Stimme nicht wieder, als sie fragte: „Was haben Sie über Marc herausgefunden?"

„Er ist vor zehn Jahren verschwunden. Wir wissen ja wohin, aber die suchen ihn. Er steht ganz oben auf deren Todesliste und deswegen war er wohl erpressbar und hat die Kunstwerke für Eagle gemacht."

„Aber warum? War er Polizist?"

Fleischer lachte auf. „Im Gegenteil. Er steht auf der Liste, weil er zu viel weiß. Weil er sie alle kennt. Er war einer ihrer besten Elitekiller."

Rebecca wurde schwarz vor Augen. *Killer* dröhnte es in ihrem Kopf. Der Marc, der so liebevoll mit seiner Tochter umging? Der Marc, der sie so sanft küssen konnte? Der Marc, der ein Händchen für Pferde hatte? Das konnte nicht sein.

„Sind Sie noch dran?"

„Ja." Jetzt war ihre Stimme endgültig nur noch ein Piepsen.

„Hauen Sie ab. Ich tue es jetzt auch." Er legte auf.

Die Menschen um sie herum, die Stimmen, der Rennbahnsprecher, alles kam gedämpft bei ihr an. Sie konnte nicht mehr denken. Sie rannte los. Zu den Ställen, irgendwo dort musste Marc sein. Sie musste ihn finden.

Marc lehnte an einem der Pferdetransporter und unterhielt sich mit einem Jockey. Die beiden lachten und Rebecca blieb stehen, um Atem zu holen.

Er war ein Killer.

Vielleicht hatte er Drew umgebracht. Ob David davon wusste? Hing er mit drin? Alles drehte sich, sie lief erneut los und stürmte auf ihn zu. Dass sie dabei den kleinen Jockey zur Seite stieß, interessierte sie nicht. Sie schlug mit den Fäusten auf Marcs Brust ein. Überrascht taumelte er ein Stück, dann hatte er sie gepackt und sah sie aus diesen wunderschönen grünen

Augen an.

„Was ist los mit dir?“

Vage bemerkte sie, wie er dem Jockey ein Zeichen gab und dieser sich entfernte.

„Du verdammter Lügner, du …“ Sie wollte das Wort Killer hinausschreien, als jemand sie von hinten packte.

„Marc, du hast zu tun, ich kümmere mich darum.“

Der Griff war eisern und David zog sie fort. Sie konnte einen letzten Blick auf Marc werfen und auf einmal tat alles in ihr furchtbar weh. Er wusste, dass sie die Wahrheit kannte, und sein Gesichtsausdruck war traurig.

„Sag mal, spinnst du? Komm erst mal zu dir!“

Sie war nah dran, hysterisch zu schreien und bevor sie damit anfangen konnte, schlug ihr David ins Gesicht. „Verzeih mir, aber du musst ruhig werden.“

„Ruhig?“ Rebecca wurde tatsächlich ruhiger. Sie standen am Rande des Geländes und David sah sie eindringlich an.

„Ich denke, wir beide sollten die Karten auf den Tisch legen. Was meinst du?“

Langsam konnte Rebecca wieder klar denken. „Weißt du, wo Drew ist?“

„Nein.“

„Ich habe Nachforschungen anstellen lassen.“

„Dachte ich mir. Wieso?“

„Weil hier irgendwas nicht stimmt, und streite es nicht ab.“

„Das tue ich nicht. Leider bin ich auch erst in den letzten Tagen darauf gekommen. Ich könnte mir in den Arsch treten, dass ich es nicht schon eher gemerkt habe.“ Er ließ sie los und schritt auf und ab. Rebecca glaubte ihm. David war ein aufrichtiger Mensch.

„Also? Was weißt du?“, fragte sie ihn.

Er sah sich um, und als er sicher war, dass niemand ihm zuhörte, begann er. „Ich weiß, dass Eagle Waffen und Drogen schmuggelt. Er benutzt dafür die billigen, wertlosen Pferde, die er ersteigert und Drew hat diese Transporte übernommen. Ich könnte ihn dafür erschießen.“

„Vielleicht hat das Marc bereits getan.“

Davids Kopf schnellte nach oben. „Wie kommst du darauf?“

„Du wirst doch wohl wissen, dass er ein Elitekiller der IRA war.“ All ihre Wut lag in ihrer Stimme.

Traurig sah David sie an. „Ja, das weiß ich.“

Sie konnte es nicht fassen. „Und du hast zugelassen, dass er deine Schwester heiratet?“

„Du weißt nichts über ihn. Also verurteile ihn nicht.“

„Sag mal, habt ihr sie noch alle? Der Mann ist ein Killer!“

David fuhr sich mit der Hand über die Augen. „Er wird erpresst von Eagle.“

„Das weiß ich, Marc steht auf der Todesliste.“

„Eagle bedroht seine Tochter.“

„Was? War Drew die Gefahr?“

David zuckte mit den Schultern. „Ich weiß es nicht. Hör zu, das alles wird zu gefährlich. Fahr nach Hause.“

„Das kann ich nicht. Meine Freundin ist mit Eagle zusammen. Irgendwas macht er mit ihr. Sie ist nicht so. Ich hab das Gefühl, dass sie ihm hörig ist. Ich werde sie nicht im Stich lassen.“

„Und ich werde Marc nicht im Stich lassen. Egal, was du von ihm denkst. Er ist nicht das Monster, für das du ihn hältst. Vertrau mir. Wenn du hierbleiben willst, müssen wir ab sofort ehrlich miteinander sein.“

Sie nickte. „Wir arbeiten sozusagen zusammen.“ Sie streckte ihm die Hand hin. Er ergriff sie und so besiegelten sie den Pakt. „Aber was willst du tun?“ Rebecca hatte keine Ahnung, wie sie nun weitermachen sollten.

„Vertrau mir, ich hab eine Idee. Verhalte dich jetzt einfach ganz normal. Und morgen begrüßen wir gemeinsam Eagle und deine Freundin. Sobald mein Plan spruchreif ist, weihe ich dich ein.“

Rebecca nickte. Wieder dachte sie an Drew, hoffentlich hatte Marc ihn nicht getötet.

11

Rebecca wälzte sich in ihrem Bett herum. An Schlaf war nicht zu denken. Sie hätte todmüde sein müssen und körperlich war sie das auch. Leider wollte ihr Kopf nicht aufhören zu arbeiten.

Es klopfte leise. Sie stieg aus dem Bett und öffnete die Tür. Marc stand dort. Die Hände in den Hosentaschen vergraben. Er sah an ihr hinunter und lächelte. Sie hatte keinen Bademantel angezogen und stand im Nachthemd mit den schlafenden Katzen vor ihm, das eigentlich eher für einen Teenager geeignet gewesen wäre. Ihre kurzen Haare standen erfahrungsgemäß in alle Richtungen ab. Marc sah aus, als sei er noch nicht im Bett gewesen.

„Kann ich reinkommen?"

Sie trat einen Schritt zurück.

„Hab ich dich geweckt?"

„Nein, ich konnte nicht schlafen." Hastig versuchte sie, ihre Haare mit den Händen glatt zu streichen.

Er machte einen Schritt auf sie zu und hielt ihre Hände fest. Seine Wärme übertrug sich auf ihren Körper. „Lass sie so. Ich mag das."

Verdammt, er war so unglaublich attraktiv. Sie hätte ihn verachten, vielleicht sogar hassen müssen, ihn überhaupt nicht reinlassen dürfen, stattdessen stand sie hier und schmolz dahin wie ein Teenager. Er war ihr zu nah, viel zu nah und trotzdem war sie nicht in der Lage, den Abstand zwischen ihnen zu vergrößern. Wie angewurzelt stand sie vor ihm.

Langsam ließ er ihre Hand los. Und dann war er es, der einen Schritt zurücktrat. „Können wir reden?"

Es überraschte sie, dass er den Schritt gemacht hatte, zu ihr zu kommen. „Natürlich. Setz dich." Sie bot ihm ihren Schreibtischsessel an.

„Danke, ich stehe lieber, wenn es dir nichts ausmacht."

„Wie du willst." Ihre Knie waren weich, daher setzte sie sich im Schneidersitz auf ihr Bett und sah zu ihm auf. „Also?"

„Seit ich von der Bahn wieder hier bin, laufe ich durch die

Gegend und …" Er fuhr sich durch die schwarzen Haare.

Er schien verzweifelt nach den richtigen Worten zu suchen und Rebecca hätte ihn am liebsten in die Arme geschlossen. Aber da stand zu viel zwischen ihnen. Zu viele Zweifel nagten an ihr und eine Stimme in ihrem Kopf wies sie immer wieder darauf hin, dass er ein Killer war. Das durfte sie auch nicht vergessen.

„Du hast irgendwas über mich herausgefunden, richtig?"

„Ich habe einen Privatdetektiv engagiert."

Es sah nicht so aus, als sei er sauer. „Warum bist du so neugierig?"

Sie zuckte mit den Schultern. Warum? Sie entschied sich für die Wahrheit. „Weil mir etwas an dir liegt."

Er lachte traurig auf. „Ach ja? Und nachdem du jetzt mehr über mich weißt, liegt dir da noch was an mir?"

Diese Frage konnte sie nicht ohne Weiteres beantworten. Ihr Herz sagte ja, aber ihr Verstand erhob Einspruch. „Du warst bei der IRA. Du bist …" Sie konnte es nicht aussprechen.

„Ich bin zum Profikiller ausgebildet worden."

Es aus seinem Mund zu hören, machte es realer. Bisher hatte sie gehofft, dass sich Fleischer geirrt hatte. Dass es für alles eine harmlose Erklärung gab. „Ich …" Was sollte sie antworten? Es gab nichts zu sagen.

„Wirst du mich trotzdem anhören?"

Musste sie ihn jetzt nicht aus ihrem Zimmer werfen? Das wäre sicherlich das Beste. „Ja."

„Ich bin in einem Waisenhaus aufgewachsen. Das war nicht gelogen. Ich habe keine Ahnung, wer meine Eltern sind. Ich bin im Müll gefunden worden. Die IRA ist regelmäßig in den Waisenhäusern gewesen, um großzügige Spenden zu verteilen, im Gegenzug durften sie den einen oder anderen Jungen mitnehmen. Ich war einer von ihnen. Als ich vierzehn war, holten sie mich da raus."

„Mit vierzehn? Aber da warst du doch noch ein Kind."

„Robert Eagle oder Theodor Preston, wie er eigentlich heißt, war damals neunzehn. Er war mit seinem Vormund Walter dort und hat ihn überredet, mich mitzunehmen. Die beiden haben mich ausgebildet."

„Sofort?“

„Ja, auf das Alter haben sie keine Rücksicht genommen. Meine Ausbildung hat vier Jahre gedauert, als ich achtzehn war, hatte ich meinen ersten Job.“

Rebecca versuchte, sich auf ihre Atmung zu konzentrieren. Sie hatte Angst vor dem, was jetzt kam. Aber sie unterbrach ihn nicht. Mittlerweile hatte er sich gegen die Schreibtischkante gelehnt.

„Ich hab den ersten Job vermasselt. Ich konnte es nicht. Ich sollte einen Stadtrat von Belfast töten, der immer massiv gegen die IRA vorgegangen war. Alles war im Grunde perfekt. Ich hatte alle Informationen, die ich benötigte. Es wäre gefahrlos gewesen, aber ich konnte nicht abdrücken, als der Moment kam. Ich wusste, dass er Frau und drei Kinder hatte.“ Seine Stimme spiegelte die Emotionen, die Verzweiflung, die er damals empfunden haben musste, wider.

„Walter hat mich zur Strafe halb totgeschlagen, aber Robert hat mir eine zweite Chance gegeben. Er hatte eine Akte über mich angelegt. Er machte einen Vermerk, dass ich nur in der Lage sei zu töten, wenn man mir einen Grund dafür gäbe. Wenn das Töten gerechtfertigt sei. Ich will nichts beschönigen, von da an ging es. Sie gaben mir Zielpersonen aus den eigenen Reihen der IRA. Denn ich wusste genau, wie viel Dreck die alle am Stecken hatten. Damals wandelte sich die IRA. Sie wurden von Freiheitskämpfern zu Drogendealern und Waffenhändlern. Die, die ich getötet habe, waren Walter und Robert im Weg. Erst im Nachhinein ist mir klar geworden, dass ich den beiden damit zu ihrem Aufstieg innerhalb der Organisation verholfen habe.“

„Aber du hast die Bösen getötet?“

Er lachte bitter. „Das hört sich nicht so schlimm an, was? Aber töten bleibt töten. Und wie gesagt, ich habe es den noch Böseren damit ermöglicht, an die Macht zu kommen. Es ist schwer, damit zu leben.“

„Aber du bist ausgestiegen.“

„Ja, weil ich nie …“ Er fuhr sich mit der Hand über das Gesicht. „Verdammte Scheiße, egal wie gut ich als Profikiller war, ich habe das nie tun wollen. Alles, was ich wollte, war malen.

Immer schon, schon im Waisenhaus. Eines Tages bin ich abgehauen. Ich bin hier gelandet und hab eine zweite Chance bekommen. Über die IRA musste ich mir keine Sorgen machen. Ich war gefürchtet genug. Zum einen wusste ich zu viel, zum anderen war ich derjenige, der viele von ihnen getötet hat. Aber Robert hat mich gefunden. Kurz vor Vanessas Tod. Er war mittlerweile in Deutschland und hat mit den Pferden angefangen. Er stand plötzlich vor der Tür, weil er wollte, dass David seine Pferde trainiert und von da an musste ich für ihn malen und Skulpturen machen. Alles, damit er sich eine Scheinidentität aufbauen kann und die deutsche Staatsbürgerschaft bekommt. Einem berühmten Künstler, der sich für Wohltätigkeit einsetzt, schlägt man das nicht ab."

„Hat er gedroht, dich bei der IRA ans Messer zu liefern?"

„Ja. Er hat die Akte über mich und weiß, wo ich bin. Und ich hatte schließlich eine Familie, die ich schützen musste."

„Wie konntest du so leben? Du existierst in Deutschland nicht."

„Vanessa hat es so akzeptiert. Wir haben in einer privaten Zeremonie geheiratet, nie offiziell. David ist Jessicas Vormund."

„Ich weiß."

„Dein Privatdetektiv hat gründliche Arbeit geleistet."

„Der ist wohl gerade auf der Flucht."

Er stieß sich vom Schreibtisch ab und setzte sich ans Bettende. „Der Einzige, vor dem er sich fürchten sollte, ist Eagle. Ansonsten wird sich keiner mit ihm abgeben. Die sind zu mächtig, als dass ein kleiner Privatdetektiv sie gefährden könnte."

„Was ist mit Drew?"

Marc sah sie lange an. Forschte in ihrem Gesicht. „David hat ihn auf Empfehlung von Robert eingestellt. Das weiß ich aber erst seit Kurzem. Ich dachte immer, er hätte einfach so hier angeheuert. Er arbeitet also für Robert."

„Das habe ich nicht gemeint." Rebecca hielt den Atem an.

„Ich weiß." Wieder strich er sich die Haare aus der Stirn. „Was glaubst du? Habe ich es getan?"

„Wenn er derjenige ist, der deine Tochter bedroht, dann vielleicht.“

Marc nickte traurig. „Du glaubst also, dass ich nur diesen einen Weg kenne, weil ich es so gelernt habe?“

„Nein, ich …“

„Ich kann nicht ungeschehen machen, was ich getan habe. Aber ich weiß, was richtig und was falsch ist. Ich habe Drew nicht getötet. Ich weiß nicht, wo er ist.“

Rebecca wollte es ihm glauben. Aber sie hatte Zweifel. Ihr Körper und ihr Herz sehnten sich so sehr nach ihm. Aber sie konnte keinen Zentimeter näher zu ihm rücken.

„Du weißt nicht, ob du mir glauben kannst.“ Er stand auf. „Gott, ich bin so ein Idiot, so ein Weichei.“

„Wieso?“

„Weil ich dir das alles erzählt habe. Ich habe dir das alles nur aus einem Grund erzählt, weil ich mich in dich verliebt habe und weil morgen …“

Er sprach nicht weiter. Rebecca registrierte erst nach einigen Sekunden, was er da gesagt hatte. „Weil morgen, was?“

„Weil Eagle morgen herkommt und weil ich denke, dass dies unsere einzige Gelegenheit wäre, miteinander zu schlafen.“

*

Jetzt war es raus. Er wollte sie.

Er hatte sich von der ersten Sekunde an in sie verliebt. Wenn sein Plan schieflief, würde er sterben oder zumindest für immer verschwinden müssen. Er hatte einfach herkommen müssen. Reinen Tisch machen und sie um diese eine Nacht bitten. Aber sie war eine Frau von Wert, wie konnte er erwarten, dass sie jetzt mit ihm schlief? Lange Zeit saß sie einfach nur da. Sie knetete ihre Hände, ein äußeres Zeichen, dass sie innerlich mit sich rang. Als er schließlich gehen wollte, stand sie auf und stellte sich vor ihn.

„Es ist mir egal, was du getan hast. Ich habe gesehen, wer du jetzt bist. Und das Hier und Jetzt ist alles, was zählt.“

Er konnte sich nicht mehr zurückhalten. Ihre wunderschönen braunen Augen, die ihn an guten irischen Whiskey erinnerten, trafen ihn bis in die Seele. Er fuhr ihr durch die kurzen, seidigen Haare und berührte sanft ihre Lippen mit seinem Mund. Er wollte, dass alles so lange wie möglich dauerte. Er wollte sich diese eine Nacht mit ihr für immer einprägen. Diese Erinnerung wollte er mitnehmen, entweder in ein neues Leben oder in den Tod.

Er ließ seine Zunge über ihre Lippen gleiten. Sie waren unbeschreiblich weich. Seine Zunge fand ihren Weg in Rebeccas Mund und er kostete sie. Langsam erkundete er ihren Mund. Sehnsucht erfüllte ihn. Sehnsucht nach ihrem Körper, aber auch nach mehr. Er wünschte sich in diesem Moment, ein anderer zu sein. Jemand, der ihrer würdig war. Jemand, der ihr zeigte, dass sie sich auf ihn verlassen konnte. Aber alles, was er ihr in der Lage war zu geben, war diese eine Nacht und deshalb sollte sie für Rebecca unvergesslich sein. Er zog ihr das Nachthemd aus. Ihr Körper war perfekt. Die schlanken, langen Beine, der flache Bauch und die vollen Brüste. Sie trug keinen Slip unter dem Nachthemd und er ging in die Hocke. Rebecca spreizte die Beine und er ließ seinen Finger an den Innenseiten ihrer Oberschenkel entlanggleiten. Immer wieder, bis er sie dort berührte, wo sie bereits nass war und ihn erwartete.

Er stand auf und zog sein T-Shirt aus. Er war bereits hart, aber als sie ihm mit den Händen über den Bauch strich und seine Nippel zwischen die Finger nahm, war sein Schwanz kaum noch in der Hose zu halten. Wieder küsste er sie, konnte von ihrem Mund und ihrer Zunge nicht genug bekommen. Ihre Hände waren an seinem Hosenbund und er spürte, wie sein Schwanz förmlich jubilierte, als sie Hose und Slip ein Stück nach unten zog. Sie griff zu und er wäre fast gekommen.

Er entzog sich ihr, um Hose und Schuhe abzustreifen. Dann legte er Rebecca sanft auf das Bett. Er beugte sich über sie und stützte sich mit den Armen über ihr ab. Lange betrachtete er ihr schönes, ebenmäßiges Gesicht. Das kleine Grübchen an ihrem Kinn war ihm schon am ersten Tag aufgefallen. Es ließ sie jugendlich wirken. Er strich mehrmals darüber, bevor er sie erneut küsste. Er wollte jeden Zentimeter ihres Körpers kennenlernen. Er streichelte ihre Brüste. Sie waren fest und prall. Ihre Haut war zart und sie duftete wundervoll nach Zitrone. Aber ihr Eigengeruch war das Beste. Er zog mit seiner Zunge eine Spur zwischen ihre Brüste hinunter zu ihrem Bauchnabel. Ihr Unterleib zuckte leicht, sie wollte ihn. Dieses Wissen machte ihn zum glücklichsten Menschen der Welt. Mehr musste er nicht wissen. Er ließ seine Zunge tiefer gleiten, wo sie am besten schmeckte und der Zitronenduft ihren wundervollen Eigengeruch nicht mehr überdeckte. Sie war auch dort wunderschön. Zart wie eine Blume, deren Blütenblätter mit seiner Zunge geteilt wurden, um zur Knospe vorzudringen. Er beschrieb kleine Kreise mit seiner Zungenspitze. Achtete darauf, wo sie am intensivsten reagierte. Sie streckte sich ihm entgegen und passte sich dem Rhythmus seiner Zunge an. Er spürte ihre Finger in seinem Haar und diese leichte Berührung von ihr, spornte ihn weiter an. Er fand schnell heraus, wo ihr Lustpunkt war, denn sie zeigte es ihm, indem sie sich fester in seinen Haaren verkrallte. Er verstärkte den Druck und ließ immer wieder seine Zunge kurz in sie gleiten. Das „Oh, mein Gott" von ihr nahm er nur entfernt wahr, kostete ihre Nässe aus, trank alles, was sie ihm zu geben hatte, als sie kam.

Aber er war noch nicht fertig mit ihr. Er leckte weiter, ließ einen Finger in ihre feuchte Höhle gleiten und sie stöhnte auf. Er musste sich sehr zusammenreißen, denn er wollte unbedingt in ihr sein. Das war alles, was er sich wünschte. Sich mit ihr zu vereinigen. Dieses eine Mal.

Während sein Finger sanft in sie eindrang, streichelte sein Daumen den Rest ihres Geschlechtes. Sein Mund küsste die Innenseite ihres Oberschenkels. Sie spreizte die Beine immer weiter für ihn und er betrachtete ihre Weiblichkeit, während sein Finger und sein Daumen sie zu einem zweiten Höhepunkt trieben. Sie sah ihn an und wieder hätte er sich in ihren braunen Augen verlieren können.

„Du machst mich fertig." Ihre Stimme war rauchig und das gefiel ihm.

„Das hatte ich vor, a thaisce."

„Das ist gälisch, oder? Was bedeutet es?"

Er ließ ihre seidigen Haare durch seine Finger gleiten. „Was glaubst du, was es bedeutet?"

Sie lächelte und sah ihn wissend an. Erneut küsste er sie. Sein Geschlecht pochte, dass es schmerzte. Er wollte jetzt endlich in ihr sein. Er wollte nach Hause kommen.

Seine Spitze fand den Weg zu ihr sofort, und noch ehe er etwas tun konnte, hatte sie ihren Hintern angehoben und schob sich vorwärts. Sie nahm ihn in sich auf. Vollständig. Die Wärme, die Enge, die ihn dort empfing, war alles. Tausend Empfindungen stürzten auf ihn ein. Ein unglaubliches Gefühl ging durch seinen Körper. Da war sie. Nie hatte er zu hoffen gewagt, noch mal einen Menschen zu treffen, der so etwas in ihm auslösen konnte. Aber es war passiert.

Er begann, sich in ihr zu bewegen. Er wollte jeden Millimeter erkunden. Wollte ganz von ihr umfangen werden. Sie streichelte seinen Rücken und das brachte seine Wirbelsäule zum Prickeln. Ihr Körper bewegte sich rhythmisch mit seinem, er spürte sie so deutlich, dass er sich kaum noch zurückhalten konnte. Aber sie behielten den langsamen Rhythmus bei. Sie hielt sich an ihm fest und er hatte seinen Kopf in ihrem Haar vergraben. Auf jeden Stoß antwortete sie und umfing ihn mit Wärme und Liebe. Es war der perfekte Moment. Etwas, an das er sich sein Leben lang erinnern würde. Egal, wie lange es noch dauerte. Sie waren eins, sie gehörte zu ihm. Sie war wie für ihn gemacht.

Das Tempo wurde nicht schneller, denn in ihrer Einigkeit, in ihren langsamen Bewegungen kamen sie beide zusammen. Sein Orgasmus wurde noch verstärkt, als sie Worte in sein Ohr flüsterte.

„Ich liebe dich.“

*

Rebecca lag in seinen Arm gekuschelt. Sie hatte die drei magischen Worte ausgesprochen.

Noch nie hatte sie diese über die Lippen gebracht. Aber es hatte sich gut und richtig angefühlt und das tat es immer noch. Er drückte ihr einen Kuss an die Schläfe.

„Hey. Ich sollte mich langsam fertig machen. Normalerweise würde mein Wecker jetzt klingeln.“

Richtig. Er hatte ja noch einen Job zu erledigen. Jemand musste sich um die Pferde kümmern. Es war also vorbei. Rebecca konnte es nicht ändern, aber eine Träne löste sich aus ihrem Auge. Langsam kullerte sie ihre Wange runter. Er fing sie mit einem Finger auf.

„Nicht weinen, okay? Ich werde dich nie vergessen und eins muss ich dir noch sagen." Er richtete sich auf und sah ihr in die Augen. „Ich liebe dich auch."

Rebeccas Bauch ließ Schmetterlinge frei, aber ihr Herz zog sich zusammen. Sie versuchte sich zu sagen, dass er es noch viel schwerer hatte. Er musste mit seiner Schuld leben, verlor seine Tochter und sie. Aber sie fühlte ihren Schmerz, und dass es für ihn vielleicht noch härter war, machte es für sie nicht leichter.

Er stand auf und zog sich an. Rebecca betrachtete ihn und genoss den Anblick seiner Muskeln.

„Marc, was wird heute passieren?"

Er lächelte und antwortete nicht. Rebecca dachte an David. Hatte er nicht gesagt, er hätte einen Plan? Darauf musste sie hoffen. Aber hatten Marc und sie überhaupt eine Zukunft? Er existierte doch gar nicht. Konnte sie mit einem Exkiller leben? War die letzte Nacht nur so perfekt gewesen, weil sie beide gewusst hatten, dass es kein Morgen geben würde? Sie verdrängte die Gedanken und erschrak, als Schritte im Flur erklangen. Jemand klopfte an Marcs Wohnungstür.

„Verdammt Marc, mach sofort auf!"

Davids Stimme. Marc ging zur Tür. „Ich bin hier."

Rebecca schämte sich nicht. Die Szene war eindeutig. Es war ihr egal, was David dachte.

Seinem Gesichtsausdruck nach zu urteilen, schien es ihn aber nicht weiter zu interessieren. Rebeccas Magen wurde zu einem eisigen Klumpen. Das war das Gesicht eines Mannes, der keine guten Neuigkeiten hatte. Im nächsten Moment wurde ihr Verdacht bestätigt.

„Leute, meine Mutter hat angerufen. Jessica ist verschwunden."

12

Kathrin betrachtete die Pferde, die im Auktionsring vorgeführt wurden. Sie hatte keine Ahnung, welches man ersteigern sollte oder nicht. Robert hatte schon eins erstanden. Dass er nicht müde war, wunderte sie. Er war die halbe Nacht mit ihr durchgefahren und sie hatte geschlafen. Überhaupt war sie nur noch müde in letzter Zeit und das Denken fiel ihr schwer. Sie war so froh, Robert an ihrer Seite zu haben, der ihr jede Entscheidung abnahm und ihr sagte, was sie zu tun und zu lassen hatte. Allein hätte sie das alles nicht mehr auf die Reihe bekommen.

Er nahm ihre Hand und drückte sie kurz. Wie gut ihr das tat. Sie lechzte nach jeder kleinen Bestätigung von ihm. Was war eigentlich aus ihrem Kosmetikinstitut geworden? Es war ihr egal, es strengte sie auch zu sehr an, darüber nachzudenken.

Nachher würde sie Rebecca auf diesem Reiterhof, oder was auch immer es war, wiedersehen. Aber auch das war ihr egal.

Der Vormittag und die Auktion zogen sich dahin. Robert ersteigerte noch drei weitere Pferde und Kathrin lächelte. Schüttelte Hände von Leuten, deren Namen sie sich nicht merken konnte, und nippte hier und da an einem Sekt. Robert lächelte sie immer wieder zufrieden an. Das war alles, was sie wissen musste. Sie verhielt sich richtig.

Wieder wurde ihr jemand vorgestellt. Mit halbem Ohr bekam sie die Unterhaltung der beiden Männer mit.

„Mich wundert, dass Waldmann nicht hier ist.“ Das kam von dem Mann, dessen Namen sie bereits wieder vergessen hatte.

„Er hat keine Pferde im Ring. Da muss er nicht unbedingt hier sein, aber Sie haben recht, normalerweise ist er bei solchen Auktionen immer vor Ort.“

„Vielleicht ist er krank.“

„Oder er hat private Probleme, was wissen wir schon.“

„Sie lassen doch bei ihm trainieren, deswegen dachte ich, Sie wüssten etwas.“

Kathrin hörte nicht mehr hin. Sie würde Waldmann ohnehin in ein oder zwei Stunden kennenlernen, was scherte es sie, ob er anwesend war oder nicht. Schade, dass sie nicht noch ein paar Stunden schlafen konnte. Sie musste ein Gähnen unterdrücken. Der Mann mit dem Robert sprach, verabschiedete sich und Robert nahm sie bei der Hand.

„Wir sind fertig hier. Lass uns aufbrechen und unser Zimmer bei Waldmann beziehen."

Kathrin hatte nichts dagegen, vielleicht konnte sie sich dort tatsächlich noch ein wenig hinlegen.

*

Nachdem David in ihrem Zimmer aufgetaucht war, hatte Marc nichts mehr gesagt. Er war erstaunlich ruhig geblieben im Gegensatz zu ihr. Sie war aus dem Bett gesprungen und hatte David angeschrien, dass sie die Polizei verständigen mussten. Beide Männer hatten abgelehnt. Marc war in seine Wohnung rübergegangen und David und Rebecca waren ihm gefolgt. Mit Entsetzen hatte sie gesehen, wie er einen seiner Schränke aufschloss und eine Waffe herausholte. David hatte nichts dazu gesagt. Die beiden Männer hatten sich nur angesehen. Irgendwann hatte Marc endlich gesprochen.

„Du hältst dich da raus."

Und dann war er gegangen. Wohin wusste sie nicht. Sie hatte David verzweifelt gebeten, ihn aufzuhalten, aber David hatte nur mit den Schultern gezuckt.

„Ich wüsste nicht wie."

Dann war auch er gegangen, jemand musste sich schließlich um die Pferde kümmern.

Sie saß am Küchentisch und trank ihren sechsten Kaffee. Mittlerweile hatte sie schon Magenschmerzen und sie hätte dringend etwas essen müssen, aber sie bekam keinen Bissen hinunter. Jetzt waren schon zwei Menschen verschwunden. Drew und Jessica. Ob Jessica vielleicht sogar bei Drew war? Hatte er sie entführt im Auftrag von Eagle? Was war mit Kathrin? Gleich würde sie hier eintreffen. Wie würde ihre Freundin sich verhalten? Wusste sie etwas von Eagles Machenschaften? Wo war Marc hin?

Rebecca lief durch die Küche. Es war zum Verrücktwerden.

David hatte sie nicht mehr gesehen, aber sie wusste, dass er hier irgendwo war. Wenn er einen Plan hatte, dann weihte er sie nicht ein. Aber was sollte David allein schon ausrichten? Wieder nahm sie das Handy und überlegte, ob sie die Polizei rufen sollte. Aber wie sollte sie denen alles erklären? Vor allem würde sie damit Marc ans Messer liefern. Rebecca entfuhr ein Wutschrei. Sie, die sonst immer so beherrscht war, die Geschäftsfrau, die ihre Gefühle so gut im Griff hatte, hatte nun gar nichts mehr unter Kontrolle.

Sie hörte einen Wagen die Auffahrt hochkommen. Sie hastete zur Eingangstür und traf auf David, der schon auf dem Treppenabsatz stand.

„Das ist Eagle", sagte er, „sieht so aus, als ginge es jetzt los."

Rebecca musste sich am Geländer festhalten.

*

David konnte sich nicht daran erinnern, schon jemals so aufgewühlt gewesen zu sein.

Eagle steuerte den Wagen direkt vor den Eingang. David beobachtete, wie er ausstieg, und hätte ihm am liebsten das Grinsen aus dem Gesicht geschlagen. Robert ging um den Wagen herum und öffnete die Beifahrertür. Zuerst sah David nur ihre rötlichen Haare, die in der Sonne glänzten. So schön. Ihre Augen wurden von einer riesigen Sonnenbrille verdeckt. Robert legte besitzergreifend den Arm um die Frau. Sie war klein, aber bewegte sich in ihren High Heels mit einer unglaublichen Eleganz. Die beiden kamen die Stufen herauf und David fiel es schwer, sich zu konzentrieren. Sie nahm die Sonnenbrille ab. Es traf ihn bis ins Mark. Sie hatte die schönsten hellgrünen Augen, die er je gesehen hatte. Aber etwas stimmte nicht. Ihr Blick war leer. Tot.

Rebecca neben ihm schien ebenfalls etwas aufgefallen zu sein, denn er hörte, wie sie scharf die Luft einsog. All das dauerte nur wenige Sekunden, aber es kam ihm vor, als erlebe er den Auftritt der beiden in Zeitlupe. Er fühlte sich wie in Trance, wurde aber in die Realität zurückkatapultiert, als Robert sprach.

„David, mein Freund. Wie schön dich wiederzusehen. Darf ich dir meine Frau Kathrin vorstellen?"

Widerwillig schüttelte er Robert die Hand und Kathrin nickte ihm nur zu. Er fragte sich, ob sie überhaupt etwas wahrnahm. Die Frau war wie ein Zombie.

Rebecca umarmte ihre Freundin, aber das Ganze sah eher so aus, als sähen sie sich heute zum ersten Mal. Ihm war Rebeccas entsetzter Blick nicht entgangen, als Robert ‚meine Frau' gesagt hatte.

„Muss man gratulieren? Du bist verheiratet?"

„Auf unsere Weise ja, das Offizielle holen wir so schnell wie möglich nach." Er küsste sie demonstrativ auf den Mund und David wäre fast schlecht geworden. Was hatte er bloß mit dieser Frau gemacht? Rebecca sah ihn an und es war offensichtlich, dass sie sich ebenso fragte, was Robert mit ‚auf unsere Weise' gemeint haben könnte.

„Vielleicht lassen wir die beiden Frauen allein und besprechen erst mal das Geschäftliche. Ich gehe davon aus, dass du Pferde auf der Auktion erstanden hast."

David hoffte, dass er Robert von Kathrin weglocken konnte, damit Rebecca Gelegenheit hatte, mehr herauszufinden.

„Nicht nötig, nichts dabei, was du trainieren musst. Ich habe vier Pferde gekauft, die Marc heute noch nach Irland bringen wird."

„Entschuldige, Marc ist mein Angestellter. Du kannst nicht einfach frei über ihn verfügen."

„Ich weiß, tut mir leid, aber sie müssen überstellt werden und mit Drew bin ich nicht mehr zufrieden."

„Drew ist auch gar nicht hier. Um ehrlich zu sein, er ist verschwunden."

Täuschte er sich oder war Robert überrascht? Er sah aus, als hätte man ihn kurz aus dem Konzept gebracht. Wie konnte das sein? David war sicher gewesen, dass Robert wusste, wo Drew war.

„Verschwunden?"

„Seit gestern Morgen. Du hast nicht zufällig etwas von ihm gehört? Er ist schließlich für deine Pferde verantwortlich."

„Er ist aber bei dir angestellt, ich bin ein wenig enttäuscht, dass du deine Mitarbeiter so wenig unter Kontrolle hast. By the way mein Lieber, wo ist Marc?“

David hatte keine Ahnung, aber das würde er Robert nicht auf die Nase binden. „Beschäftigt.“

„Ich möchte, dass er so schnell wie möglich mit den Pferden aufbricht. Sie müssten gleich hier ankommen.“

„Ich sagte dir bereits, dass du nicht einfach über ihn verfügen kannst.“

Robert war immer noch scheißfreundlich und das machte David wahnsinnig, wie gern hätte er ihm die Fresse poliert.

„Ich habe das mit ihm abgesprochen. Es läuft so, wie ich es sage.“

„Wollen wir das nicht lieber drinnen besprechen?“ David würde sich nachher selbst auf die Schulter klopfen, dafür, dass er ruhig und freundlich geblieben war.

„Gern, ich hätte nichts gegen einen guten irischen Whiskey.“

David hätte am liebsten Roberts Arm von Kathrins Körper weggerissen, er musste sie unbedingt von Eagle loseisen. „Wie wäre es, wenn Rebecca ihrer Freundin das Anwesen zeigt und wir besprechen alles noch in Ruhe?“

„Oh, die Versicherungsmaklerin hat doch sicher zu tun.“

Jetzt mischte sich Rebecca ein. „Hat sie nicht, komm Kathrin.“ Sie fasste ihre Freundin an die Hand und versuchte, sie ein Stück von Eagle fortzuziehen. Diese schaute erst zu ihrem Mann, als warte sie auf eine Erlaubnis.

„Na geh schon, Darling. Wir sehen uns gleich.“

David jubelte innerlich. Es war offensichtlich, dass Robert dies nicht in den Kram passte, aber er war darauf bedacht, den Schein zu wahren und so musste er Kathrin mit Rebecca ziehen lassen.

David ging ins Haus und beobachtete aus den Augenwinkeln, wie Rebecca Kathrin Richtung Gestüt zog. Hoffentlich konnte sie ihrer Freundin irgendwie helfen.

*

Rebecca zog Kathrin hinter sich her. Sie wollte so viel Abstand wie möglich zwischen sich und diesem Arschloch bringen. Sie lief und lief und Kathrin stolperte wie eine Marionette neben ihr her. Endlich waren sie am Gestüt angekommen. Sie blieb vor den Ställen stehen. Jetzt wagte sie es, ihrer Freundin in die leblosen Augen zu schauen. „Was hat er mit dir gemacht?“

„Ich will zu Robert.“

Sie konnte nicht anders, sie packte Kathrin an den Schultern und schüttelte sie. „Wach auf! Du bist mit einem Mörder zusammen, einem Entführer, Dealer und was sonst noch alles.“

Keine Reaktion, Kathrin starrte an ihr vorbei. Rebecca spürte, dass Tränen der Verzweiflung ihre Wangen hinunterliefen. Sie fühlte sich machtlos, hatte keine Ahnung, was sie tun sollte. Aus einem Impuls heraus schlug sie Kathrin ins Gesicht.

Kurz glomm etwas in Kathrins Augen auf, aber sofort kehrte der leere Ausdruck zurück.

„Hör mir zu. Du musst zu dir kommen. Robert hat ein kleines Mädchen entführen lassen. Wenn noch ein Fünkchen Verstand in dir ist, dann komm jetzt zu dir! Ich weiß, dass du nicht so bist.“ Sie schrie. Es war ihr egal, ob jemand sie hören konnte. „Kathrin, bitte, erinnere dich! Erinnere dich daran, wie du warst. Wer du bist! Denk an deinen Kosmetikladen. Der hat dir alles bedeutet. Wir hatten so viel Spaß zusammen. Ich bin deine Freundin! Ich bin es, Rebecca!“

Sie hörte Schritte. Aus den Ställen kam ein älterer Herr. Sie hatte ihn schon einmal hier gesehen, es war Davids Tierarzt. Besorgt blieb er ein paar Schritte vor ihnen stehen.

„Alles in Ordnung?“

Rebecca schüttelte den Kopf. Sie kannte den Mann zwar nicht, aber er war Arzt, oder? „Bitte helfen Sie ihr.“

Er kam auf sie zu. „Sie wissen, dass ich Tierarzt bin.“

Eindringlich sah Rebecca ihn an. „Hören Sie, ich kann es jetzt nicht erklären, aber ich glaube, dass meine Freundin unter Drogen gesetzt wurde. Sie ist nicht mehr sie selbst und sie schwebt in höchster Gefahr, wenn sie wieder zu dem Mann zurückgeht, der ihr das angetan hat. Können Sie irgendwas tun?“

Er runzelte die Stirn, stellte aber keine Fragen. Er holte eine kleine Lampe aus der Tasche und leuchtete Kathrin in die Augen. Kathrin zuckte nicht einmal. „Erweiterte Pupillen. Ich müsste wissen, was man ihr gegeben hat. Grundsätzlich baut der Körper jede Art von Droge von allein ab. Die Frage ist nur, was und wie viel sie bekommen hat und ob sie schon süchtig ist."

Rebecca schlug eine Hand vor ihr Gesicht. Was sollte sie nur tun?

„Jetzt bleiben Sie ruhig. Können Sie sie nicht ins Haupthaus bringen und David ruft seinen Arzt an?"

„Das geht nicht. David kümmert sich gerade um den Typen, der ihr das angetan hat."

Kathrin trat einen Schritt zurück. „Was wollt ihr eigentlich von mir! Lasst mich in Ruhe!"

Es sah aus, als wolle sie weglaufen, aber es steckte viel Kraft in dem älteren Herrn. Er hielt sie fest, auch als sie sich wehrte.

„David wird Ihnen alles erklären, aber wir müssen jetzt sofort eine Lösung finden. Haben Sie etwas, was sie ruhigstellen wird?"

„Das ist riskant. Ich habe Präparate für Pferde und ich weiß nicht, was sie bekommen hat, es könnte Wechselwirkungen mit den Drogen hervorrufen."

Rebecca wollte Kathrin auf keinen Fall schaden. Verzweifelt sah sie den Tierarzt an. Kathrin hatte aufgehört zu strampeln.

„Wir könnten es mit einem pflanzlichen Beruhigungsmittel versuchen. Passionsblume. Die Drogen könnten die Wirkung höchstens verstärken, aber das wird ihr nicht schaden."

„Dann versuchen wir es."

„Hinten ist ein kleiner Raum im Stall, wo David schläft, wenn eine seiner Stuten kurz vor der Entbindung steht. Dort können wir sie hinbringen."

Rebecca hatte noch eine weitere Idee. „Haben Sie ein Handy?"

„Natürlich." Der grauhaarige Mann lud sich Kathrin auf die Schulter und brachte sie zu dem Raum. Er reichte Rebecca das Handy und kramte dann in seiner Arzttasche.

„Haben Sie die Nummer von Agatha Waldmann?"

„Ja, ist unter ihrem Vornamen gespeichert."

Er zog eine Spritze auf. Kathrin hatte sich ohne Weiteres auf dem Feldbett ablegen lassen. Als sie die Spritze sah, begann sie wieder unruhig zu werden. Rebecca legte das Handy beiseite und half dem Arzt sie festzuhalten.

„Dann hoffen wir mal, dass es klappt." Rebecca war kein gläubiger Mensch, aber jetzt betete sie, dass alles gut gehen würde. Sie hielten sie noch zwei Minuten fest, dann wirkte das Mittel. Kathrin schlief ein. Endlich konnte Rebecca bei Agatha anrufen.

Davids Mutter war nach dem ersten Klingeln dran. In Kurzfassung schilderte Rebecca die Ereignisse. Der Tierarzt bekam große Augen, sagte aber nichts. Hoffentlich fiel das alles unter die ärztliche Schweigepflicht. Agatha war bereit, sofort zu kommen und sich um Kathrin zu kümmern. Für den Fall, dass Jessica bei ihr zu Hause auftauchen würde, war eine Haushälterin da. Rebecca war erleichtert. Sie musste Marc finden. Sie musste ihn davon abbringen zu tun, was auch immer er zu tun gedachte. Während sie auf Agatha warteten, nahm der Tierarzt ihre Hand in seine.

„Ich bleibe auch bei ihr. Agatha und ich kennen uns seit einer Ewigkeit. Wir werden uns um Ihre Freundin kümmern."

Dankbar nickte Rebecca. Sie warf einen letzten Blick auf die schlafende Kathrin und dann rannte sie zurück zum Haupthaus.

*

Robert trank den Whiskey in einem Zug. Dass diese Rebecca seine Kathrin mitgenommen hatte, gefiel ihm nicht. Er vermisste Walter. Jetzt hätte er ihn gern an seiner Seite gehabt, aber neue Zeiten waren angebrochen.

David hatte nichts gesagt, seit sie im Haus waren. Er sah ihn nur an.

„Was ist los David, ich dachte, du wolltest etwas mit mir besprechen."

„Wo ist sie?"

„Wo ist wer?"

David schritt auf ihn zu, er würde es doch nicht wagen, ihn anzugreifen? Aber der Mann blieb zwei Schritte vor ihm stehen. „Jessica. Ich denke, wir sollten dieses verdammte Versteckspiel beenden. Du hast sie entführen lassen, um Marc zu zwingen, deine Drogen, Waffen oder was auch immer nach Irland zu schmuggeln."

Sie wussten also doch alle mehr, als er erwartet hatte. Robert entspannte sich. Kein Problem, er war auf alles vorbereitet. Solange Jessica in seiner Gewalt war, würde hier alles nach seinen Regeln laufen. Das war ein wunderbarer Schachzug von ihm gewesen.

„Marc wird seinen Auftrag erledigen. Das ist Punkt eins. Ich gebe ihm sogar seine verdammte Akte, auf die er so scharf ist. Aber seine Tochter bekommt er erst zurück, wenn ich es für richtig halte. Ihr werdet alle die Füße stillhalten."

Er musste grinsen. David wusste genau, dass er nicht in der Position war, Bedingungen zu stellen. Wie schön das Leben doch sein konnte. Aber für die Zukunft musste er sich was einfallen lassen. Ein Brand auf dem Gestüt, bei dem alle ums Leben kamen, wäre genau das Richtige. Aber erst musste der Transport nach Irland, denn sonst würde er selbst in den größten Schwierigkeiten stecken.

„Ich will jetzt meine Frau zurück und dann suchen wir Marc. Hast du mich verstanden, David?"

„Was hast du Schwein dieser Frau angetan?"

Robert liebte es, wenn andere vor Wut kochten. „Ach, sie hätte dir auch gefallen? Tja, sie gehört mir. Und jetzt tu, was ich dir sage."

„Ich bin hier, du musst mich nicht suchen."

Robert drehte sich überrascht um. Marc war durch die Hintertür reingekommen. Verdammt, er war unvorsichtig gewesen, er hätte diese Tür im Auge behalten müssen. Er musste sich erst daran gewöhnen, dass Walter nicht mehr da war, der hatte sonst diese Aufgaben übernommen.

Marc hatte eine Waffe auf ihn gerichtet. Robert lachte. „Du weißt, dass du mich nicht erschießen kannst, denn dann erfährst du nie, wo deine Tochter ist. Ihr habt beide noch nicht verstanden, dass ihr nicht in der Position seid, mir Befehle zu erteilen."

Marc war verdammt schnell, das musste Robert ihm lassen. Er packte ihn und drehte ihm die Arme auf den Rücken. Das leere Whiskeyglas fiel ihm aus der Hand und Handschellen klickten.

„Du wirst mir sagen, wo sie ist. Ich habe schließlich bei dir gelernt.“

Robert lachte wieder, sollte er ihn ruhig in Handschellen legen. Er wusste, was auf ihn zukam, aber sie alle täuschten sich. Am Ende würde er gewinnen.

13

Rebecca war so schnell gerannt, wie noch nie in ihrem Leben. Atemlos kam sie in Davids Büro an und fand ihn an seinem Schreibtisch vor. Allein. Er hatte den Kopf in seinen Händen vergraben und sah auf, als sie hereinstürmte.

„Wo ist Eagle?" Sie keuchte. Davids blaue Augen sahen sie traurig an.

„Marc hat ihn. Er kam durch den Hintereingang."

„Das hast du zugelassen?"

Er stand auf. „Was hätte ich denn tun sollen?"

Er hatte ja recht. „Tut mir leid, ich wollte dich nicht anschreien."

„Schon okay. Weißt du, es ist unglaublich. Mein Leben lang habe ich alles im Griff gehabt und jetzt entgleitet mir alles."

„Das tut es nicht. Wir müssen ihn finden."

„Was ist mit deiner Freundin?"

„Du solltest deinem Tierarzt einen Sonderbonus zahlen. Sie schläft jetzt. Deine Mutter ist auf dem Weg. Die beiden werden sich um sie kümmern."

„Was hat er ihr angetan?" Davids Stimme war leise, voller Besorgnis.

In diesem Moment wusste Rebecca, dass sie ihn endgültig ins Herz geschlossen hatte. Er hätte sein Leben auch anders haben können. Er war erfolgreich, gut aussehend, ein absoluter Traummann. Er hatte Marc aufgenommen, war vorurteilslos gegenüber anderen Menschen. Er stand zu seinen Entscheidungen und würde immer nur das Beste für alle wollen.

„Was glaubst du, was er mit Robert macht?", fragte sie atemlos.

„Das wollen wir beide gar nicht wissen." Er lächelte traurig. „Aber ich frage mich, wenn ich an seiner Stelle wäre, mit seiner Ausbildung, ob ich nicht genauso handeln würde. Er ist wie ein verletztes Tier, das man in die Ecke gedrängt hat."

Sie nickte. „Wir müssen ihn suchen. Es muss einen anderen Weg geben."

Ein Ruck ging durch David. „Dann los.“

Sie verließen das Haus. „Es gibt nur einen Ort, wo er ungestört ist und nicht zu weit weg muss.“

David deutete auf Marcs Wagen. Also musste Marc noch in der Nähe sein. Sie folgte David und hatte Mühe mit ihm Schritt zu halten. Sie umrundeten die Stallungen und gingen einen kleinen Feldweg entlang auf eine alte Scheune zu.

„Die hab ich schon längst abreißen wollen. Sie ist überflüssig und baufällig. Wir haben nur noch Schrott da drin, der entsorgt werden muss.“

„Hast du eine Waffe?“, fragte Rebecca.

„Wozu? Soll ich Marc erschießen, um ihn davon abzuhalten …“

„Robert zu foltern. Das war es doch, was du nicht aussprechen wolltest.“

„Schön, dass du den Tatsachen ins Auge siehst.“

„Ich würde am liebsten mitmachen, wenn ich an Kathrin denke. Ihre Arme und Handgelenke sind voller Narben.“

David gab einen Laut von sich, der an ein Knurren erinnerte. Vielleicht war es besser, wenn er keine Waffe dabei hatte. Robert musste unter allen Umständen preisgeben, wo Jessica war.

„Wie wollen wir vorgehen?“, fragte Rebecca, als sie fast angekommen waren.

„Ich würde sagen, wir gehen rein und versuchen, alle beide zur Vernunft zu bringen.“

David hielt sich nicht mit Klopfen auf, öffnete das Scheunentor und Rebecca stockte der Atem. Robert hing kopfüber an einem Haken von der Decke. Gefesselt an den Füßen. Sein Oberkörper war nackt und Striemen sowie Schnittwunden bedeckten ihn.

„Mein Rettungskommando nehme ich an?“, war seine Begrüßung.

Marc trat aus dem Schatten hervor. „David, warum musstest du sie mitbringen?“

Rebecca betrachtete den Mann, den sie liebte. Sie hätte angewidert sein müssen, aber das war sie nicht. Er tat, was er tun musste, um die, die er liebte, zu retten. Manchmal war es so einfach im Leben. Und in diesem Moment begriff sie, dass gut und böse sich niemals so einfach trennen ließen. Schwarz und weiß waren eine Illusion, etwas an das man gern glauben mochte. In Wahrheit existierte nur grau.

„Weil du jetzt aufhören musst. Wir werden ihn der Polizei übergeben. Sie werden deine Tochter finden."

„Das werden sie nicht. Und selbst wenn, werde ich sie dann nie wiedersehen."

„Das wirst du auch nicht, wenn du jetzt weitermachst."

Die beiden Männer standen sich gegenüber. Zwei Freunde, praktisch Brüder. Der eine, mit den schwarzen Haaren und den grünen Augen, die voller Verzweiflung waren. Blut an den Händen. Der andere im Anzug und mit langen hellblonden Haaren. Groß wie ein Ritter stand er vor Marc und fixierte ihn aus seinen hellblauen Augen.

„Ich werde nicht zulassen, dass du dich kaputt machst, Marc. Sieh dich an. Du willst das gar nicht tun. Und sieh ihn an." Er deutete auf den grinsenden Robert, der von der Decke baumelte. „Du bist nicht wie er, du warst es nicht und wirst es nie sein."

Marc regte sich nicht. „Schaff sie hier raus."

„Sie ist die Frau, die dich liebt. Mit der du eine Zukunft haben kannst."

„Ich habe keine Zukunft."

„Doch, Marc. Ich bin kein Idiot und naiv schon mal gar nicht. Vielleicht habe ich nicht sofort kapiert, was hier läuft, aber als du mit meiner Schwester zusammenkamst, habe ich schon vor Jahren angefangen zu handeln. Ich wollte, dass ihr beide eine richtige Zukunft bekommt. Ich habe einen Freund beim Geheimdienst. Wir sind kurz davor, eine Identität für dich zu bekommen. Wenn du Robert jetzt noch ans Messer lieferst, bist du vollkommen rehabilitiert. Du kannst neu anfangen."

Rebecca sah so etwas wie Hoffnung in den schönen grünen Augen aufblitzen.

„Das ist nicht dein Ernst."

„O doch. Hab ich dich jemals angelogen?"

Marc schüttelte den Kopf.

Eagle räusperte sich. „Entschuldigung, ich will dieses rührselige Schmierenstück ja nicht unterbrechen, aber ich glaube, ihr beide vergesst da ein kleines Mädchen namens Jessica."

Wie verrückt war der Kerl eigentlich? Rebecca wusste nicht, was über sie kam, aber sie machte einen Schritt auf Eagle zu und schlug ihm hart ins Gesicht, dass ihr die Finger wehtaten. „Halt dein verdammtes Maul."

„Ich wusste doch, die Frau hat Mumm!"

Sie alle drehten sich überrascht zum Scheunentor um.

„Entschuldigt die Verspätung, aber ich hatte noch was zu erledigen." Drew trat mit gezückter Waffe in die Scheune.

Eagle grinste breit, was in seiner Position grotesk wirkte. „Ich dachte schon, Marc hätte dich kaltgemacht, wird aber auch Zeit, dass du auftauchst."

Rebecca starrte Drew an, dessen Grinsen ebenfalls immer breiter wurde. Drew hielt seine Waffe auf Marc und David gerichtet. „Ihr bewegt euch jetzt mal so was von gar nicht."

Rebecca sah sich um. Irgendwas musste sie tun. Vielleicht konnte sie ihn mit einem Gegenstand bewusstlos schlagen, aber da war nichts in ihrer Nähe, was sich geeignet hätte.

„Rebecca, geh zu Marc und David und stellt euch da an die Wand." Sie zögerte. „Jetzt mach schon. Ich hab nicht ewig Zeit."

Langsam ging sie zu den beiden rüber und sie stellten sich an die Wand. Drew lächelte immer noch. Er richtete die Waffe auf Marc, schwenkte dann nach rechts zu David und zielte danach auf Rebeccas Herz, als könne er sich nicht entscheiden, bei wem er anfangen sollte. Rebecca dachte an Kathrin und Agatha, sie hatten keine Ahnung, was hier vor sich ging. Robert und Drew würden sie sicher alle töten.

Sie schloss die Augen und wartete. Wollte sie so sterben? Nein, wenn, dann sollte Drew ihr dabei in die Augen sehen. Dann fiel der Schuss.

Marc schrie auf.

Aber er war nicht verletzt, niemand von ihnen war getroffen worden.

Marc hatte geschrien, weil Drew den einzigen Menschen erschossen hatte, der ihm hätte sagen können, wo Jessica steckte.

*

David wusste, dass sich Marc nun auf Drew stürzen würde, aber da eine Waffe im Spiel war, musste er das verhindern. Er hielt Marc fest, der sich wehrte.

Als Drew die Waffe langsam auf den Boden legte und seine Hände nach oben reckte, wurde Marc ruhiger.

Es war Rebecca, die fragte: „Was ist hier eigentlich los?"

Drew grinste wieder und setzte sich dann auf eine der alten Kisten. „Ich würde es ja erklären, wenn Marc nicht über mich herfällt."

„Du verdammtes Arschloch, Jessica ist entführt worden, nur er wusste, wo sie ist!"

Drew sah Marc an. „Nein, ich weiß es auch, und wenn du mich kurz erklären lässt, dann holen wir sie sofort."

Rebecca rutschte mit dem Rücken an der Wand hinunter in die Hocke. Sie sah seinen besorgten Blick. „Ich weiß nicht, ob ich in Ohnmacht fallen, Drew eine reinhauen oder ihn küssen soll", sagte sie entschuldigend.

„Küssen fände ich super, aber ich glaube, Marc hätte was dagegen."

Dieser gab nur ein Knurren von sich.

David sagte: „Also, wir hören!"

Drew zündete sich eine Zigarette an. „Mein richtiger Name ist Frank McCoy. Ich komme aus Dublin. Mit vierzehn habe ich die Schule abgebrochen und bin von zu Hause abgehauen. Habe an einem der Rennställe angeheuert und nicht wirklich viel verdient. Wie das so ist, lässt man sich mit den falschen Leuten ein und zack war ich dick im Geschäft. Ich habe Pferde gedopt und Wettbetrug begangen. Eines Tages haben sie mich geschnappt. Ein Pferd bekam wegen meines Dopings einen Herzinfarkt während des Rennens. Es ist gestürzt und hat den Jockey unter sich begraben. Er war tot. Da war ich zwanzig. Vier Jahre hab ich im Knast abgesessen und ich hätte noch weitere sechzehn Jahre vor mir gehabt, wenn nicht so ein Typ aus Belfast zu mir gekommen wäre. Er hat mir angeboten, undercover für eine Sondereinheit zu arbeiten und ich hab Ja gesagt. Sie wollten Robert Eagle und haben mich vor fünf Jahren hier eingeschleust. Lange sollte ich alles über ihn sammeln, um ihn irgendwann verhaften zu können. Aber die Organisation ist zu weitläufig. Vor ein paar Monaten haben sich die Spielregeln geändert. Es geht nicht mehr darum, Leute zu verhaften. Es geht darum, sie hinzurichten. So wie bei Bin Laden zum Beispiel. Das ist jetzt mein Job."

David konnte kaum glauben, was er da hörte. „Und du erzählst uns das einfach so?"

„Werdet ihr es an die große Glocke hängen? Wohl eher nicht, oder?"

David musste ihm zustimmen. Ohne die anderen gesprochen zu haben, wusste er, dass keiner von ihnen ein Wort darüber verlieren würde. Drew sprach weiter.

„Du musst dir einen neuen dritten Boss suchen. Ich muss noch heute Abend weiterziehen. Schade eigentlich, ich war gern hier."

„Was ist mit Jessica?"

„Sie ist bei Caroline." Drew strich sich über die blonden, strubbeligen Haare. „Ich weiß nicht, ob ihr es wusstet, aber ich hab ein Verhältnis mit den drei Arbeitsreiterinnen."

David lächelte amüsiert, denn sie alle hatten gleichzeitig die Augen verdreht. „Ja, das wussten wir."

„Okay. Also Caroline war mir irgendwie immer etwas suspekt, und als sie angeblich in England zur Beerdigung ihrer Großmutter war, hat sie sich mit Eagle getroffen. Sie hat für ihn gearbeitet. Sie ist letzte Nacht ins Haus deiner Mutter eingedrungen und hat Jessica entführt. Ich hab sie verfolgt, die beiden sitzen in einem Hotel ganz in der Nähe und warten auf Nachricht von Eagle. Jessica geht es gut. Sie glaubt, das Ganze sei ein Ausflug."

David sah, wie Marc aufatmete. „Gib Marc die Adresse."

„Mach ich. Ich kümmere mich dann um Eagles Leiche. Was mit seinen Pferden passiert, weiß ich nicht. Aber ich muss auch noch den Transporter mit den Waffen und den Drogen übergeben und dann verschwinde ich."

David nickte und trat vor. Er umarmte Drew. „Okay, Kumpel. Pass auf dich auf. Und … danke!"

„Immer wieder gern."

Marc nickte Drew zu und drehte sich dann zu Rebecca um. „Kommst du mit, Jessica holen?"

Rebeccas Augen leuchteten, als sie bejahte.

David hatte auch zu tun. Er wollte nach Kathrin sehen.

14

Rebecca klappte ihren Laptop zu und seufzte. Geschafft! Alles versichert, was zu versichern war. Ihre Arbeit war damit getan.

Sie starrte vor sich hin und dachte an die letzten drei Tage. Drew war fort. Sie hatte ihn noch einmal kurz gesehen. Als sie Jessica aus dem Hotel geholt hatten, war er mit einem Anzugtyp aufgetaucht und sie hatten Caroline mitgenommen. Caroline hatte zu diesem Zeitpunkt schon gefesselt auf dem Bett gelegen. Marc war ins Hotel gestürmt, hatte die Tür eingetreten und Caroline überwältigt, während Rebecca Jessica ins Auto getragen hatte. Die Kleine hatte keinen Schaden davongetragen.

Rebecca trat ans Fenster. Heute Nachmittag würde Kathrin aus dem Krankenhaus kommen. Unbürokratisch hatte Davids privater Arzt eine Entgiftung vorgenommen. Niemand würde Fragen stellen. Sie hatte Kathrin nicht besuchen dürfen. Sie war von einem Psychologen betreut worden und die einzige Person, die Kathrin unbedingt hatte sehen wollen, war Agatha gewesen. Davids Mutter war einfach großartig. Kathrin sollte die nächsten Tage oder Wochen zur Erholung bei ihr bleiben.

Eigentlich konnte sie langsam anfangen zu packen. Es gab keinen Grund, länger hierzubleiben. Marc hatte sich in den letzten drei Tagen um seine Tochter gekümmert und nicht um sie. Warum auch? Diese Nacht, die sie miteinander verbracht hatten, diese Liebesgeständnisse, das war unter anderen Umständen gewesen.

Rebecca beobachtete, wie Jessica auf einem Pferd im Round Pen saß und der Futtermeister sie herumführte. Die Kleine schaute nach oben und winkte ihr zu. Ihr wurde schwer ums Herz. Wie sehr würde sie Jessica und Marc, im Grunde alle hier, vermissen. Sie trat zurück und setzte sich auf das Bett. Vielleicht sollte sie besser sofort fahren. Warum den Abschied unnötig in die Länge ziehen?

*

David war in seinem ganzen Leben noch nie so nervös gewesen. Er saß im Haus seiner Mutter am Küchentisch und wartete, dass Agatha mit Kathrin aus dem Krankenhaus kam. Zum fünften Mal löste er seinen Zopf, entschied sich aber doch wieder, die Haare zusammenzubinden.

Der Strauß Frühlingsblumen auf dem Tisch, den er für sie gekauft hatte, war viel zu klein. Er zupfte an den Blättern der Rosen herum, stand auf und betrachtete sich im Flurspiegel. Vielleicht hätte er doch einen Anzug anziehen sollen? In Jeanshosen fühlte er sich nicht wohl und das hellblaue Hemd spannte ein wenig um die Brust. Rebecca hatte ihm heute Morgen versichert, dass er großartig aussehe. Aber hatte sie überhaupt richtig hingesehen?

Er hörte einen Motor und wusste, dass seine Mutter ihr Auto vor dem Haus parkte. Sollte er am Küchentisch auf die beiden warten? Ehe er sich eine Antwort geben konnte, hatte er schon die Haustür aufgerissen und blieb stocksteif stehen.

Sie war noch viel schöner, als er sie in Erinnerung hatte.

Langsam ging er den kleinen Weg bis zum Tor des Gartens entlang. Sie lächelte und dann sah er in ihre Augen. Sie waren endlich lebendig. Wärme durchflutete ihn.

„Hi!“ Sie streckte ihm die Hand entgegen. Er nahm sie vorsichtig. Sie war klein, zart und verschwand vollständig in seiner. „Ich wollte mich bei dir bedanken. Ich weiß, dass du die Ärzte organisiert hast und dich mit meiner Mitarbeiterin wegen meines Geschäftes in Verbindung gesetzt hast.“

„Da hat Rebecca mir aber geholfen.“ Er fühlte, dass er rot wurde.

Agatha trat neben sie. „Wie wäre es, wenn ihr beide ein wenig spazieren geht und ich in der Zeit Kaffee mache? Ein bisschen frische Luft wird Kathrin sicher guttun.“

„Wenn du willst?“

„Ja, gern.“

Ihr Lächeln haute ihn aus den Schuhen.

Schweigend liefen sie ein Stück und er stellte fest, wie klein sie war. Sie reichte ihm nicht mal bis zur Brust. Verdammt, das gefiel ihm. Sogar sehr. Irgendwann räusperte er sich, er musste unbedingt etwas sagen. „Ich denke, meine Mutter hat dir gesagt, dass du so lange bleiben kannst, wie du willst?"

„Ja, und ein paar Tage werde ich bleiben, aber ich will auch nach meinem Geschäft sehen."

„Das verstehe ich."

Sie blieb stehen und sah ihn aus ihren Katzenaugen an. Sein Herz blieb fast stehen. „Es gibt vieles, über das ich nachdenken muss. Ich glaube, ich habe meine Vergangenheit nie aufgearbeitet, sonst hätte mir das nicht passieren können."

Aus einem Impuls heraus nahm er ihre Hand. Es machte ihn glücklich, dass sie lächelte und ihre Finger seine umschlossen. „Vielleicht bin ich nicht der Richtige, aber du kannst immer mit mir reden, wenn du willst."

„Danke, David. Vielleicht werde ich das sogar."

Sie stellte sich auf die Zehenspitzen und küsste ihn auf die Wange. Das war der Moment, in dem er wusste, dass sie die Frau war, die er heiraten wollte. Aber sie war noch nicht so weit. Noch lange nicht. Er hatte Geduld, er würde ihr alle Zeit der Welt geben.

*

Rebecca mühte sich mit ihrem zweiten Koffer ab und wollte ihn in den Kofferraum hieven, als sie eine Stimme hinter sich hörte, die nicht sonderlich erfreut klang.

„Kannst du mir mal verraten, was du da machst?"

„Marc?"

Er neigte leicht den Kopf und wie am ersten Tag hatte er dieses amüsierte Funkeln in den Augen, das sie total verwirrte.

„Ich … äh, der Koffer."

„Der ist ziemlich schwer, so wie es aussieht, ich helfe dir, ihn ins Haus zu tragen."

„Ins Haus?"

„Wohin denn sonst?"

Rebecca war von seinem bestimmenden Tonfall überrumpelt. „Ich wollte eigentlich …"

„Du wolltest dich heimlich aus dem Staub machen, aber eine kleine Detektivin namens Jessica hat mich rechtzeitig informiert."

„Du lässt mich von deiner Tochter beschatten?"
„Mangels professionellem Privatdetektiv."
Sie folgte ihm wie ein begossener Pudel ins Haus. Er ließ ihren Koffer im Eingangsbereich stehen, nahm sie dann trotz ihrer Größe mit Leichtigkeit auf den Arm und trug sie in ihr Zimmer.
„Was hast du mit mir vor?"
Er lächelte schelmisch. „Ich könnte dich zur Sicherheit ans Bett fesseln." Er tat so, als müsse er einen Moment nachdenken. „Und dann falle ich über dich her." Er stellte sie ab und strich ihr durchs Haar. Sein Mund senkte sich auf ihren und ein Feuer begann von ihr Besitz zu ergreifen. „Ich will nicht, dass du gehst."
„Aber …"
Er legte seinen Zeigefinger auf ihren Mund. „Ich wollte erst sicher sein, bevor ich dich frage." Er kramte in der Innentasche seiner Lederjacke und förderte ein Dokument zutage.
Rebecca sah es sich näher an. „Das ist eine Geburtsurkunde."
Stolz wedelte er mit einem Ausweis vor ihr herum. „Und ein deutscher Personalausweis!"
Rebecca sprang in die Luft und dann umarmte sie ihn. Er wirbelte sie herum. „Ich freue mich so für dich."
„Und das Allerbeste ist, ich bin jetzt auch offiziell Jessicas Vater."
Sie küsste ihn. Sie hatte sich nie vorstellen können, dass sie sich einmal so freuen würde, dass es sie so glücklich machen konnte, wenn ein anderer Mensch glücklich war.
„Und deswegen wollte ich dich offiziell fragen, ob du bei mir bleibst. Bei mir und Jessica."
„Ja."
Er sah sie an. „Ja?"
„Jaahaa!", rief sie aus und wieder wirbelte er sie durch die Luft.
Alles war gut. Sie war zu Hause. Sie küssten sich lange und innig. Irgendwann schob Rebecca ihn ein Stück von sich fort.
„Sag mal, wolltest du mich nicht ans Bett fesseln und über mich herfallen?"
„Zuerst hab ich ein Geschenk für dich. Warte hier."

Er verschwand in seiner Wohnung, die bald auch ihre war, und kam mit einer Leinwand wieder. Er drehte sie um und Rebeccas Augen füllten sich mit Tränen. Er hatte das zerstörte Bild von ihr noch einmal gemalt.

„Es ist wunderschön."

„Nur, weil du wunderschön bist. Aber kein Bild der Welt wird jemals an das Original herankommen."

„Du bist auch wunderschön, Marc. Dein Körper genau wie deine Seele. Ich liebe dich so, wie du bist, mit allem, was du getan hast oder tun wirst."

Seine grünen Augen ruhten auf ihr, als er sagte: „Danke."

„Dafür nicht." Sie konnte es nicht verhindern, ihre Augen füllten sich wieder einmal mit Tränen. Aber dieses Mal waren es Freudentränen. Zum ersten Mal in ihrem Leben hatte sie ein Zuhause gefunden. Ein echtes Zuhause. Sie war nicht mehr allein. Sie begegnete wieder seinem Blick und die grünen Augen versprachen ihr, dass sie nie wieder allein sein musste. Seine Lippen senkten sich erneut auf ihre. Er trug sie fort mit diesem Kuss. Er hielt sie fest und gab ihr all seine Kraft und Wärme. Solange er bei ihr bliebe, würde sie für immer sicher und glücklich sein. Viel zu schnell beendete er den Kuss.

Aber als sie realisierte, warum, war sie ihm nicht böse, es hörte sich einfach wundervoll an, als er sagte: „ Tà grà agam duit."

Die Autorin

Alia Cruz lebt mit ihren 3 Katzen und einem Hund im schönen Oberhausen. Seit ihrem Studium arbeitet sie als Tierpsychologin und Tierheilpraktikerin, sowie als Dozentin in diesem Bereich. In ihrer Freizeit liebt sie es, zu den großen Pferderenntagen nach Baden-Baden, Hamburg, Paris oder Ascot zu reisen.

Shadow Force 01: Raven

Von Andrea Mertz

Erscheint im Jul. 2013
ISBN: 978-3-864431-35-7

Auch als ebook erhältlich!

Spionageaktivitäten im Inland und Ausland, geheime Kampfeinsätze, Terror- und Spionageabwehr – die Agenten der britischen Eliteeinheit Shadow Force sind immer dort im Einsatz, wo andere Einheiten versagen oder nicht weiter vorstoßen dürfen.

Captain John 'Raven' McDermott kennt nach seiner Flucht aus der Gefangenschaft nur ein Ziel: Er muss die Schwester seines besten Freundes Frank aus großer Gefahr retten und beschützen. Gefoltert an Körper und Seele, verfolgt und allein, muss er den Kampf mit einem übermächtigen Gegner aufnehmen und ein Komplott in den eigenen Reihen aufdecken, das zum Ende der Shadow Force führen könnte, wenn niemand die Drahtzieher enttarnt. Jede Sekunde zählt. Dass seine attraktive Schutzbefohlene Lianne ungewohnte Gefühle in ihm weckt und ihren eigenen Kopf hat, macht sein Leben und die Erfüllung seiner Pflichten nicht gerade leichter.